O tempo do ensaio, defende Jonathan Franzen em "Tarde demais para salvar o mundo?", é o momento em que se torna impossível, para quem escreve, deixar de se posicionar. É tempo de decantar ponto de vista de opinionismo, intervenção de "postagem", aforisma de tweet. ☾ O ensaísta nasce, portanto, quando morre a tolerância do intelectual à opressão ou ao conforto dos lugares-comuns. Não é por outro motivo que Claudia Rankine inventa narrativas singulares para discutir o racismo, ou Francesco Perrotta-Bosch aponta os pontos cegos na unanimidade Oscar Niemeyer. ☾ A narrativa naturalizada sobre o Brasil sofre aqui outras fissuras sob os olhares estrangeiros de Élisabeth Roudinesco e Jacques Rancière, ela num balanço afetivo da psicanálise por estas latitudes, ele na leitura revigorante de João Guimarães Rosa. ☾ Se, a acreditar em Germán Arciniegas, a revolução é o ensaio em ação, os 50 anos de Maio de 68 lembram os limites e o vigor da sublevação nos clássicos "Arrastando-se para Belém", em que Joan Didion flagra a desorientação lisérgica dos hippies, e "Paris na primavera", testemunho de Stephen Spender do momento mais decisivo das barricadas. ☾ Nunca é demais lembrar, com Pedro Meira Monteiro em "A gambiarra como destino", que, na terra arrasada do Brasil de 2018, insurreição e criatividade renascerão cada vez que se trocar isenção por comprometimento, idealização por ação. É imperativo botar a mão na massa, muitas vezes abjeta, que ameaça nos soterrar. O EDITOR

ARQUITETURA

4 Francesco Perrotta-Bosch / Eduardo Kobra
Niemeyer, de santo a milagreiro

LEVANTES

20 Joan Didion / Victor Moscoso
Arrastando-se para Belém

56 Stephen Spender / ateliês populares
Paris na primavera

LITERATURA

76 Jacques Rancière / Maureen Bisilliat
O desmedido momento

NARRATIVA

98 Claudia Rankine
Cidadã

ENSAIO VISUAL

112 Ivan Chermayeff
Colagens

ENSAÍSMO

130 Jonathan Franzen / Gary Hume
Tarde demais para salvar o mundo?

LITERATURA

154 Ricardo Piglia / Harold Fisk
Faulkner, profeta do passado

IDEIAS

162 Élisabeth Roudinesco / Daniel Trench
Cidades da psicanálise

ESTÉTICA

178 Boris Groys / David Shrigley
A verdade da arte

SOCIEDADE

196 Pedro Meira Monteiro / Cao Guimarães
A gambiarra como destino

Niemeyer, de santo a milagreiro

Francesco Perrotta-Bosch

As virtudes superlativas do mais célebre arquiteto brasileiro repetem-se como paródia quando ele mesmo decide servir à monumentalidade de qualquer poder

1. Lucio Costa, "Muita construção, alguma arquitetura e um milagre" [1951], in *Registro de uma vivência*. São Paulo: Empresa das Artes, 1995, p. 157.

2. *Ibidem*, p. 168.

Eduardo Kobra
Detalhe da preparação do painel em homenagem a Oscar Niemeyer na avenida Paulista
Foto: Edson Degaki/Cortesia Studio Kobra

Muita construção, alguma arquitetura e um milagre. Assim Lucio Costa sumariza, já no título de um artigo seminal de 1951, sua compreensão das edificações feitas no Brasil do século 19 até aquele momento. No que chamava de "depoimento de um arquiteto carioca",[1] ele traça uma genealogia da construção da cidade do Rio de Janeiro, relembrando autores, pontuando estilos, enumerando razões para as transformações. Muita construção foi feita sob os fugazes modismos do ecletismo que predominou nas várias reformas urbanas do período em que a cidade foi capital da República. Alguma arquitetura provém daqueles que se tornaram "modernos sem querer, preocupados em conciliar de novo a arte com a técnica e dar à generalidade dos homens a vida sã, confortável, digna e bela que, em princípio, a Idade da Máquina *tecnicamente* faculta".[2] Um milagre? Doutor Lucio, o precursor da arquitetura moderna no Brasil, passou metade de sua existência terrena maravilhado e perturbado por testemunhar o surgimento de Oscar Niemeyer.

De um ponto de vista quase religioso, julgava estar diante de um ser de inspiração sobrenatural, ainda que, tendo orientado a iniciação do jovem arquiteto, não tenha percebido nada extraordinário em seus primeiros passos: "É impressionante que um talento tão raro tenha permanecido assim tanto tempo ignorado; na verdade não foi senão em 1936, quando trabalhou por apenas quatro semanas sob a orientação direta de Le Corbusier, que a sua verdadeira estatura artística se revelou".[3] A aproximação entre o mestre francês e o brasileiro de 28 anos, durante o mês em que desenvolveram estudos de concepção para o Ministério da Educação e Saúde, chega a ser apontada como decisiva no projeto que ficaria conhecido como Palácio Capanema: "O êxito integral do empreendimento só foi assegurado devido à circunstância de estar incluída entre os seus legítimos autores a personalidade [Niemeyer] que se revelaria a seguir decisiva na formulação objetiva, pelo exemplo e alcance da própria obra, do rumo novo a ser trilhado pela arquitetura brasileira contemporânea".[4]

Na arquitetura brasileira, segundo Lucio Costa, o gênio de Niemeyer só tem precedente em Aleijadinho: "Assim como Antônio Francisco Lisboa, em circunstâncias muito semelhantes, nas Minas Gerais do século 18, ele é a chave do enigma que intriga a quantos se detêm na admiração dessa obra esplêndida e numerosa".[5] Duas igrejas dedicadas a São Francisco de Assis – em Ouro Preto e na Pampulha – atestariam a índole transcendental atribuída a artífices idealmente capazes de sobrepujar as limitações da matéria. São obras-primas por ultrapassarem os limites da exequibilidade da técnica – seja no risco[6] e no uso do cinzel para a execução da portada da igreja colonial de Vila Rica, seja na original sequência de quatro arcos a formarem abóbadas que, às margens da lagoa belo-horizontina, ampliaram o potencial da engenharia no concreto armado. A maior diferença entre os dois está na biografia. No caso de Aleijadinho, o esforço da produção tinha algo de hercúleo no enfrentamento trágico com a enfermidade. Em Niemeyer, nascia um personagem talvez só possível numa construção cultural brasileira: a um só tempo sacrossanto e gaiato, "de formação e mentalidade genuinamente cariocas",[7] como se o labor lhe parecesse fácil. Enquanto Lucio Costa via em Niemeyer "a sagrada obsessão, própria dos artistas verdadeiramente criadores, de desvendar o mundo formal ainda não revelado",[8] ele mesmo admitia se permitir "certa negligência – facilitada pelo meu feitio

3. Idem, "Oscar Niemeyer. Prefácio para o livro de Stamo Papadaki" [1950], op. cit., p. 195.

4. Idem, "Muita construção, alguma arquitetura e um milagre", op. cit., p. 169.

5. Ibidem, p. 170.

6. "Arquiteto não 'rabisca', arquiteto risca". Idem, "Interessa ao arquiteto", op. cit., p. 119.

7. Idem, "Muita construção, alguma arquitetura e um milagre", op. cit., p. 170.

8. Ibidem, p. 170.

[9] Oscar Niemeyer, "Depoimento", *Módulo*. Rio de Janeiro, n. 9, fev. 1958, pp. 3-4.

displicente e boêmio – e fazia com que aceitasse trabalhos em demasia, executando-os às pressas, confiante na habilidade e na capacidade de improvisação de que me julgava possuidor".[9]

Tal como Michelangelo, Niemeyer foi ungido muito jovem como uma figura genial. O milagre, de certo modo, tornou-se verossímil. Depositou-se nele uma crença incomensurável. E, por isso, recebeu uma das encomendas mais nobres e raras que poderia caber a um arquiteto: a capital de um país. Eleito presidente, o mecenas da Pampulha, Juscelino Kubitschek, o incumbiu da tarefa de projetar não um ou dois, mas todos os palácios da nova sede no Planalto Central. E, em 1957, por meio de concurso para seleção do projeto urbano, sacramentou o reencontro de Oscar Niemeyer e Lucio Costa. A princípio, inverte-se aí a relação entre mentor e aprendiz. Ou talvez seja mais justo pensar num efeito Pigmaleão, em que o criador receba da criatura, como retribuição, algo de imenso valor.

—

Em Brasília, doutor Lucio repete o que fez ao escrever "Muita construção, alguma arquitetura e um milagre": monta o cenário para dar protagonismo a Niemeyer. O Plano Piloto é concebido como um conjunto de eixos que se direcionam para a praça dos Três Poderes – isto é, afluem para as obras-primas niemeyerianas. Os fluxos das duas asas convergem para o Eixo Monumental exatamente na Plataforma Rodoviária, a partir da qual podemos avistar o Congresso Nacional no centro dos pontos de fuga que formalizam a Esplanada dos Ministérios. Tal mirada pode ser descrita por um viés renascentista – da construção do espaço segundo a perspectiva, a geometria, a métrica – ou por um viés cubista – numa decodificação de elementos por meio de planos que vêm a se justapor. Mais esclarecedora é, no entanto, a leitura de Alberto Moravia no ano da inauguração da capital:

> Por um momento os olhos não acreditam no que veem, já que, se um arranha-céu altíssimo é aceitável justamente porque geométrico, o naturalismo de uma sopeira que parece feita para o apetite de um gigante tem algo de alucinante. E de fato, por um instante, nos sentimos liliputianos e quase involuntariamente buscamos no céu vazio a forma ameaçadora de um novo Gulliver.

Não há gigantes, mas a impressão de gigantismo arquitetônico e, por extensão, de esmagamento e aniquilamento da figura humana permanece e se afirma à medida que a visita prossegue. Brasília nasceu da vontade de Kubitschek, que é um presidente democrático; no entanto, observando esses edifícios que se erguem no meio de imensos espaços vazios, o pensamento evoca lugares e monumentos de antigas autocracias, como Persépolis, por exemplo, que erigiu suas colunas gigantescas diante de uma planície não muito diferente desta de Brasília. De resto, a atmosfera ditatorial é confirmada pela solidão metafísica dos lagos de asfalto em meio aos quais surgem os edifícios. Essas solidões urbanas antecipadas nas perspectivas surrealistas de De Chirico e Dalí expressam muito bem o mistério e espanto que o homem moderno sente diante dos poderes que o governam.[10]

10. Alberto Moravia, "Brasília barroca" [1960], *in* Alberto Xavier e Julio Katinsky (orgs.), *Brasília – Antologia crítica*. Trad. Maurício Santana Dias. São Paulo: Cosac Naify, 2012, p. 91.

O que o escritor italiano depreende a partir da forma e da escala das edificações de Brasília é revelador da grande questão que perpassa a carreira de Niemeyer: a relação entre arquitetura e poder. No início da sua obra, frequentemente sob as asas de Lucio Costa, o arquiteto carioca demonstra destreza na intermediação de tal vínculo. Porém, no final de sua carreira, tal correlação ganha ares de tragédia, ou mesmo de farsa. Indubitável é que, como poucos, Niemeyer percebeu a acepção primeva e essencial da atividade de sua vida: Arquitetura, com A maiúsculo, é, por princípio, a representação do poder no mundo material. Arquitetura é aquilo que dá forma a instituições – em última instância, transformam-se em sinônimos. Na sua presença física no mundo material, arquitetura é o que organiza a arena social dentro e ao redor de si, o que dá parâmetros ao cidadão no seu estar na cidade, o que formata a rede de relações humanas que vem a constituir uma comunidade, o que confere legibilidade a uma sociedade – e, nesse caso, a uma nação. Vizinho das ruínas do grande império e do epicentro católico, o romano Moravia constatou na recém-nascida Brasília todos os índices de expressão do poder do Estado "de um país novo que se prepara, pela segunda vez em sua história, para partir para a conquista de si mesmo".[11] Nas suas formas e na escala de seus palácios, a cidade feita para Gulliver inspirava nos brasileiros algo maior do que um indivíduo pode alcançar. As colunas do palácio da Alvorada, a ascensão da estrutura curva da catedral, a rampa do Planalto, a "sopeira" liliputiana do Congresso Nacional, tudo invoca uma cerimônia e um recolhimento às instituições que regeriam a nação

11. *Ibidem*, p. 92.

longe do ar mundano e promíscuo da Guanabara. Consciente da magnitude de sua tarefa, Niemeyer não fugiu da demanda maior da arquitetura: deu face ao Brasil que queria ser moderno.

Se, por um lado, o desenho que saía de sua prancheta indicava lucidez perante o encargo, por outro, o discurso e as justificativas verbais demonstravam absoluto cinismo: "E espero que Brasília seja uma cidade de homens felizes; homens que sintam a vida em toda a plenitude, em toda a sua fragilidade; homens que compreendem o valor das coisas simples e puras – um gesto, uma palavra de afeto e solidariedade".[12] A aridez e a vastidão da praça dos Três Poderes e da Esplanada dos Ministérios definitivamente não condizem com "uma cidade de homens felizes". Georges Bataille nota que palácios governamentais são menos permeáveis a noções como "afeto" e "solidariedade", uma vez que encarnam instâncias através das quais "Igreja e Estado falam às multidões e impõem silêncio sobre elas".[13] Esse descompasso entre discurso e projeto passa então a ser recorrente na biografia de Niemeyer.

No ápice de sua carreira, diante da indiscutível obra-prima que é Brasília, o próprio Niemeyer engendra intelectualmente o que viria a ser a principal causa de sua debacle. No "Depoimento" publicado no nono número da revista *Módulo*, em fevereiro de 1958, o arquiteto diz submeter-se a "um processo honesto e frio de revisão".[14] Observa como as contradições sociais afetavam seus projetos, pois a desigualdade relegaria aos arquitetos o papel de "atender os caprichos das classes abastadas",[15] submetendo a busca por formas originais aos anseios dos proprietários por construir edifícios mais chamativos. Com tais argumentos, Niemeyer começa a negar encomendas da iniciativa privada, vistas como "pura especulação imobiliária",[16] visando "apenas a interesses comerciais".[17] Passa também a renegar projetos como os dos edifícios Copan, Eiffel e Califórnia, em São Paulo, o Conjunto JK e o edifício Niemeyer, em Belo Horizonte, e a sede do Banco Boavista, no Rio de Janeiro. A partir do momento em que declara só assumir projetos destinados à satisfação do povo, surge a decisiva contradição interna de seu discurso: Niemeyer aceita todo tipo de encomenda governamental, mas não necessariamente de usufruto público, ou seja, de livre acesso à população. Ao passo que recusava edifícios habitacionais, financiados por incorporadoras particulares, capitaneava projetos de palácios para todas as instâncias estatais, mais ou menos democráticas. O argumento forjado para esconjurar a culpa social facilita o caminho para a duradoura proximidade de Niemeyer com o poder e os poderosos.

12. Oscar Niemeyer, "Minha experiência de Brasília", *Módulo*. Rio de Janeiro, n. 18, jun. 1960, p. 16.

13. Georges Bataille, "Documents" [1929], in Denis Hollier, *Against Architecture: The Writings of Georges Bataille*. Cambridge: The MIT Press, 1992, p. 47.

14. Oscar Niemeyer, op. cit., 1958, p. 3.

15. *Ibidem*.

16. *Ibidem*, p. 4.
17. *Ibidem*.

Foto: Nacho Doce/Reuters/ Latinstock

A trajetória ascendente, indissociável de sua ligação com Juscelino, tem sua fase final prenunciada pela colaboração com Orestes Quércia, então governador de São Paulo, na construção do Memorial da América Latina (1989), pretenso ponto de encontro simbólico dos povos do continente. O conjunto de edificações, pomposamente batizadas de Parlamento, Anexo de Congressistas, Salão dos Atos, Auditório Simón Bolívar, Biblioteca, Centro de Estudo e Galerias, foi implantado em dois terrenos no bairro da Barra Funda, divididos por uma avenida e conectados por uma passarela curva e de apoio central inusitado. Os edifícios não reverberam nem mesmo funcionalmente o que lhes foi atribuído em intenção, num conjunto de formas mais esculturais do que arquitetônicas, cada qual mais *sui generis* que a outra, sem uma clara organização urbana ou expográfica na implantação de cada "objeto". Visivelmente, o arquiteto recebeu uma carta branca do governante e, para Niemeyer, mais importante que o uso do complexo político-cultural foi a contemplação das suas grandes formas, próprias a um artista verdadeiramente criador, exatamente como doutor Lucio havia antecipado.

Em retribuição a esse regalo especial, Niemeyer não poupou elogios a Orestes Quércia na *Folha de S.Paulo* de 25 de setembro de 1998 (véspera das eleições em que o político concorria ao governo do estado de São Paulo): "Lembrá-lo em plena luta política – difícil e indefinida –, quando as pesquisas não o favorecem, é uma manifestação de apreço compreensível, mesmo quando ele não pertence à nossa linha ideológica, mas a respeita. Daí recordar o meu amigo Orestes Quércia, os tempos em que com ele colaborei na obra do Memorial da América Latina e o apoio incondicional sempre dele recebido."[18]

O comunista Niemeyer endossa o peemedebista Quércia. Talvez nada seja tão característico e sintomático da política brasileira. Principalmente com a inversão de valores que se explicita na conclusão do artigo opinativo: "É claro que, de um modo geral, estou sempre ao lado de meus camaradas da esquerda, mas em certos casos a amizade deve prevalecer".[19] Difícil não ouvir aí os ecos, talvez distorcidos, da célebre frase do arquiteto: "Para mim a arquitetura não é o mais importante. Importantes são a família, os amigos e este mundo injusto que devemos modificar."[20] Em certo sentido, afirma-se aí um salvo-conduto para

18. Oscar Niemeyer, "Quércia e o Memorial da América Latina", *Folha de S.Paulo*, 25.09.1998. Disponível em: www.folha.uol.com.br/fsp/opiniao/fz25099810.htm.

19. Ibidem.

20. Idem, *Minha arquitetura*. Rio de Janeiro: Revan, 2000, p. 5.

a aceitação de tudo: as mais estranhas e absurdas alianças e encomendas. E atente-se à hierarquia: as amizades ficam à frente do mundo injusto que devemos modificar.

Para nos aprofundarmos nesse imoderado pragmatismo político, é esclarecedor o segundo número da *Nosso Caminho*, revista gestada e editada dentro do escritório de Niemeyer em agosto de 2008. A publicação dá conta que, na época, a presidência da Fundação Oscar Niemeyer era ocupada pelo político pernambucano Marco Maciel, do PFL (atual Democratas), vice-presidente de Fernando Henrique Cardoso entre 1995 e 2002. Na página 34, *Nosso Caminho* presta homenagem e apoio a Fidel Castro, em texto curto e laudatório que se conclui com o seguinte parágrafo: "Atenta ao que ocorre nos países latino-americanos, *Nosso Caminho* se solidariza com o movimento em defesa de sua soberania e com os que corajosamente o lideram – como o presidente da Venezuela Hugo Chávez e o presidente da Bolívia Evo Morales – e o apoiam, a exemplo do presidente Lula, que, patriota, sabe reagir a tudo que ofende a integridade nacional."[21]

A salada ideológica ganha conotação esdrúxula e constrangedora no texto "Aécio Neves", assinado pelo próprio Niemeyer, no qual faz elogios rasgados ao político mineiro: "Poucas vezes – muito poucas – tivemos contato com um dirigente dotado de qualidades que Aécio Neves exibe, preocupado em deixar, de sua passagem pelo governo de Minas, um exemplo de idealismo, coragem e determinação".[22] Trata-se de uma introdução ao projeto da Cidade Administrativa do estado de Minas Gerais (2010), empreendimento que reúne o gabinete do governador, todas as secretarias e setores ligados ao poder executivo estadual. Desloca milhares de funcionários públicos da praça da Liberdade e de outros pontos da região central de Belo Horizonte para o extremo norte do município, a 18 quilômetros do logradouro original – Aécio tinha ambição de repetir o movimento de JK, distanciando a população do poder. Às margens da rodovia que leva ao longínquo aeroporto de Confins, em meio a colinas onde ainda predomina a vegetação, o complexo de Niemeyer parece uma miragem. A Cidade Administrativa niemeyeriana não surpreende por ser inédita ou admirável, mas pelo exagero de tamanho e desproporção das formas. Tudo nela parece descalibrado. O palácio do Governo é uma grande estrutura de quatro apoios em concreto branco que suspende com tirantes uma caixa de vidro escuro. Estudos do governo previam a construção

21. "Homenagem", *Nosso Caminho*. Rio de Janeiro, n. 2, ago. 2008, p. 34.

22. Oscar Niemeyer, "Aécio Neves", in ibidem, p. 15.

de 15 edifícios para as secretarias, mas Niemeyer aglomerou-as em duas mastodônticas lâminas curvas de 255 metros de comprimento e 13 andares, fazendo um dueto de côncavo e convexo no qual, dependendo do ângulo, um acoberta o outro. O ímpeto fáustico do arquiteto sintonizou-se assim com os desejos fáusticos de políticos.

—

Por mais vulgares que fossem as relações políticas, Niemeyer poderia ter continuado a projetar obras-primas à altura do conjunto da Pampulha – e, é claro, este ensaio não faria sentido. O que ocorre, porém, é que essas conveniências obscenas passam a reverberar nos projetos. Há diversos indícios disso, contudo nada me parece tão simbólico do período de declínio quanto o uso indiscriminado do vidro fumê.

Chamemos de fumê todo vidro escuro como resultado de sua própria composição química, por pintura *a posteriori* ou como efeito de uma película aplicada para controle da incidência solar. O vidro fumê começa a aparecer em Niemeyer com os bons projetos da sede do Partido Comunista Francês (1965), em Paris, e da editora Mondadori (1968), em Milão, mas na década de 1980 passa a ser uma tônica. O vidro fumê tem características antagônicas ao ideal moderno de transparência. Enquanto as vanguardas arquitetônicas modernistas exaltavam a permeabilidade visual entre o exterior e o interior proporcionada pelas superfícies de vidro, o fumê é opaco. Não há continuidade visual entre dentro e fora, entre a esfera íntima e a comum, entre o domínio da arquitetura e o da natureza. Diante de uma fachada de vidro fumê tem-se, no máximo, um reflexo, mesmo que quem esteja no interior possa ver o que ocorre no exterior. Efeito mais simbólico do que prático, faz com que edifícios como os da sede da Procuradoria-Geral da República, o Parlamento do Memorial da América Latina e os prédios da Cidade Administrativa mineira emulem a aquiescência do arquiteto com as intenções daqueles que estão dentro, o poder associado à obscuridade.

O campo de potencialidades do vidro fumê é ainda mais amplo. Ele faculta algo que, ainda em Brasília, Niemeyer chamou de "simplificação da forma plástica".[23] O vidro fumê é uma vigorosa artimanha para a total planificação do raciocínio

23. *Idem, op. cit.*, 1958, p. 4.

de Niemeyer. Quando o vidro torna-se uma superfície opaca, o projeto pode ser somente um desenho bidimensional. Perde-se o belo senso de profundidade que encontramos nos projetos dos palácios do Planalto, da Justiça e da Alvorada. A lógica da sucessão de planos se esvai. Confundem-se simples e simplório. O arquiteto parece esquecer as três dimensões e permite-se construções como o Mirante do Parque da Cidade (2008), de Natal, no Rio Grande do Norte, no qual compreendemos todo o projeto pelo desenho da fachada. O vidro fumê não revela como é o interior. Tal torre é a sua elevação frontal extrudada alguns metros para trás. E só.

Esse movimento de bidimensionalização do raciocínio projetivo desenvolve-se em paralelo com uma reincidência de soluções formais. O velho Oscar criou um repertório limitado a cerca de duas dezenas de edificações com formatos de fácil cognição, o que permitia pequenas variações conforme a encomenda – o melhor exemplo está na comparação entre a brizolista Apoteose do Sambódromo (1983) e a cabralina Passarela da Rocinha (2010). A partir dessas matrizes, seu *modus operandi* consistia em agenciar três a cinco elementos (isto é, os edifícios do seu repositório) a fim de compor conjuntos arquitetônicos.

Como estratégia para viabilizar sua numerosa produção tardia, ele não se constrange com a total autorreferência. Niemeyer foi quem melhor exerceu a máxima de Rem Koolhaas: "Fuck Context". No texto "Bigness, or the Problem of the Large",[24] o arquiteto holandês trata das construções com escalas tão grandes que ignoram o tecido urbano e social que circunda o sítio do projeto. Sem qualquer traço de culpa, assumem a total desconexão com a cidade ao redor. Em outros termos, é o total desleixo com o impacto que uma nova edificação tem na urbe existente. Não é isso que ocorre no Memorial da América Latina? Portanto, independentemente do lugar, Niemeyer seguiu com a questão que havia constatado na criação de Brasília: o problema "do prédio isolado, livre a toda imaginação".[25] Tudo parece possível. Tudo é permitido. Oscar Niemeyer realmente passou a acreditar que ele era o milagre.

Nas últimas três décadas, quase metade dos estados brasileiros foi "abençoada" com pelo menos um projeto de Niemeyer. Em Goiânia e Curitiba, foram construídos um centro cultural (2006) e um museu (2001) que levam o seu nome – há de se dizer que o "olho suspenso" curitibano é uma ampliação do pavilhão do museu que Niemeyer já havia feito

24. Rem Koolhaas, "Bigness, or the Problem of the Large", *in* Rem Koolhaas e Bruce Mau (orgs.), S, M, L, XL. Nova York: Monacelli, 1995.

25. Oscar Niemeyer, *op. cit.*, 1958, p. 5.

Foto: Alan Teixeira/Cortesia Studio Kobra

na década de 1960. O cilindro branco com recortes pitorescos na cobertura, tal como um cabelo penteado, abriga o Teatro de Araras (1990), no interior de São Paulo. Essa mesma solução é replicada na sala de música e apresentações de Duque de Caxias, cujo conjunto se complementa com um segundo volume para a biblioteca (2004). A estação Cabo Branco (2008), em João Pessoa, retoma o tema do volume soerguido, porém com curvas enrijecidas em planos. Já em São Luís, a monumentalidade niemeyeriana definha no Memorial Maria Aragão (1998): três volumes curvilíneos pequenos e acanhados numa praça árida, dentre os quais um anfiteatro cívico que mais se assemelha a um descuidado coreto do interior.

Nesse fim de caminho, muitos projetos se perderam, como o Observatório e Museu Interativo do Pantanal (2008), em Campo Grande, a sede administrativa da Usina Hidrelétrica de Itaipu (2004) e a abandonada construção da Universidade da Integração Latino-Americana (Unila), ambas em Foz do Iguaçu, e a autossabotagem que seria a Praça da Soberania (2009), em Brasília, onde Niemeyer quase emplacou um ciclópico relógio de sol na Esplanada dos Ministérios para tapar a vista do Eixo Monumental. Para além das fronteiras brasileiras, Niemeyer foi um dos primeiros arquitetos estrelas globais a desenhar o pavilhão temporário da Serpentine Gallery, no verão londrino de 2003, um de seus projetos que se sintetiza (ou melhor, se simplifica) intelectualmente no desenho do perímetro da fachada. Em 2011, a pequena cidade espanhola de Avilés pediu a Niemeyer que fizesse a sua versão do efeito Bilbao (da dobradinha Guggenheim e Frank Gehry): à beira d'água, o arquiteto lança sua cúpula, o edifício linear, o teatro de elevação ondulada e a torre, a qual, no caso, é especialmente complicada, por ser um cilindro nada gracioso sobre uma haste envolvida por uma espiral, tal como uma serpente. Na Itália, foi o vilarejo de Ravello que quis entrar no mapa-múndi arquitetônico pelas graças de Niemeyer: o auditório de 2010 tem algo da Escola Estadual Governador Milton Campos (1954), em Belo Horizonte, e do olho curitibano, mas parece mais um edifício niemeyeriano a querer decolar, não conseguindo, no entanto, alçar voo nesse povoado da costa amalfitana.

Niterói foi a derradeira cidade onde Niemeyer teve uma presença substantiva: o Museu de Arte Contemporânea (1996), onde com graça conseguiu se relacionar com as montanhas ao fundo da paisagem do Rio, é o seu canto do cisne. Contudo, os trabalhos que se seguiram no mesmo município – o dito Caminho Niemeyer – surgem com a pretensão de organizar um passeio público na orla niteroiense com vista para a baía de Guanabara, mas não passam de um punhado de prédios espaçados em meio a áreas áridas. Diferentemente do que o próprio Niemeyer já conseguira fazer magistralmente em 1954 na marquise do Ibirapuera, os prédios em Niterói são formas autorreferentes que não se compõem nem se conectam. Mesmo estando lado a lado, não há diálogo entre o Teatro Popular (que tem muitas semelhanças com o projeto espanhol), o Memorial Roberto Silveira e o atual Museu da Ciência e Criatividade – Casa do Conhecimento. Este último, aliás, foi construído para ser sede da Fundação Oscar Niemeyer e abrigar seu acervo – que nunca chegou a ocupar o edifício em meio a controvérsias sobre gestão e desentendimentos familiares. Este museu e o memorial são, diga-se de passagem, variações de um recorrente elemento niemeyeriano: a cúpula, primorosa quando surgiu com a Oca paulistana, já reincidente no Museu Nacional (2006) em Brasília e no complexo de Avilés, e, enfim, raquítica nas duas peças brancas instaladas no Caminho Niemeyer.

Por fim, no último retorno à cidade que concebeu, Niemeyer volta ao naturalismo da terra de gigantes percebida por Moravia, porém agora com um buquê de flores. No lugar das pétalas, redomas de vidro e uma antena vermelha. As formas delicadas já não estavam mais presentes na Torre de TV Digital de Brasília (2012). Não eram mais flores da primavera juvenil, mas de uma homenagem póstuma.

O grande arquiteto teve um fim de carreira melancólico, prestando-se ao papel de *starchitect* barato. Se cumprisse a regra que ele mesmo impôs da procedência popular de uma encomenda (ou seja, de uma demanda estatal), todo tipo de projeto dessa origem seria aceitável. Um neocoronel tupiniquim de interior ou periferia ou um pretensioso prefeito de qualquer província do planeta podiam comprar seu Oscar Niemeyer, a assinatura de Oscar, a marca Niemeyer. Querendo emular JK, qualquer pequeno poderoso poderia adquirir uma "face" para sua cidade ou, pelo menos, deixar como legado de sua administração um símbolo pseudofuturista – e, convenhamos, antiquado no século 21.

Para assumirem-se como marcas, os projetos de Niemeyer tinham de fazer sentido em sua própria obra, e não no lugar onde são implantados. O velho Niemeyer necessitava simular o próprio Niemeyer. A farsa de encenar-se ele mesmo. Mais do que ser repetitivo, ele abriu mão de testar novidades – a experimentação e a surpresa formal começaram e terminaram com o jovem Niemeyer.

Francesco Perrotta-Bosch (1988) é arquiteto e ensaísta. Foi vencedor do 2º prêmio de ensaísmo *serrote*, em 2013, quando escreveu sobre as relações entre o prédio do Masp, Lina Bo Bardi e John Cage.

Eduardo Kobra (1976) assina grafites de grandes dimensões nas principais cidades do mundo. O painel retratando Oscar Niemeyer foi inaugurado na avenida Paulista em 2013.

São
Francisco
1967

Paris
1968

Entre o psicodelismo da Califórnia e as barricadas que se tornaram símbolo dos movimentos libertários de maio de 1968, **Joan Didion** e **Stephen Spender** produziram dois formidáveis testemunhos de um mundo que ainda acreditava em revoluções. ❰ Os hippies chapados de LSD de "Arrastando-se para Belém" e os estudantes sublevados de "Paris na primavera" ganham vida e complexidade raras nas vozes desses escritores, que os retrataram de perto e a quente, no olho do furacão. No equilíbrio perfeito entre memória e reflexão, ambos continuam a ser, cinco décadas depois, registros pulsantes dos protagonistas de uma época plena de energia utópica e de suas incontornáveis contradições e arestas.

Arrastando-se para Belém

Joan Didion

cartazes **Victor Moscoso**

O centro não estava se sustentando.[1] Era um país de pedidos de falência e anúncios de leilões judiciais e notícias corriqueiras de assassinatos banais e crianças desabrigadas e lares abandonados e vândalos que escreviam errado até os palavrões que rabiscavam. Era um país em que famílias desapareciam todos os dias, deixando um rastro de cheques sem fundos e documentos de reintegração de posse. Adolescentes vagavam à deriva de cidade dilacerada em cidade dilacerada, livrando-se do passado e do futuro como cobras que trocam de pele, crianças às quais jamais se ensinaram os jogos que mantinham a sociedade coesa e que, agora, nunca os aprenderiam. Desapareciam pessoas. Desapareciam crianças. Desapareciam pais. Os que ficavam para trás preenchiam confusos formulários sobre pessoas desaparecidas e depois também se mandavam.

Não era um país em revolução declarada. Não era um país sitiado por inimigos. Eram os Estados Unidos da América no frio final da primavera de 1967. Com o mercado estável e o PIB alto, muitíssimas pessoas articuladas pareciam almejar grandes conquistas sociais, e até poderia ter sido uma primavera de belas esperanças e perspectivas para o país, mas não foi, e cada vez mais gente tinha a incômoda sensação de que não era isso que acontecia. A única certeza era que, em determinado momento, tínhamos causado nosso próprio fracasso e arruinado tudo, e, como nada mais se mostrava tão relevante, eu decidi ir para São Francisco. Em São Francisco a hemorragia social era mais evidente. Era em São Francisco que as crianças desaparecidas estavam se juntando e se chamando de "hippies". Logo que fui para a cidade, naquele frio final da primavera de 1967, eu nem sequer sabia o que pretendia descobrir, e assim só fiquei um pouco por lá e fiz alguns amigos.

Cartazete na Haight Street, em São Francisco:

No último dia da Páscoa o meu
Christopher Robin desapareceu.
Em 10 de abril ele telefonou
E desde então não mais ligou.
Disse que logo estaria voltando,
Porém eu continuo esperando.

Se alguém na Haight o encontrar,
Favor dizer-lhe para não demorar.
Preciso muito dele agora,

---

[1]. Em inglês, o título ("Slouching towards Bethlehem") e a frase inicial deste ensaio ("The center was not holding") são ligeiras variações de versos de um dos poemas mais famosos de William Butler Yeats, "The Second Coming" (1919), cujo caráter "profético" já suscitou várias análises críticas, como as de Louis MacNeice em *The Poetry of W.B. Yeats* (1941), Richard Ellmann em *The Identity of Yeats* (1954) e A. Norman Jeffares em *W.B. Yeats* (1971). O título do ensaio se baseou no último verso do poema, o qual, com o anterior, que completa seu sentido, diz: *"And what rough beast, its hour come round at last,/ Slouches towards Bethlehem to be born?"*). A frase inicial, com o verbo também alterado, provém do terceiro verso: *"Things fall apart; the centre cannot hold".* [N. do T.]

The Chambers Brothers, 1967

Nova York, Museu de Arte Moderna (MOMA). Litografia *offset*, 50,8 × 36,8 cm. Doação de Jack Banning 172.1993 © 2018. Imagem digital, Museu de Arte Moderna, Nova York/Scala, Florença

Conto com isso a qualquer hora.
Se houver problema financeiro,
Eu lhe enviarei o dinheiro.

Se uma esperança eu puder ter,
Queiram, por favor, me escrever.
Se ele ainda estiver por aí,
Digam-lhe como é querido aqui.
Tenho de saber seu paradeiro,
Pois o amo de amor verdadeiro!

       Sinceramente,
       Marla
Marla Pence
12702 NE. Multnomah
Portland, Oregon 97230
503/252-2720.

    Estou procurando alguém chamado Deadeye e ouvi dizer que ele anda pela rua essa tarde, fazendo um trabalhinho, e assim eu fico de olho e finjo ler cartazes da Loja Psicodélica, na Haight Street, quando um garoto de seus 16 ou 17 anos entra e senta do meu lado no chão.
    "Que é que você está procurando?", ele pergunta.
    Digo que nada em especial.
    "Faz três dias que estou doidão", diz ele. E me conta que andou injetando metanfetamina, o que aliás eu já estava sabendo, porque ele nem se preocupa em abaixar as mangas da camisa para esconder as marcas das picadas. Há algumas semanas, embora não se lembre mais de quantas, ele veio subindo de Los Angeles, e agora vai se mandar para Nova York, se puder arranjar carona. Mostro-lhe um cartaz que oferece carona para Chicago. Ele não sabe onde fica Chicago e pergunto de onde ele vem. "Daqui", me diz. Mas eu quero saber de antes daqui. "De San José, Chula Vista, sei lá. A minha mãe está em Chula Vista."
    Poucos dias depois eu dou com esse garoto no Golden Gate Park, quando o Grateful Dead está tocando. Pergunto-lhe se conseguiu carona para Nova York. "Me disseram que Nova York é um bode", ele responde.

Deadeye não apareceu na rua nesse dia, e alguém me diz que eu talvez possa encontrá-lo em casa. São três da tarde e ele está na cama. No sofá da sala tem alguém ferrado no sono, uma menina está dormindo no chão, coberta por um pôster de Allen Ginsberg, e outras duas, de pijama, fazem café instantâneo. Uma delas me apresenta ao amigo no sofá, que move um braço e estende a mão e não se levanta, porque está nu. Eu e Deadeye temos um conhecido em comum, cujo nome, porém, na frente dos outros, ele não menciona. "O homem com quem você falou", diz apenas, ou "aquele cara a quem me referi antes". O homem é tira.

A sala está superaquecida e a menina no chão não está passando bem. Deadeye diz que ela dorme sem parar há 24 horas. "Deixa eu te perguntar uma coisa", ele diz. "Você quer um pouco de fumo?" Eu digo que tenho de ir andando. "Se quiser", Deadeye diz, "é seu". Ele já pertenceu ao Hells Angels, na região de Los Angeles, mas isso foi há alguns anos. "Agora", diz Deadeye, "estou tentando criar esse grupo religioso bem legal – o Evangelismo Adolescente".

Don e Max querem sair para jantar, mas Don só está comendo comida macrobiótica, e assim nós acabamos de novo no bairro japonês. Max me conta como vive liberto de todos os velhos problemas freudianos da classe média. "Já estou há alguns meses com essa mulher, pode ser que ela faça alguma coisa especial para o meu jantar e eu só apareça uns três dias depois e diga para ela que andei transando com outra gata, e aí, pois é, talvez ela dê uma reclamada, mas quando digo 'eu sou assim, meu bem', ela acaba rindo e me diz 'é, Max, isso é bem você'." Max garante que a coisa funciona em mão dupla. "Quero dizer que, se ela chegar e me disser que quer transar com o Don, eu talvez diga 'o.k., meu bem, agora é a sua vez'."

Max vê sua vida como um triunfo contra "proibições". Álcool, peiote, mescalina e anfetamina acham-se entre as transgressões que ele havia praticado antes de completar 21 anos. Já viajara à base de anfetamina por três anos, em Nova York e Tânger, e só depois descobriu o ácido. Peiote ele experimentou pela primeira vez quando estava numa escola para meninos no Arkansas e desceu até o golfo do México e conheceu "um indiozinho que estava fazendo o que não devia. Depois, todo fim de semana que conseguia ficar livre, eu viajava mais de mil quilômetros de carona para descolar peiote em Brownsville, no Texas. Em Brownsville a dose de peiote saía por apenas 30 centavos na rua." Na maioria das escolas e clínicas chiques do leste dos Estados Unidos pelas quais passou, entrando para logo sair, a técnica habitual de Max para lidar com o tédio era fugir. Por exemplo: num hospital de Nova York em que ele esteve, "a enfermeira da noite era uma crioula gostosa, e de tarde, para a terapia, tinha uma gata interessante de Israel, mas de manhã não havia muito o que fazer, e eu então me arranquei".

Nós tomamos mais chá verde e falamos sobre a possibilidade de ir ao parque Malakoff Diggins, no condado de Nevada, porque tem gente criando uma comunidade lá e Max acha que seria uma boa tomar ácido nas antigas minas de ouro localizadas no parque. Diz que talvez pudéssemos ir na próxima semana, ou na seguinte, ou pelo menos, de qualquer modo, antes do julgamento de seu caso. Quase todo mundo que eu conheço em São Francisco tem de se apresentar à Justiça em algum momento do enrolado futuro. Nunca indago por quê.

Ainda interessada em saber como Max se livrou dos seus problemas freudianos de classe média, pergunto-lhe se agora ele está totalmente livre.

"Bah!", ele diz. "Eu tomo ácido."

Max ingere 250 ou 350 microgramas de LSD de seis em seis ou de sete em sete dias.

Max e Don dividem um baseado no carro, e vamos até North Beach para saber se Otto, que tem um emprego temporário lá, também quer ir a Malakoff Diggins. Otto está vendendo para alguns engenheiros eletrônicos. Os engenheiros olham com certo interesse para a nossa chegada, talvez porque, penso eu, Max está usando calça boca de sino e uma faixa de índio em volta da cabeça. Max não é nada tolerante com engenheiros quadrados e seus problemas freudianos. "Olhe só para eles", diz. "Estão sempre xingando a gente de 'bicha' mas depois vão escondidos a Haight-Ashbury para tentar pegar a hippie que trepa."

Nem conseguimos convidar Otto para Malakoff, porque ele quer me falar de uma conhecida dele de 14 anos que outro dia, no parque, caiu nas mãos da polícia. Ela só estava andando por lá, numa boa, carregando os livros da escola, quando, segundo ele, os tiras a pegaram, ficharam a menina e ainda revistaram as partes íntimas dela. "*Quatorze anos*", diz Otto. "As *partes íntimas!*"

"Para quem vinha viajando de ácido", ele acrescenta, "podia dar uma onda muito ruim."

Na tarde seguinte eu ligo para Otto para ver se ele pode entrar em contato com a adolescente de 14 anos. Mas fico sabendo que ela estará ocupada com os ensaios da peça *O mágico de Oz*, que anda montando com colegas de escola. "Está na hora da estrada de tijolos amarelos", diz ele. O dia todo Otto passou mal. Acha que foi cocaína malhada com farinha de trigo que alguém lhe deu.

Em volta de grupos de rock sempre tem garotinhas – as mesmas que antes costumavam rodear saxofonistas, garotas que vivem da celebridade, do poder e do sexo que uma banda irradia quando toca, e na tarde de hoje três delas estão aqui, em Sausalito, onde o Grateful Dead está ensaiando. Todas são bonitinhas. Duas ainda têm cara de criança e uma dança sozinha, de olhos fechados.

Pergunto a duas das garotas o que elas fazem.

"Eu meio que venho muito aqui", diz a primeira.

"Eu meio que conheço a banda", diz a outra.

A que só meio que conhece a banda começa a fatiar uma bisnaga sobre o banco do piano. Os rapazes fazem uma pausa e um deles conta como foi tocar em Los Angeles, no Cheetah, clube que funciona no velho Aragon Ballroom. "Nós estivemos lá tomando umas cervejas onde Lawrence Welk[2] costumava sentar-se", Jerry Garcia diz.

---

2. Músico e apresentador cujo programa de variedades, entre 1955 e 1982, foi um dos grandes sucessos da televisão americana. [N. do T.]

"Demais", diz com meiga risadinha a garotinha que dançava sozinha. Ela continua de olhos fechados.

Alguém me disse que se eu fosse encontrar alguns desgarrados era melhor comprar no caminho hambúrgueres e coca-cola. Foi o que fiz, e agora no parque estamos comendo juntos, eu, Debbie, de 15 anos, e Jeff, de 16. Debbie e Jeff abandonaram a família há 12 dias, fugindo da escola numa manhã com 100 dólares para dividir entre os dois. Como foi registrada uma queixa de adolescente desaparecida sobre Debbie – que já estava em liberdade condicional, porque a própria mãe a tinha levado a uma delegacia e a declarara incorrigível –, essa é apenas a segunda vez que eles saem do apartamento de um amigo desde que chegaram a São Francisco. Da primeira, foram apenas até o Fairmont Hotel, onde deram três voltas para cima e outras três para baixo no elevador panorâmico. "Uau!", é tudo o que ocorre a Jeff dizer sobre isso.

Pergunto por que eles fugiram.

"Meus pais diziam que eu tinha de ir à igreja", Debbie diz. "E não deixavam que eu me vestisse como queria. Na sétima série a minha saia era a mais comprida de todas. Na oitava melhorou um pouquinho, mas mesmo assim..."

Jeff concorda: "Sua mãe vivia criando encrenca".

"Eles não gostavam do Jeff. Nem gostavam das minhas amigas. Meu pai achava que eu dava muita sopa e disse isso pra mim. Fiquei com uma média baixa e ele me proibiu de sair até melhorar de notas, o que também me deixou chateada."

"Minha mãe era uma verdadeira vaca americana", diz Jeff. "Sempre invocava com o meu cabelo e também detestava botas. Era de lascar."

"Fala das suas obrigações", Debbie diz.

"Pois é, eu tinha umas obrigações. Se não acabasse de passar minhas camisas para toda a semana, sábado e domingo eu não podia sair. Uau! Era de lascar."

Debbie dá uma risadinha e balança a cabeça. "Mas este ano vai ser muito louco."

"Vamos deixar tudo acontecer, e pronto", diz Jeff. "Tudo está no futuro, não se pode planejar nada com antecedência. Primeiro vamos arranjar empregos, depois um lugar para morar. Depois, sei lá."

Jeff acaba com as batatas fritas e, por alto, pensa num tipo de trabalho em que conseguiria encaixar-se. "Sempre mexi um

The Wildflower, 1967

Nova York, Museu de Arte Moderna (MoMA). Litografia, 50,9 × 35,9 cm. Doação do designer 1439.2000 © 2018. Imagem digital, Museu de Arte Moderna, Nova York/Scala, Florença

pouco com coisas de metal, com solda, esses trecos." Digo então que ele talvez pudesse trabalhar com carros. "Não tenho bem cabeça de mecânico", diz ele. "De qualquer jeito, não se pode planejar com antecedência."

"Eu poderia trabalhar como babá", Debbie diz. "Ou vendedora de lojinha."

"Você sempre está falando de arranjar emprego numa lojinha", diz Jeff.

"É que já trabalhei numa."

Debbie dá um polimento nas unhas com o cinto do seu casaco de camurça, chateada porque lascou uma delas e também porque eu não tenho removedor de esmalte no carro. Prometo levá-la ao apartamento de uma amiga, para que ela possa retocar a unha, mas há algo que vem me incomodando e, enquanto pelejo com a ignição, finalmente eu faço a pergunta. Peço-lhes para pensar no passado, no tempo em que ainda eram crianças, e que me digam o que pretendiam ser quando crescessem, ou como olhavam então para o futuro.

Pela janela do carro, Jeff joga uma garrafa de Coca-Cola fora. E diz: "Não consigo me lembrar de um dia ter pensado nisso".

"Lembro que teve uma vez que eu quis ser veterinária", diz Debbie. "Mas agora estou mais ou menos ligada em seguir uma carreira de artista ou modelo ou cosmetologista. Ou qualquer coisa."

Ouço falar bastante de um certo policial, o agente Arthur Gerrans, cujo nome se tornou sinônimo de repressão na rua. "Ele é o nosso agente Krupke",[3] Max me disse um dia. Max não tem nenhuma estima particular por esse agente, porque foi ele que o prendeu após o Human Be-In do inverno passado, isto é, a grande manifestação realizada no Golden Gate Park, onde 20 mil pessoas puderam se drogar livremente, ou 10 mil puderam, ou um número qualquer de pessoas pôde, mas depois o agente Gerrans, em diferentes momentos, prendeu quase todo mundo da área, o Distrito. Presumivelmente para evitar um culto da personalidade, o agente Gerrans foi transferido, não faz muito tempo, e portanto é na delegacia central, na Greenwich Avenue, e não na delegacia do parque, que eu o encontro.

Estamos numa sala de interrogatório e sou eu que interrogo o agente Gerrans. Sendo ele jovem, louro e desconfiado, meço bem minhas palavras. Pergunto quais são, no seu entender, "os maiores problemas" de Haight.

---

[3]. Personagem do musical *West Side Story*, que estreou na Broadway em 1957 e foi transformado em filme (no Brasil, *Amor, sublime amor*), em 1961. [N. do T.]

O agente Gerrans fica meio pensativo. "Eu diria que os maiores problemas lá", afinal ele fala, "os maiores problemas são os narcóticos e os delinquentes juvenis. Narcóticos e delinquentes, são esses os seus maiores problemas."

Eu anoto.

"Um momento", diz o agente Gerrans, e sai da sala. Ao voltar, ele me diz que não posso conversar com ele sem permissão do delegado Thomas Cahill.

"Enquanto isso", o agente Gerrans acrescenta, apontando para a caderneta na qual eu tinha escrito *maiores problemas: delinquentes juvenis e narcóticos*, "eu ficarei com essas notas."

No dia seguinte eu solicito permissão para falar com o agente Gerrans e também com o delegado Cahill. Alguns dias depois um tenente retorna minha ligação:

"Finalmente tivemos uma decisão do delegado sobre o seu pedido", diz o tenente, "e isso é proibido".

Pergunto por que é proibido falar com o agente Gerrans.

O agente Gerrans está envolvido em processos que vão a julgamento.

Pergunto por que é proibido falar com o delegado Cahill.

O delegado anda ocupado com problemas policiais urgentes.

Pergunto se há pelo menos alguém no Departamento de Polícia com quem eu possa falar.

"No momento, não", o tenente diz.

E esse foi meu último contato oficial com o Departamento de Polícia de São Francisco.

Norris e eu estamos no Panhandle e, enquanto caminhamos por esse parque de São Francisco, Norris me diz que já está tudo combinado para um amigo me levar até Big Sur. Digo que o que eu quero realmente fazer é passar uns dias com Norris, sua mulher e o resto da turma na casa deles. Norris diz que seria muito mais fácil se eu tomasse um pouco de ácido. Digo que estou indecisa. Norris diz que tudo bem, mas pelo menos então *erva*, e me aperta a mão.

Um dia Norris pergunta a minha idade. Digo-lhe que tenho 32 anos. Embora isso leve alguns minutos, Norris entende. "Não se preocupe", ele diz afinal, "tem hippies velhos também."

É uma noite bem bonita, não há nada de mais acontecendo e Max traz a sua parceira, Sharon, ao Depósito. O Depósito, que é onde Don e um número flutuante de outras pessoas vivem, na realidade não é um local de armazenar produtos, e sim a garagem de um hotel interditado. Foi concebido como um teatro total, um *happening* incessante, e lá eu sempre me sinto bem. No Depósito, o que aconteceu há dez minutos ou o que vai acontecer dentro de meia hora tende a desaparecer da memória. Geralmente há alguém fazendo algo interessante, como montar um show de luzes, e há um monte de coisas curiosas ao redor, como um velho Chevrolet de passeio que é usado como cama, uma grande bandeira americana tremulando no escuro e uma grande poltrona fofa suspensa em caibros como um balanço, o que dá uma onda de privação dos sentidos.

Um dos motivos por que gosto especialmente do Depósito é que um menininho chamado Michael tem ficado agora lá. A mãe dele, Sue Ann, é uma garota meiga e lívida que está sempre na cozinha preparando algas marinhas ou fazendo pão macrobiótico, enquanto Michael se distrai com bastões de incenso, um pandeiro velho ou um cavalo de pau com a pintura gasta. Na primeira vez que o vi, Michael estava montado nele, um menino muito louro e pálido e sujo num cavalinho de pau bem desbotado. Naquela tarde, a única luz no Depósito era a de um refletor azul de teatro, sob a qual se achava Michael, ninando docemente o cavalinho de pau. Michael tem 3 anos. É uma criança esperta, mas ainda não fala.

Nesta noite em particular, Michael está tentando acender seus bastões de incenso e as pessoas de sempre estão à deriva, e todas acabam por se amontoar no quarto de Don, sentando-se na cama para dividir baseados. Sharon, quando chega, está muito exaltada. "*Don!*", ela grita esbaforida. "Nós hoje tivemos um pouco de PCD." Lembre-se de que nessa época a potenciação de curta duração era um assunto momentoso; ninguém sabia ainda o que viria a ser isso, que era relativamente, embora só relativamente, difícil de entender. Sharon é loura e miúda e deve ter 17 anos, mas Max é um pouco vago a respeito da idade dela, já que o caso dele será julgado dentro de mais ou menos um mês e não lhe convém ser acusado, para complicar as coisas, de sedução de menor. Os pais de Sharon, da última vez que ela os viu, estavam vivendo separados. Nem a escola nem quase nada de seu passado lhe fazem falta hoje em dia, excetuando-se o irmão mais novo. "Quero dar um empurrãozinho nele", confidenciou-me ela um dia. "Ele está com 14 anos agora, é a idade perfeita. Sei onde fica a escola dele e um dia desses eu vou buscá-lo."

O tempo passa e eu perco o fio da meada e, quando o retomo, Max parece estar falando sobre a coisa linda que é o modo de Sharon lavar pratos.

"Ah, é lindo sim", diz ela. "*Tudo* é lindo. Sabe, quando a gente vê essas bolhas de detergente azul escorrendo pelo prato e a gordura saindo... pois é, pode ser mesmo uma viagem."

Muito em breve, talvez mês que vem, talvez um pouco depois, Max e Sharon pretendem ir para a África e a Índia, onde possam viver da terra. "Eu tenho um modesto fundo de renda, sabe", Max diz, "que é útil para provar aos tiras e guardas de fronteira que estou em boa situação, mas viver da terra é que é a grande jogada. Na cidade você consegue droga e pode curtir a sua onda, tudo bem, mas nós temos de ir para algum lugar e viver de um modo orgânico."

"Raízes, essas coisas", diz Sharon, acendendo outro bastão de incenso para Michael. A mãe de Michael ainda está na cozinha preparando algas marinhas. "Você pode comê-las."

Devem ser umas 11 horas quando saímos do Depósito para o lugar em que Max e Sharon moram com um casal chamado Tom e Barbara. Sharon está contente de voltar para casa ("Espero que você enrole uns cigarrinhos de haxixe na cozinha", ela diz para Barbara à guisa de saudação), e todo mundo se alegra ao mostrar o apartamento, que está cheio de flores e velas e panos coloridos. Max e Sharon e Tom e Barbara logo ficam ligadões com o haxixe e todos dançam um pouco, e nós fazemos umas projeções líquidas e instalamos um estroboscópio e nos revezamos curtindo uma onda com ele. Bem mais tarde chega um cara chamado Steve com uma menina negra bonita. Os dois estiveram num encontro de pessoas que praticam uma ioga ocidental, mas não parecem querer falar sobre isso. Primeiro eles se deitam no chão, depois Steve se levanta.

"Tenho uma coisa pra te dizer, Max", diz ele.

Max demonstra irritação: "Pois então diga logo".

"Encontrei o amor com ácido. Mas depois o perdi. E agora estou reencontrando. Com nada mais além de fumo."

Max murmura que tanto o céu quanto o inferno estão no *karma* de cada um.

"É isso que me incomoda na arte psicodélica", Steve diz.

"Sem essa de arte psicodélica", diz Max. "Eu nunca vi muita arte psicodélica."

Max está deitado numa cama com Sharon, e Steve, abaixando-se até ele, diz: "Legal, cara. Você é muito legal."

Steve senta-se então e me fala de um verão em que ele estava numa escola de design em Rhode Island e fez 30 viagens, as últimas todas ruins. Pergunto-lhe por que foram ruins. "Eu poderia te dizer que pelas minhas neuroses", diz ele, "mas quero que isso se foda".

Poucos dias depois passo no apartamento de Steve para vê-lo. Ele anda nervosamente pelo quarto que usa como ateliê e me mostra umas pinturas. Nada indica que estejamos muito afinados.

"Talvez você tenha notado alguma coisa no ar, lá na casa do Max", ele diz abruptamente.

Ao que parece, a menina que estava com ele, a negra bonita, antes tinha sido namorada de Max. Acompanhara-o a Tânger e eles vieram juntos para São Francisco. Mas Max agora está com Sharon. "Então essa menina meio que anda ficando por aqui."

Há um monte de coisas a perturbar Steve, que tem 23 anos, foi criado na Virgínia e pensa na Califórnia como o começo do fim. "Acho tudo insano", diz ele numa voz murcha. "Essa menina me diz que a vida não tem sentido, mas isso não vem ao caso, nós vamos é nos mandar daqui logo. Muitas vezes já senti vontade de voltar para a Costa Leste, lá pelo menos eu tinha um *objetivo*. Lá se espera, no mínimo, que algo venha a *acontecer*." Ele acende um cigarro para mim, com as mãos tremendo. "Aqui a gente sabe que não vai ser assim."

Pergunto o que pode supostamente acontecer.

"Não sei", ele diz. "Alguma coisa. Qualquer coisa."

4. VISTA é a sigla em inglês para Voluntários a Serviço da América, programa de combate à pobreza criado em 1965 pelo governo dos Estados Unidos. Uma das primeiras ações do programa foi direcionada aos trabalhadores rurais imigrantes na Califórnia. [N. do E.]

Arthur Lisch está falando ao telefone, na cozinha de sua casa, e tenta vender ao VISTA[4] um programa social para o Distrito. "Nós já *temos* uma emergência", diz ele, enquanto luta para desembaraçar sua filha, de um ano e meio de idade, do fio do telefone. "Não contamos com ajuda aqui, ninguém pode garantir o que vai acontecer. Temos pessoas dormindo nas ruas, temos pessoas sujeitas a morrer de fome." Ele faz uma pausa. "Está bem", diz em seguida, e sua voz sobe de tom. "Ah, sim, então fazem isso por opção. Mas e daí?"

Quando ele desliga, tenho a impressão de que traçou um quadro igual aos de Charles Dickens sobre a vida no entorno do Golden Gate Park. Mas essa é a primeira vez que me exponho às alegações de "desordem na rua a menos que" de Arthur Lisch. Ele é uma espécie de líder dos Diggers, ou Cavadores, um grupo que, na mitologia oficial de Haight-Ashbury, é supostamente formado por pessoas de bem que, no anonimato, só têm um objetivo: ajudar. A mitologia oficial do Distrito sustenta ainda que os Diggers não têm líderes, apesar de Arthur Lisch ser um deles. Ele é também funcionário assalariado do American Friends' Service Committee e mora com a esposa, Jane, e seus dois filhos pequenos num apartamento estreito e sem corredores que nesse dia específico precisa de um pouco de organização. Primeiro porque o telefone não para de tocar. Arthur promete ir a uma audiência na prefeitura. Arthur promete "mandar Edward, ele está bem". Arthur promete arranjar uma boa banda, talvez o Loading Zone, para tocar de graça num show beneficente de judeus. O segundo problema é que a neném abriu o bué e só para de chorar quando Jane Lisch entra em cena para acalmá-la com um pote de macarrão com frango Gerber's Junior. Outro componente da confusão é alguém chamado Bob, que se limita a ficar sentado na sala contemplando os próprios pés. Primeiro ele olha para os dedos de um, depois para os do outro. Faço várias tentativas para puxar conversa com Bob, antes de me dar conta de que ele está numa onda ruim. Além do mais, duas pessoas retalham o que parece uma peça de carne de boi no chão da cozinha, com a ideia de que, quando a carne estiver cortada, Jane Lisch possa cozinhá-la para a refeição diária que os Diggers oferecem no parque.

Nada disso parece ser notado por Arthur Lisch, que apenas continua falando sobre sociedades cibernéticas e salário mínimo anual e desordem na rua, a menos que.

Um ou dois dias depois, ligo para os Lisch e pergunto por Arthur. Jane Lisch diz que ele está tomando banho na casa ao lado, porque no banheiro deles tem alguém se recuperando de uma onda ruim. Além desse surtado no banheiro, eles esperam por um psiquiatra, para cuidar de Bob, e também por um médico para Edward, que na verdade não está bem, pois pegou gripe. Jane diz que talvez fosse melhor eu falar com Chester Anderson. Mas ela não me passa o número dele.

Chester Anderson é um legado da *beat generation*, um homem por volta dos 35 anos cuja peculiar importância no Distrito provém do fato de ele ter um mimeógrafo no qual imprime informes assinados pela "companhia de comunicações". Outro dos dogmas da mitologia oficial do Distrito é que a companhia há de imprimir qualquer coisa que qualquer um tenha a dizer, se bem que na realidade Chester Anderson só imprima o que ele próprio escreve, coisas com as quais concorda ou que julga inofensivas ou já superadas. Seus informes, deixados em pilhas ou colados em vitrines em torno da Haight Street, são vistos com certa apreensão no Distrito e com bastante interesse por pessoas de fora, que os analisam, como quem entende de porcelana, à cata de mudanças sutis em ideologias obscuras. Comunicados emitidos por Anderson podem ser tão específicos a ponto de dedurar alguém acusado de ter desencadeado uma apreensão de maconha, mas podem também agir sob um viés mais genérico:

> Uma garota bonitinha de classe média, de 16 anos, vem até a Haight para ver o que está rolando & é pega por um vapor da rua, de 17 anos, que fica o dia todo aplicando sem parar anfetamina nela, depois a entope de 3 mil microgramas de LSD & rifa o corpo temporariamente desempregado da gata para a maior curra ocorrida na Haight Street desde a noite de anteontem. Política e ética do êxtase. O estupro se tornou tão comum na Haight como qualquer baboseira. Crianças estão passando fome na rua. Corpos e mentes estão sendo mutilados diante de nossos olhos, uma maquete do Vietnã.

Alguém que não Jane Lisch me deu um endereço de Chester Anderson, Arguello, 443, mas o número 443 não existe nessa rua. Telefono para a mulher do homem que me informou errado e ela diz que é Arguello, 742.

"Mas não vai lá não", ela acrescenta.

Digo que vou telefonar.

"Telefone não tem", diz ela. "Não posso te dar o número."

"Arguello, 742", eu digo.

"Não", diz ela. "Eu não sei. E não vai lá não. Se for, não use o meu nome nem o do meu marido."

Ela é casada com um professor titular de inglês da Universidade Estadual de São Francisco. Resolvo então deixar de lado, por ora, a questão Chester Anderson.

Paranoia bate fundo
Toma posse do seu mundo

– diz uma música cantada
pela banda Buffalo Springfield.

A atração por Malakoff Diggings anda meio esquecida, mas Max me pergunta por que eu não vou à casa dele, apenas para estar lá, da próxima vez que ele tomar ácido. Tom também vai tomar, Sharon provavelmente, Barbara talvez. Mas teremos de esperar seis ou sete dias, porque Max e Tom estão agora num espaço de PCD. Eles não são fanáticos pela potenciação de curta duração, que no entanto tem suas vantagens. "Você mantém seu prosencéfalo", diz Tom. "Eu poderia escrever com PCD, mas não com ácido." É a primeira vez que ouço falar de alguma coisa que não se possa fazer com ácido e também a primeira vez que ouço dizer que Tom escreve.

Otto está se sentindo melhor, pois descobriu que o que o deixou doente não foi cocaína com farinha de trigo. Foi catapora, que ele pegou tomando conta das crianças para os músicos da Big Brother and the Holding Company, numa noite em que eles foram tocar. Vou encontrá-lo e sou apresentada a Vicki, que de vez em quando canta com um grupo chamado Jook Savages[5] e mora no apartamento de Otto. Vicki abandonou a Laguna High School, um colégio da Califórnia, "por ter tido mononucleose", e uma vez seguiu o Grateful Dead até São Francisco, onde "por enquanto" tem ficado. Como seus pais são divorciados, ela nunca se encontra com o pai, que trabalha para uma rede de televisão em Nova York. Há alguns meses ele esteve aqui, para fazer um documentário sobre o Distrito, e tentou encontrá-la, mas não conseguiu. Depois escreveu uma carta para ela, aos cuidados da mãe, instando-a a voltar para o colégio. Vicki acha que talvez o faça algum dia, mas não vê muito sentido em fazê-lo agora.

Estamos comendo tempurá no bairro japonês, eu e Chet Helms, que me põe a par de alguns dos seus pontos de vista. Até uns dois anos atrás, Chet Helms nunca fez muita coisa, além de viajar pegando carona, mas agora ele dirige o Avalon Ballroom e voa sobre o polo Norte para se inteirar da cena londrina e diz

[5.] Um dos grupos hippies da época, que se destacou como banda psicodélica e gravou vários discos. [N. do T.]

Family Dog, 1967

Christie's Images Limited. Litografia em cores, 51 × 36 cm © 2018. Christie's Images, Londres/Scala, Florença

coisas assim: "Apenas por questão de clareza, eu gostaria de categorizar os aspectos da religião primitiva tal como os vejo". Neste exato momento ele está falando sobre Marshall McLuhan e como a palavra impressa está acabada, fora de moda, já era. "O *East Village Other* é um dos poucos jornais americanos que se acha em boa situação financeira. Sei disso porque eu leio o *Barron's*",[6] diz ele.

6. Semanário americano especializado em finanças e negócios. [N. do T.]

Um novo grupo deve tocar no Panhandle hoje, mas eles estão tendo problemas com o amplificador, e eu me sento ao sol para ouvir duas meninas de uns 17 anos talvez. Uma está maquiada demais e a outra usa calça Levi's e botas de caubói. Não parecem ser afetação essas botas, que de fato dão a impressão de que ela chegou de um rancho há umas duas semanas. Pergunto-me o que faz aqui no Panhandle, tentando tornar-se amiga de uma garota da cidade que a esnoba, mas não me pergunto muito, porque ela é simplória e desajeitada e a imagino fazendo toda a sua formação na escola pública rural lá do lugar de onde ela vem, sem que ninguém jamais a convidasse para ir até Reno[7] numa noite de sábado ver um filme num *drive-in* e tomar uma cerveja à beira-rio, daí ela ter fugido. "Eu sei de uma coisa sobre as notas de um dólar", ela está dizendo agora. "Se você receber uma que tem 'IIII' num canto e 'IIII' num outro, pode levá-la a Dallas, no Texas, que vão te dar 15 dólares por ela."

7. Cidade do estado de Nevada, sede do condado de Washoe. [N. do T.]

"Quem vai dar?", pergunta a garota da cidade.
"Não sei."

"No mundo de hoje só há três dados significativos" foi outra coisa que Chet Helms me disse certa noite. Estávamos no Avalon e o grande estroboscópio se movimentava, com as luzes coloridas e as tintas luminescentes, e o lugar estava cheio de colegiais que tentavam parecer ligadões. O sistema de som do Avalon projeta 126 decibéis a mais de 30 metros, mas para Chet Helms o som apenas está lá, como o ar, e ele fala através do barulho. "O primeiro", diz, "é que Deus morreu no ano passado e a imprensa fez o seu necrológio. O segundo é que 50% da população tem ou terá menos de 25 anos." Um garoto sacode um pandeiro para nós e Chet lhe dá um benevolente sorriso. "O terceiro", ele completa, "é que eles têm 20 bilhões de dólares irresponsáveis para gastar."

Chega quinta-feira, uma quinta qualquer, e Max e Tom e Sharon e talvez Barbara vão tomar ácido. Querem que seja por volta das três da tarde. Barbara já fez pão fresco, Max foi até o parque em busca de flores novas, e Barbara está escrevendo um aviso para colocar na porta, que diz: "NÃO PERTURBE, NÃO TOQUE, NÃO BATA, NEM INCOMODE DE QUALQUER OUTRO MODO. AMOR." Não seria isso que eu diria para o inspetor de saúde, que deve vir essa semana, nem para nenhum dos tantos agentes de narcóticos da vizinhança, mas imagino que esse aviso seja a viagem de Sharon.

Após terminá-lo, Sharon se torna muito inquieta. "Posso pelo menos ouvir o disco novo?", ela pergunta a Max.

"Tom e Barbara querem guardá-lo para quando a coisa bater."

"Já estou entediada de ficar sentada aqui."

Max vê quando ela se levanta num pulo para sair da sala. "É isso que se chama de agitação motora pré-ácido", diz ele.

Barbara não está à vista. Tom, que entra e sai sem parar, murmura: "Todas essas inumeráveis coisas que você tem de fazer no último minuto".

"O ácido é um troço complicado", Max diz dentro em pouco, ligando e desligando o toca-discos. "Quando uma gata toma ácido, tudo bem se ela estiver sozinha, mas, se vive com alguém, essa ansiedade se manifesta. E se o processo de hora e meia, antes de você tomar ácido, não fluir bem tranquilo..." Ele apanha uma bagana e, depois de examiná-la, acrescenta: "Eles estão levando um papo com a Barbara lá dentro".

Sharon e Tom se aproximam.

"Você também está de saco cheio?", Max pergunta a Sharon.

Sharon não responde.

Max se vira para Tom: "Ela está bem?".

"Tá."

"Podemos tomar o ácido?" Max está muito nervoso.

"Não sei o que ela vai fazer."

"Você quer fazer o quê?"

"O que eu quero depende do que ela quiser." Tom, enrolando uns baseados, primeiro esfrega nos papéis uma resina de maconha que ele mesmo faz. Depois volta para o quarto, levando os baseados, e Sharon o acompanha.

"Toda vez que alguém toma ácido acontece uma coisa assim", diz Max. Logo em seguida ele se anima e desenvolve uma teoria a respeito disso. "O problema é que algumas pessoas não gostam de sair de si mesmas. Você provavelmente não gostaria, talvez se contentasse com um quarto. Com uma dose de um quarto, ainda existe um ego e ele ainda tem desejos. Agora, se isso estiver dando onda – e se a sua mulher ou o seu homem estiver doidão em algum canto e não quiser ser tocado –, bem, você fica deprimido com ácido, você pode amarrar um bode por meses."

Sharon, sorrindo, entra na sala ao acaso: "Barbara talvez tome um pouco de ácido, fumamos um baseado e todos nós estamos mais legais".

Às três e meia dessa tarde, Max, Tom e Sharon puseram ácido sob a língua e sentaram-se juntos na sala para esperar pelo efeito. Barbara continuou no quarto, fumando haxixe. Durante as quatro horas seguintes, uma janela bateu por um momento, no quarto onde Barbara estava, e por volta das cinco e meia umas crianças começaram a brigar na rua. Uma cortina se inflou na brisa vespertina. No colo de Sharon um *beagle* foi arranhado por um gato. Excetuada a música de cítara no toca-discos, não houve nenhum outro barulho ou movimento até as sete e meia, quando Max disse: "Uau!".

Vejo Deadeye na Haight Street. Ele entra no carro e se encolhe no assento, para não chamar atenção, até sairmos de lá. Deadeye quer que eu conheça a garota dele, mas prefere falar primeiro sobre a sacada que teve para ajudar as pessoas.

"Eu zanzava por aí, era apenas um valentão de moto", diz ele, "e de repente entendi que a garotada não deve ficar andando sozinha." Deadeye tem um claro olhar evangelista e a retórica objetiva de um vendedor de carros. É um produto exemplar da sociedade. Tento olhar diretamente nos seus olhos, porque uma vez ele me disse que era capaz de ler o caráter nos olhos das pessoas, principalmente quando tinha acabado de tomar ácido, o que ele fez nessa manhã por volta das nove horas. "É só de uma coisa que eles têm de lembrar", ele diz. "Da Palavra do Senhor. E isso pode ajudá-los em mais de uma maneira."

Tira então da carteira uma carta toda dobrada, vinda de uma menina a quem ele ajudou. "Meu amado irmão", começa o texto, "pensei em lhe escrever uma carta porque sou parte de você. Lembre-se que, quando você sentir felicidade, eu também sinto, quando você sentir..."

"O que eu quero fazer agora", diz Deadeye, "é abrir uma casa onde gente de qualquer idade possa vir, passar uns dias, falar de seus problemas. *Qualquer idade*. Pessoas da sua idade também têm problemas."

Digo que para uma casa ele vai precisar de dinheiro.

"Já dei um jeito de arranjar dinheiro", diz Deadeye, e hesita, mas só por alguns segundos. "Eu conseguia descolar 85 dólares na rua. Andava com 100 papelotes de ácido no bolso, sabe? Se

Junior Wells and His Chicago Blues Band, 1966

Nova York, Museu de Arte Moderna (MOMA). Litografia *offset*, impressa em cores, 50,2 × 35,5 cm. Doação do designer. 160.1968. © 2018. Imagem digital, Museu de Arte Moderna, Nova York/ Scala, Florença

JUNIOR WELLS
AND HIS CHICAGO BLUES BAND

BEGINNING DEC 27 — **STEVE MANN** — **ENDING JAN 8**

MATRIX

3138 Fillmore near Lombard · 567-0118 · San Francisco

não garantisse 20 dólares até de noite, despejavam a gente de casa, então, como eu conhecia alguém que tinha ácido e alguém que queria, eu fazia a ponte."

> *Desde que a Máfia entrou no tráfico de LSD, a quantidade cresceu e a qualidade caiu... O historiador Arnold Toynbee comemorou seu 78º aniversário, na noite de sexta-feira, sapateando e estalando os dedos ao som da Quicksilver Messenger Service...*[8] eram duas notas da coluna de Herb Caen[9] certa manhã, enquanto o Ocidente declinava na primavera de 1967.

Quando estive em São Francisco, um papel ou uma cápsula de LSD-25 custava entre três e cinco dólares, dependendo de quem vendia e em que parte da cidade. Em Haight-Ashbury, o LSD era um pouco mais barato do que em Fillmore, onde era usado raramente, sobretudo como estimulante sexual, e vendido por vapores de drogas pesadas, como a heroína. Boa parte do ácido lisérgico estava sendo misturada com metedrina, nome comercial de uma anfetamina capaz de simular o efeito de que o ácido de má qualidade carece. Ninguém sabe a quantidade exata de LSD que há em cada papelote, supondo-se contudo que uma viagem padrão requeira 250 microgramas. Uma trouxinha de maconha com cerca de 20 gramas custava dez dólares, saindo a de dez gramas por cinco. O haxixe era considerado "artigo de luxo". Todas as anfetaminas ou "bolas" – a benzedrina, a dexedrina e especialmente a metedrina – foram de uso mais comum no final da primavera do que tinham sido no início. Alguns atribuíam isso à presença do Sindicato; outros, à deterioração geral do ambiente, com a incursão de gangues e de hippies mais jovens e ocasionais, os "hippies de butique", que gostam de anfetamina e das ilusões de ação e poder dadas por ela. Onde a metedrina é amplamente usada, a heroína tende a estar disponível, porque, segundo me disseram, "tomando anfetamina você chega a ficar doidão demais, e a heroína pode ser usada para baixar a bola".

A mulher de Deadeye, Gerry, encontra-nos à porta da casa deles. É uma jovem grandona, bem corpulenta, que sempre atuou como conselheira em acampamentos de bandeirantes, durante as férias de verão, e estava "em serviço social" na Universidade de Washington quando decidiu que "ainda não tinha vivido

---

[8]. Uma das primeiras bandas de rock psicodélico de São Francisco na década de 1960. [N do T.]
[9]. Jornalista americano (1916-1997) cuja coluna diária no *San Francisco Chronicle* fez enorme sucesso por várias décadas. [N. do T.]

muito" e veio para São Francisco. "Em Seattle, na verdade, fazia muito calor", acrescenta.

"Na primeira noite que passei aqui", diz ela, "fiquei com uma garota que eu conheci no Blue Unicorn. Eu parecia ter acabado de chegar, com uma mochila e os meus trecos." Depois disso Gerry se hospedou numa casa mantida pelos Diggers, onde conheceu Deadeye. "Aí precisei de um tempo para poder me adaptar, é por isso que até agora não trabalhei muito."

Pergunto a Gerry qual é seu tipo de trabalho. "Basicamente eu sou poeta", ela diz, "mas roubaram meu violão assim que cheguei e isso meio que me deixou em suspenso."

"Pega os teus livros", ordena Deadeye. "Mostra pra ela."

Gerry vacila, depois vai até o quarto e retorna com vários cadernos escolares cheios de versos. Enquanto os folheio, Deadeye continua falando de ajudar os outros. "Qualquer garoto que toma bola", diz ele, "eu vou tentar tirar disso. A única vantagem do troço, do ponto de vista do garoto, é que você não precisa se preocupar com dormir nem comer."

"Nem com sexo", Gerry acrescenta.

"Verdade. Sob efeito de bola ninguém precisa de *nada*."

"A bola pode levar às drogas pesadas", diz Gerry. "Qualquer maluco que usa metedrina, depois que começa a enfiar a agulha no braço, vai acabar querendo, pode crer, um pouco de heroína também."

Nesse tempo todo estou dando uma olhada nos poemas de Gerry. São típicos versos de mocinha, sempre escritos por mão bem caprichosa e arrematados com arabescos. Os céus são prateados e as auroras são róseas. Quando, nos seus cadernos, ela escreve *crystal*.[10] Gerry não quer dizer metedrina.

"Você tem de voltar a escrever", diz Deadeye, todo orgulhoso, mas Gerry ignora. Ela está falando sobre alguém que ontem a abordou com uma proposta. "O cara veio andando direto para mim na rua e me ofereceu 600 dólares para ir a Reno fazer sexo."

"Você não é a primeira que ele assedia", Deadeye diz.

"Se alguma guria quiser ir com ele, tudo bem", diz Gerry. "Mas que ninguém venha bodear minha viagem." Ela esvazia a latinha de atum que usamos como cinzeiro e vai olhar uma garota que está dormindo no chão. É a mesma que já dormia no chão da primeira vez que eu vim à casa de Deadeye. Faz uma semana ou uns dez dias que ela está passando mal. "Geralmente quando alguém me procura nesse estado na rua", Gerry diz, "dou-lhe uma porrada para ver se ele se toca."

[10]. *Crystal*, traduzido aqui por "bola", era um dos termos de gíria americana para metedrina e substâncias análogas, da classe das anfetaminas. [N. do T.]

—

Quando encontro Gerry no parque, no dia seguinte, pergunto pela menina adoentada, e Gerry diz toda alegre que ela está no hospital, com pneumonia.

Max me conta como ele e Sharon passaram a viver juntos. "Quando a vi pela primeira vez na Haight Street, parei na dela. Fiquei vidrado. E aí eu puxei conversa sobre um cordão de contas que ela usava, mas eu não estava nem aí pra ele." Sharon vivia numa casa onde morava um amigo de Max, e a vez seguinte em que ele a viu foi quando levou para esse amigo uma penca de bananas. "Foi na época em que o barato da banana estava na moda. Você meio que tinha de enfiar pela goela abaixo dos caras sua personalidade e as cascas de banana. Eu e Sharon éramos que nem duas crianças – a gente fumava as cascas de banana, olhava um para o outro, fumava mais cascas e continuava se olhando sem parar."

Max, porém, ficou em dúvida. Por um lado, pensou que Sharon fosse namorada do amigo. "Por outro, eu não sabia se queria mesmo me amarrar numa gata." Quando ele voltou à casa para fazer uma visita, Sharon estava chapada de ácido.

Sharon o interrompe: "Todo mundo então gritou 'olha o bananeiro aí', e eu fiquei toda excitada".

"Ela estava morando naquela casa maluca", prossegue Max. "Tinha um cara lá que não fazia outra coisa a não ser gritar. A viagem dele se resumia a soltar gritos. Não dava para aguentar." Max, na época, ainda se mantinha arredio a Sharon. "Mas aí, quando ela me ofereceu um papel, eu entendi."

Max foi até a cozinha e voltou com o ácido, indeciso entre tomar ou não. "Então resolvi que ia encarar a parada, e mandei ver. Porque, quando você toma ácido com alguém por quem tem tesão, vê o mundo inteiro se derreter nos olhos dela."

"É mais forte do que qualquer outra coisa", diz Sharon.

"Nada é capaz de quebrar isso", diz Max. "Enquanto dura."

Hoje o leite não chegou,
O meu amor se mandou...
Fim das minhas esperanças,
Fim de todos os meus sonhos...

diz uma música que todas as manhãs eu ouvia,
no final frio da primavera de 1967, na KFRC, a
Flower Power Station de São Francisco.

Deadeye e Gerry me dizem que pretendem se casar. Um pastor episcopal do Distrito prometeu fazer o casamento no Golden Gate Park, onde se apresentarão alguns grupos de rock, "uma coisa bem comunitária". O irmão de Gerry também vai se casar, em Seattle. "Não deixa de ser interessante", Sharon reflete, "porque o dele será um casamento quadrado tradicional, sabe, e assim fará contraste com o nosso."

"No dele eu vou ter de usar gravata", diz Max.

"Ah, vai", Gerry concorda.

"Os pais dela vieram aqui me conhecer, mas não estavam prontos para isso", observa filosoficamente Deadeye.

"Mas enfim eles abençoaram nossa união", Gerry diz. "De certo modo."

"Quando eles vieram falar comigo, o pai disse: 'Cuide bem dela'", Deadeye rememora. "E a mãe falou: 'Não deixe ela ir pra cadeia'."

Barbara assou uma torta macrobiótica de maçã, que ela e Tom e Max e Sharon e eu agora estamos comendo. Barbara me conta como aprendeu a encontrar felicidade em "coisas de mulher". Ela e Tom tinham ido a algum lugar para viver com os índios e, embora de início ela achasse estranho ser deixada de lado com as mulheres, sem nunca participar de nenhuma das conversas dos homens, logo entendeu a razão daquilo. "Era lá que estava a *viagem*", diz ela.

Barbara está no que eles dizem ser viagem de mulher, à exclusão de quase todo o restante. Quando ela e Tom e Max e Sharon precisam de dinheiro, Barbara arranja um emprego de meio período, como modelo ou professora de jardim da infância, mas não se preocupa em ganhar mais de dez ou 20 dólares por semana. Na maior parte do tempo, cozinha e cuida da casa. "Fazer alguma coisa que mostre desse modo o seu amor", segundo ela, "vem a ser para mim justamente o que há de mais bonito." Sempre que ouço menções a "viagem de mulher", o que é bem frequente, penso muito nessa história de que não há "nada que fale tanto de amor quanto uma coisa que sai do forno", na Mística Feminina e em como é possível que pessoas sejam instrumentos inconscientes de valores que energicamente elas rejeitariam no plano consciente, mas não toco nesse assunto com Barbara.

O dia está lindo. Eu desço pela rua, dirigindo, e num sinal vejo Barbara.

Ela quer saber o que estou fazendo.

Só estou dando uma volta de carro.

"Legal", diz ela.

Digo que o dia está muito bonito.

"Legal", ela concorda.

E quer saber se eu vou aparecer por lá. Digo que sim, em breve.

"Legal", diz ela.

Pergunto-lhe se quer dar uma volta pelo parque, mas ela está muito ocupada. Saiu para comprar lã para o seu tear.

Arthur Lisch fica extremamente nervoso toda vez que me vê agora, porque nessa semana a posição assumida pelos Diggers é que nenhum deles fale com "a mídia venenosa", o que se refere a mim. Continuo pois sem uma brecha para Chester Anderson, mas um dia encontro no Panhandle um garoto que diz ser "parceiro" dele. O garoto, de capa preta, chapelão preto de aba larga, casaco lilás das Filhas de Jó[11] e óculos escuros, diz chamar-se Claude Hayward, o que aliás não me interessa, pois só penso nele como o Contato. O Contato quer dar "uma examinada" em mim.

Tiro os óculos escuros para que ele veja os meus olhos. Ele porém não tira os dele.

Mas, para começo de conversa, pergunta: "Quanto te pagam pra você fazer esse tipo de envenenamento na mídia?".

Ponho de novo os óculos escuros.

"Só tem um jeito de saber onde é", diz o Contato, apontando com o polegar para o fotógrafo que está comigo. "Dispense ele e venha pra rua. Não traga dinheiro, você não vai precisar." De baixo da capa ele puxa uma folha mimeografada que anuncia uma série de aulas na Loja Livre dos Diggers sobre Como Evitar Ser Preso, Curras, Doenças Venéreas, Estupro, Gravidez, Inanição e Espancamentos. "Você deve ir até lá", o Contato diz. "Vai ser bom pra você."

Eu digo que talvez, mas que primeiro gostaria de falar com Chester Anderson.

"Se a gente resolver mesmo que quer fazer contato", diz o Contato, "logo a gente entra em contato com você." No parque, depois disso, ele ficou de olho em mim, mas nunca ligou para o número que eu dei.

Começa a escurecer, faz frio e, sendo ainda muito cedo para encontrar Deadeye no Blue Unicorn, toco a campainha de Max. Barbara vem atender à porta.

"Max e Tom estão ocupados com alguém, tratando de resolver um negócio", diz ela. "Você pode voltar um pouco mais tarde?"

É difícil entender direito que espécie de negócio Max e Tom poderiam então estar fazendo com alguém, mas uns dias depois, no parque, descubro.

"Ei!", Max me chama. "Desculpe por você não ter podido entrar no outro dia, havia um *negócio* sendo feito." Dessa vez entendo. "Pegamos uma coisa da melhor qualidade", diz ele, e começa a dar

11. Ordem Internacional das Filhas de Jó, organização mantida pela Maçonaria para meninas de entre 10 e 20 anos. [N. do E.]

detalhes. Nessa tarde há muita gente no parque com pinta de agente de narcóticos, e eu tento mudar de assunto. Mais tarde aconselho Max a ser mais prudente em público. "Eu tomo muito cuidado, sabe?", ele diz. "Cautela nunca é demais."

A essa altura tenho um contato não oficial e proibido no Departamento de Polícia de São Francisco. O que acontece é que esse policial e eu nos encontramos em vários fins de noite, como nas arquibancadas de uma partida de beisebol, quando ele senta-se por acaso ao meu lado e nos dizemos frases a esmo, falando de generalidades com certa reserva. Entre nós, de fato, não há qualquer troca de informações, mas depois de algum tempo passamos a simpatizar um com o outro.
"Esses garotos não são nada espertos", ele me diz no dia em questão. "Vão lhe contar que sempre conseguem identificar um policial à paisana, dizendo até 'o tipo de carro que ele dirige'. Só que não estarão falando de policiais disfarçados, e sim de homens que usam roupas comuns e por acaso dirigem carros não caracterizados, como eu faço. Eles não conseguem identificar um verdadeiro olheiro. Um olheiro não anda dirigindo um Ford preto com rádio emissor-receptor."
Ele me fala sobre um policial à paisana que foi retirado do Distrito porque acharam que o homem, após muita exposição, tornara-se conhecido demais. Transferido para a equipe de narcóticos, por engano o mandaram imediatamente de volta para o Distrito, a fim de espionar o uso de drogas.
O policial brinca com seu chaveiro. "Quer saber como esses garotos são espertos?", ele diz finalmente. "Esse cara, logo na primeira semana, fez 43 detenções."

O Jook Savages deve dar uma festa de Primeiro de Maio em Larkspur. Quando eu passo pelo Depósito, Don e Sue Ann acham que seria uma boa ir de carro até lá, porque o filhinho de três anos dela, Michael, não tem saído ultimamente. Faz um tempo agradável, há uma neblina ao pôr do sol, em torno da Golden Gate, e Don pergunta a Sue Ann quantos sabores ela é capaz de detectar num mesmo grão de arroz, e Sue Ann diz para Don que talvez fosse melhor ela aprender a cozinhar *yang*, todos eles talvez estejam muito *yin* no Depósito, e eu tento ensinar a Michael a canção "Frère Jacques". Com cada um em sua própria viagem, damos um bom passeio. E ainda bem, porque lá onde os Jook Savages moram não havia ninguém, nem sequer os Jook Savages. Ao voltarmos, Sue Ann resolve cozinhar um monte de maçãs que estavam espalhadas pelo Depósito, Don vai trabalhar no seu show de luzes e eu desço para falar um instante com Max. "Essa é boa", diz Max sobre a brincadeira em Larkspur. "Alguém achou que seria muito legal chapar 500 pessoas no Primeiro de Maio, e seria mesmo, mas em vez disso todo mundo chapou no último dia de abril, e assim nada aconteceu. Se alguma coisa acontece, ótimo. Se não acontece, dá na mesma. Quem vai se importar? Ninguém está ligando."

12. Programa de televisão com músicas para crianças, apresentado por David Ouchterlony e produzido no Canadá. [N. do T.]

13. Jornal *underground* que circulou em Haight-Ashbury entre 1966 e 1968. [N. do T.]

Quicksilver Messenger Service, Miller Blues Band, The Daily Flash, 1967

Nova York, Museu de Arte Moderna (MOMA). Litografia, 50,8 × 37,5 cm. Publicado por Family God Productions, São Francisco. Doação anônima. P1167. © 2018. Imagem digital, Museu de Arte Moderna, Nova York/Scala, Florença

Um garoto com aparelho nos dentes toca guitarra e se vangloria de ter recebido as últimas sobre PCD do próprio Mr. O.,[12] e alguém espalha que cinco gramas de ácido serão liberados mês que vem, e vê-se que essa tarde nada de mais está acontecendo ao redor da sede do *San Francisco Oracle*.[13] Outro jovem, sentado a uma prancheta, desenha os números infinitesimais traçados por pessoas sob efeito de bola, enquanto o que está de aparelho o observa, cantando suavemente: "Vou dar um teco na minha gata/ que ficou com outro cara". Alguém decifra a numerologia do meu nome e do nome do fotógrafo que me acompanha. A do fotógrafo é só brancura pura e o mar ("Pois é, se eu fosse fazer um colar de contas pra você", disseram a ele, "faria quase tudo em branco"), mas a minha tem um duplo símbolo de morte. Como a tarde não parece mesmo estar levando a parte alguma, sugerem-nos dar um pulo no bairro japonês e achar por lá alguém chamado Sandy, que nos levará ao templo zen.

Na casa de Sandy, quatro rapazes e um homem de meia-idade estão sentados numa esteira de palha, tomando chá de anis e acompanhando a leitura, feita por Sandy, de *You Are Not the Target*, de Laura Huxley.

Nós nos sentamos e aderimos ao chá. "A meditação deixa a gente ligado", diz Sandy, que tem a cabeça toda raspada e aquele tipo de rosto de querubim que geralmente é visto nas fotos dos autores de assassinatos em massa nos jornais. O homem de meia-idade, cujo nome é George, começa a me incomodar porque entrou em transe, ao meu lado, e está me encarando sem me ver.

Sinto que minha mente escapa ao controle – George está *morto*, ou *todos* nós estamos – quando o telefone toca.

"É para o George", Sandy diz.

"George, telefone."

"*George*."

Alguém passa a mão diante da cara de George e finalmente George se levanta, faz uma saudação e, na ponta dos pés, vai andando para a porta.

"Acho que vou tomar o chá de George", alguém diz. "George, você vai voltar?"

George para na porta e se vira para nós, olhando um de cada vez com atenção. "Num instante", retruca.

TICKET OUTLETS — SAN FRANCISCO: MNASIDKA (HAIGHT-ASHBURY), CITYLIGHTS BOOKS (NO. BEACH), KELLY GALLERIES (3681-A SACRAMENTO), THE TOWN SQUIRE (1318 POLK ST), BALLY LO SHOES (UNION SQ), HUT T-1 STATE COLLEGE. BERKELEY: MOES BOOKS, DISCOUNT RECORDS. SAUSALITO: TIDES BOOKSTORE. REDWOOD CITY: REDWOOD HOUSE OF MUSIC (700 WINSTON). SAN MATEO: TOWN & COUNTRY MUSIC CENTER (4TH & EL CAMINO), LA MER CAMERAS & MUSIC (HILLSDALE BLVD AT 19TH). MENLO PARK: KEPLER'S BOOKS & MAGAZINES (825 EL CAMINO). SAN JOSE: DISCORAMA (235 S. FIRST ST)

Sabe quem é o primeiro e eterno astronauta deste universo?
O primeiro a mandar suas fortes fortíssimas vibrações
Para todas essas superestações cósmicas?
Pois a canção que ele sempre canta aos gritos
Põe os planetas a girar...
Antes que você me tome por louco, vou lhe dizer que estou falando
De Narada Muni cantando
HARE KRISHNA HARE KRISHNA
KRISHNA KRISHNA HARE HARE
HARE RAMA HARE RAMA
RAMA RAMA HARE HARE
É uma música a Krishna.
Letra de Howard Wheeler musicada por
Michael Grant.

Como a viagem talvez não se baseie em zen, mas em Krishna, vou fazer uma visita a Michael Grant, que é o principal discípulo do swami[14] A.C. Bhaktivedanta em São Francisco. Michael Grant está em casa com seu cunhado e a mulher, moça bonita que usa suéter de caxemira e uma pinta vermelha, marca de casta, na testa.

"Desde julho passado, por aí, que eu me liguei ao swami", Michael diz. "Ele veio da Índia para cá, passou por aquele *ashram* no norte do estado de Nova York e por uns dois meses viveu em solidão e apenas cantando muito. Logo eu consegui ajudá-lo a se instalar em Nova York. Agora existe um movimento internacional, que estamos divulgando ao ensinar seus cânticos." Enquanto Michael dedilha seu colar de contas de madeira, noto que sou a única pessoa na sala que não tirou os sapatos. "E está pegando como fogo no mato."

"Se todo mundo cantasse", diz o cunhado, "não haveria nenhum problema com a polícia ou quem quer que fosse."

"Para Ginsberg, cantar é um êxtase, mas não é exatamente isso o que diz o swami." Depois de andar pela sala e endireitar uma imagem de Krishna como bebê, Michael acrescenta: "É pena que você não possa encontrar o swami. Ele agora está em Nova York."

"'Êxtase' não é mesmo a palavra certa", diz o cunhado, que andou pensando no assunto. "Faz a gente pensar nalgum... êxtase mundano."

---

[14]. Swami: título honorífico hindu atribuído a um mestre espiritual. [N. do E.]

Ao passar pela casa de Max e Sharon, no dia seguinte, encontro-os na cama, dando tragadas matinais de haxixe. Sharon já tinha me aconselhado que meio baseado, mesmo de maconha, é capaz de transformar o despertar da manhã em beleza pura. Pergunto a Max como Krishna "bate" para ele.

"Um mantra pode dar barato", diz ele. "Mas eu sou devoto do ácido."

Max, após passar o baseado para Sharon, se recosta e acrescenta: "Que pena você não ter podido estar com o swami. Ele é a maior viagem."

Qualquer um que pensar que isso é tudo sobre drogas estará com a cabeça fora do lugar. É um movimento social, romântico por suas características, do tipo que ocorre em épocas de verdadeira crise social. Os temas são sempre os mesmos. Um retorno à inocência. A invocação de uma autoridade e um controle primevos. Os mistérios do sangue. Uma ânsia pelo transcendental, pela purificação. É bem aí que você encontra os modos pelos quais historicamente o romantismo acaba em confusão, prestando-se ao autoritarismo. E é quando surge a direção. Quanto tempo você acha que ainda será necessário para isso acontecer? – eis a pergunta que me fez um psiquiatra de São Francisco.

No tempo que estive em São Francisco, o potencial político do que então era chamado de O Movimento já estava se tornando claro. Sempre aliás estivera claro para o núcleo revolucionário dos Diggers, cujas aptidões de guerrilheiros inclinavam-se agora para confrontos ostensivos e a criação de serviços de emergência para o verão, como estava claro para muitos dos médicos e sacerdotes e sociólogos tradicionais que tiveram oportunidade de trabalhar no Distrito, e rapidamente poderia tornar-se claro para qualquer pessoa de fora que se desse o trabalho de decodificar os comunicados de incitamento à ação de Chester Anderson ou de observar quem eram os primeiros a se fazer presentes nas escaramuças de rua que no momento davam o tom da vida no Distrito. Não era preciso ser analista político para ver isso; bastavam os rapazes dos grupos de rock, que não raro estavam onde as coisas aconteciam. "No parque sempre tem 20 ou 30 pessoas perto do palco", queixou-se comigo um dos integrantes do Grateful Dead, "prontas a arrastar a multidão para alguma viagem militante."

Mas a peculiar beleza desse potencial político, por tudo o que dizia respeito aos ativistas, era que ele permanecia nada claro para a maioria dos moradores do Distrito, talvez porque os poucos adolescentes de 17 anos que são realistas políticos não tendem a adotar o idealismo romântico como estilo de vida. Nem estava claro para a imprensa, que em níveis variáveis de competência continuava a falar do "fenômeno hippie" como extensão de uma brincadeira estudantil de mau gosto, como vanguarda artística liderada por folgados *habitués* da Associação Judaica de Moços como Allen Ginsberg ou como um modo ponderado de protesto, não muito diferente de entrar para o Peace Corps, contra a civilização que produziu os filmes de PVC transparente para embalar comidas e a guerra do Vietnã. Essa última abordagem, equivalente à fórmula "eles estão querendo dizer alguma coisa pra gente", chegou a seu apogeu numa matéria de capa da *Time* que revelou que os hippies "desprezam o dinheiro, chamado de 'pão' por eles", e se mantém como a evidência mais notável, mesmo involuntária, de que os limites entre gerações são irrevogavelmente instransponíveis.

Como os sinais que a imprensa obtinha não eram maculados por possibilidades políticas, as tensões no Distrito passaram despercebidas, mesmo na época em que havia tantos observadores da *Life*, da *Look* e da CBS na Haight Street que eles ficavam sobretudo se observando uns aos outros. Grosso modo, os observadores acreditavam no que as crianças lhes diziam: que elas eram de uma geração indiferente à ação política, à margem dos jogos de poder, e que a Nova Esquerda era apenas mais uma viagem de egos. *Ergo*, realmente não havia ativistas no Distrito Haight-Ashbury, e aquelas coisas que todos os domingos aconteciam eram demonstrações espontâneas porque, tal como dizem os Diggers, a polícia é violenta, os jovens não têm direitos, quem fugiu de casa é privado de sua prerrogativa de autodeterminação e tem gente ameaçada de morrer de fome na Haight Street, uma maquete do Vietnã.

É claro que os ativistas – não aqueles cujo pensamento se tornara rígido, mas aqueles cuja abordagem revolucionária era imaginativamente anárquica – tinham há muito apreendido a realidade que ainda escapava à imprensa: nós estávamos diante de algo importante. Víamos um punhado de crianças despreparadas tentando desesperadamente criar uma comunidade num vazio social. Depois de ver essas crianças, não podíamos mais ignorar o vazio, nem fingir que a atomização da sociedade podia ser revertida. Aquela não era uma rebelião tradicional de geração. De certo modo nos esquecemos, em algum momento entre 1945 e 1967, de comunicar a essas crianças as regras do jogo que por acaso jogávamos. Talvez nós mesmos tivéssemos deixado de acreditar em tais regras, talvez sofrêssemos, por causa do jogo, de um colapso nervoso. Talvez fossem muito poucas as pessoas ali capazes de fazer a comunicação. Essas crianças tinham crescido soltas da grande teia de primos, tias-avós, médicos de família e vizinhos da vida inteira que tradicionalmente sugeriam e impunham os valores da sociedade. São crianças que andaram muito por toda parte, em *San Jose, Chula Vista, aqui*. Acham-se menos em rebelião contra a sociedade do que mal informadas sobre ela, sendo apenas capazes de realimentar algumas das dúvidas mais comentadas que a sociedade tem a respeito de si mesma, como o *Vietnã*, o *filme plástico de PVC transparente*, as *pílulas dietéticas*, a *Bomba*.

Eles oferecem de volta exatamente o que é dado a eles. Como não acreditam em palavras – palavras são para "cabeças lineares", como Chester Anderson lhes diz, e um pensamento que precisa de palavras é apenas mais uma das viagens de ego –, o único vocabulário proficiente dos jovens está nas platitudes da sociedade. Como ainda sou comprometida com a ideia de que a capacidade de pensar por si mesmo depende do domínio da linguagem, não me sinto otimista sobre crianças que preferem dizer, para indicar que a mãe e o pai não moram juntos, que elas vêm de "um lar desfeito". São crianças de 16, 15, 14 anos, cada vez mais novas, um exército de crianças à espera de que lhes deem palavras.

Peter Berg sabe um monte de palavras.
   "Peter Berg está por aqui?", pergunto.
   "Talvez."
   "Você é o Peter Berg?"
   "Sô."

O motivo para Peter Berg não se interessar em trocar muitas palavras comigo é que duas das que ele sabe são "mídia venenosa". Peter Berg usa um brinco de ouro e é talvez a única pessoa no Distrito em quem um brinco de ouro mostra-se obscuramente sinistro. Ele pertence à Trupe de Mímica de São Francisco, alguns membros da qual criaram a Frente pela Libertação dos Artistas, para "aqueles que pretendem conjugar seus anseios criativos com o envolvimento sociopolítico". Os Diggers se organizaram a partir da Trupe de Mímica, durante os distúrbios de 1966 em Hunter's Point,[15] quando pareceu ser uma boa ideia distribuir comida e montar peças com marionetes nas ruas para zombar da Guarda Nacional. Junto com Arthur Lisch, Peter Berg faz parte da liderança oculta dos Diggers, e foi ele quem mais ou menos inventou e apresentou à imprensa a crença de que no verão de 1967 São Francisco seria invadida por 200 mil jovens indigentes. A única conversa que acabo conseguindo ter com Peter Berg é sobre o fato de ele me achar pessoalmente responsável pela maneira como a *Life* legendou as fotos de Cuba tiradas por Henri Cartier-Bresson, mas mesmo assim gosto de vê-lo em ação no parque.

Janis Joplin canta com a banda Big Brother and the Holding Company no Panhandle, quase todo mundo está doidão, e bela é a tarde de domingo entre as três e as seis horas, que segundo os ativistas é o momento da semana em que há mais probabilidades de acontecerem coisas em Haight-Ashbury, e quem se vê por ali é Peter Berg. Ele está com sua mulher e seis ou sete

15. Bairro de São Francisco. [N. do E.]

SAUSALITO: TIDES BOOKSTORE. REDWOOD CITY: REDWOOD HOUSE OF MUSIC(700 WINSLOW,SAN MATEO: TOWN & COUNTRY MUSIC CTR. (4TH & EL CAMINO LA MER
CAMERAS & MUSIC(HILLSDALE AT 19TH, MENLO PARK: KEPLERS BOOKS & MAGAZINES(825 EL CAMINO, SAN JOSE: DISCORAMA(235 S.FIRST ST)
Moscoso
TICKET OUTLETS - SAN FRANCISCO: MNASIDIKA (HAIGHT-ASHBURY), MIDDLE EARTH (852 STANYAN), CITYLIGHTS BOOKS (N.BEACH, KELLEY GALLERIES (3673 SACRAMENTO)
THE TOWN SQUIRE (1318 POLK), BALLY LO SHOES (UNION SQ, HUT T-1 STATE COLLEGE. BERKELEY: DISCOUNT RECORDS.
No.68-1
1967 © FAMILY DOG PRODUCTIONS 639 GOUGH ST., San Francisco, Calif. 94102

outras pessoas, entre as quais o parceiro de Chester Anderson, o Contato, e o que logo chama a atenção é que seus rostos estão pintados de preto.

Digo para Max e Sharon que alguns integrantes da Trupe de Mímica parecem estar pintados de preto.

"É teatro de rua", ela me garante. "Deve ser superlegal!"

Os mímicos chegam um pouco mais perto, deixando ver que há mais coisas peculiares a seu respeito. Eles estão batendo na cabeça das pessoas com cassetetes plásticos de brinquedo e, além disso, levam cartazes nas costas com inscrições como estas: "QUANTAS VEZES VOCÊS JÁ FORAM ESTUPRADOS, SEUS TRANSVIADOS SEXUAIS?" e "QUEM ROUBOU A MÚSICA DE CHUCK BERRY?". Além disso, distribuem um panfleto da companhia de comunicações que diz:

> & neste verão milhares de garotinhas não brancas não suburbanas atrás da última moda vão querer saber por que você largou tudo o que elas não podem ter & como você se vira com isso & como um cara de cabelo tão comprido como o seu não é viado & de um jeito ou de outro todos querem a haight street. SE VOCÊ AINDA NÃO SABE, A HAIGHT STREET SERÁ UM CEMITÉRIO EM AGOSTO.

Max, depois de ler o panfleto, levanta e diz: "Estou sentindo vibrações ruins", e ele e Sharon vão embora.

Mas eu tenho de continuar por aqui, porque estou procurando Otto, e então vou para onde os mímicos da trupe fizeram uma roda em volta de um negro. Peter Berg está dizendo que aquilo é teatro de rua, se alguém quiser saber, e imagino que a cortina se abriu, porque neste exato momento o que eles fazem é sentar os cassetetes no negro. Batem, arreganham os dentes, balançam-se nas pontas dos pés, esperam.

"Estou começando a ficar incomodado aqui", o negro diz. "Vou ficar nervoso."

A essa altura há vários negros ao redor, observando e lendo os cartazes.

"Tá começando a se incomodar, é?", diz um dos mímicos. "Você não acha que já estava na hora?"

"Ninguém *roubou* a música de Chuck Berry, cara", diz um dos negros que liam os cartazes. "A música de Chuck Berry pertence a *todo* mundo."

"Ah, é?", uma garota de cara pintada diz. "Todo mundo *quem*?"

"Ué", diz o cara, confuso. "Todo mundo. Na América."

Quicksilver Messenger Service, 1967

Nova York, Museu de Arte Moderna (MoMA). Litografia, 51,4 × 35,5 cm. Doação do designer. 163.1968 © 2018. Imagem digital, Museu de Arte Moderna, Nova York/Scala, Florença

"Na *América*", grita a garota de cara preta. "Olhem só como ele fala da *América*."

O cara, desamparado, diz: "Peraí, deixa eu falar".

"O que foi que a América já fez por você?", escarnece a garota de cara preta. "Esses meninos brancos aqui podem passar todo o verão sentados no parque, ouvindo a música que eles roubaram, porque os pais cheios da grana estão sempre mandando algum para eles. E pra você, alguém manda dinheiro?"

"Escuta aqui", o negro diz, erguendo a voz. "Você está provocando, não está certo..."

"É você que diz pra gente o que está certo, negão?", diz a garota.

O integrante mais moço do grupo de cara preta, um rapaz alto e sério, por volta dos 19 ou 20 anos, recuou para longe do ajuntamento. Ofereço-lhe uma maçã e pergunto o que está acontecendo. "Bem", ele diz, "eu sou novo nisso, mal comecei a entender do que se trata, mas a gente pode ver que os capitalistas estão se apoderando do Distrito, e é isso o que o Peter... pois é, pergunte ao Peter."

Eu não perguntei ao Peter. Continuei mais um pouco por ali. Mas nesse domingo específico, entre as três e as seis horas, todos estavam muito doidões e fazia um tempo agradabilíssimo e as gangues de Hunter's Point, que geralmente aparecem entre as três e as seis das tardes de domingo, tinham vindo dessa vez no sábado, e nada foi adiante. Enquanto eu esperava por Otto, perguntei a uma garota que eu conhecia por alto o que ela achava daquilo. "É uma coisa bem legal que eles dizem que é teatro de rua", disse ela. Eu falei das minhas suposições de talvez haver ali certos toques de exacerbação política. Ela, que tinha 17 anos, pôs a cabeça para funcionar um pouco sobre o assunto e finalmente se lembrou de palavras que deviam lhe vir de alguma parte. "Vai ver que é coisa da John Birch",[16] disse.

Quando afinal encontro Otto, ele diz: "Tenho uma coisa lá em casa que vai fazer sua cabeça explodir". Ao chegarmos lá, vejo uma criança no chão da sala, de japona, lendo uma revista em quadrinhos. Concentrada e lambendo os lábios sem parar, só uma coisa espanta a seu respeito: ela está usando batom branco.

"Tem cinco anos", diz Otto. "E tomou ácido."

A menina, cujo nome é Susan, me diz que está na Escolinha do Barato.[17] Mora com a mãe e algumas outras pessoas, acabou de ficar boa de sarampo, quer uma bicicleta no Natal e gosta em

---

[16]. John Birch Society, organização política de direita, fervorosamente anticomunista, constituída em 1958. [N. do T.]

[17]. No original: *High Kindergarten*, trocadilho com *high* (chapado) e *kindergarten* (jardim de infância). [N. do E.]

especial de Coca-Cola, sorvete, do Marty da banda Jefferson Airplane, do Bob do Grateful Dead e de praia. Lembra-se de ter ido à praia uma vez, há muito tempo, e gostaria de ter levado um baldinho. Faz um ano agora que sua mãe lhe tem dado peiote e ácido. Susan descreve o efeito como ficar doidona.

Tento perguntar se outras crianças da Escolinha do Barato também ficam doidonas, mas titubeio quanto às palavras certas.

"Ela quer saber se tem coleguinhas na sua turma que também chapam, *ficam doidonas*", diz a amiga da mãe dela que a trouxe até a casa de Otto.

"Só a Sally e a Anne", Susan diz.

"E a Lia?", pergunta de pronto a amiga da mãe.

"A Lia", Susan responde, "não é da Escolinha do Barato."

Quando Michael, o filho de três anos de Sue Ann, botou fogo na casa hoje de manhã, ninguém tinha se levantado ainda, mas Don conseguiu apagar as chamas antes de haver um grande estrago. Michael, porém, queimou o braço, e foi provavelmente por isso que Sue Ann ficou tão nervosa quando o viu mastigando um fio elétrico. "Você vai fritar que nem batata", ela gritou. As únicas pessoas por perto eram Don, uma das amigas macrobióticas de Sue Ann e alguém que se encontrava a caminho de uma comunidade nas montanhas de Santa Lucia, mas ninguém percebeu a gritaria de Sue Ann com Michael, porque todos estavam na cozinha tentando recuperar um haxixe marroquino da melhor qualidade que tinha caído por uma tábua do assoalho danificada pelo fogo.

Paris na primavera

Stephen Spender

cartazes ateliês populares

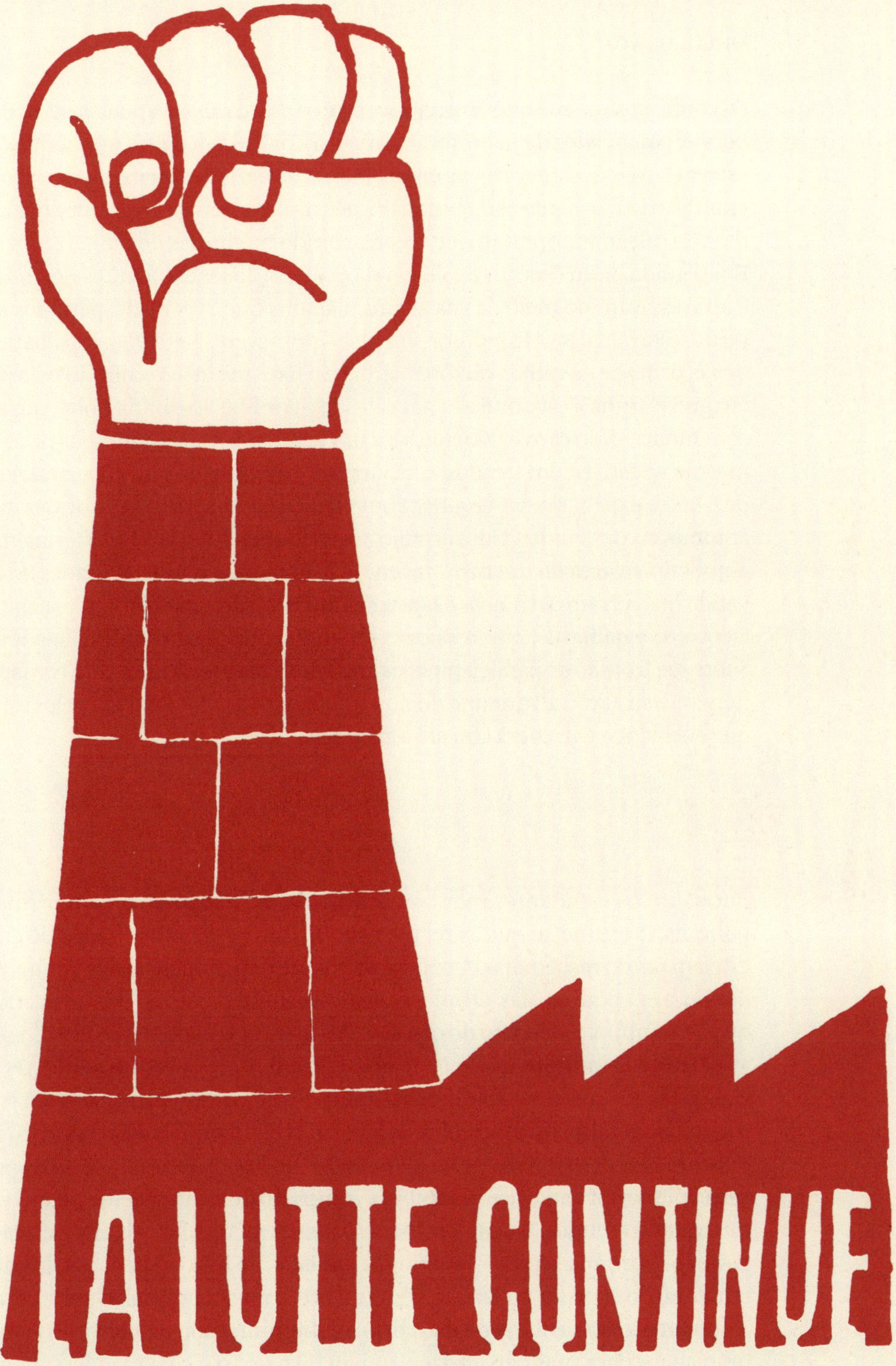
LA LUTTE CONTINUE

AS BARRICADAS

Os confrontos de rua que ocorreram entre os estudantes e a polícia perto da Sorbonne, em meados de maio, foram ritualísticos. No fim da tarde, quando ainda estava claro, eles começavam a erguer barricadas. Na sexta-feira, 24 de maio, elas eram particularmente esmeradas. Primeiro, eles arrancaram e empilharam pedras do calçamento, como que reconstruindo memórias de 1789, 1848 e 1870. Em seguida, num espírito de devotada profanação, os estudantes derrubaram e atravessaram no meio da rua alguns plátanos que, recém-despertados do inverno, estavam agora frondosos, em plena primavera. Feito isso, espalharam sobre as pedras e os galhos caixotes, lenha e o lixo que, não recolhido pelos garis em greve, tinha se acumulado nas calçadas. Por fim, ao cair da noite, puxaram com muito ruído carros estacionados nas imediações, arrastando-os pelas ruas mesmo se estivessem freados, e os viraram por cima da pilha de paralelepípedos, entre a galharia das árvores, como troféus feitos pelo escultor César com automóveis destruídos. Num arranjo desse tipo, no bulevar Saint-Germain, eles ampliaram a área de um carro incendiado com uma daquelas grades de ferro batido que cercam os troncos das árvores nos bulevares para proteger suas raízes. Depois da batalha da noite, essa carcaça ganhou uma magnífica tonalidade coral. Sobre seu frontão de paralelepípedos azulados, ela parecia uma obra consagrada num museu. Ficou ali durante dois ou três dias, muito fotografada pelos turistas que enchiam o Quartier Latin até o anoitecer.

—

Enquanto os estudantes montam as barricadas, não se vê o menor sinal de policiais. Presume-se que as regras daquilo que se tornou um jogo de guerra estejam sendo respeitadas. A polícia, depois de tentar ocupar a Sorbonne, abandonou-a em poucos dias. O bulevar Saint-Michel é território dos estudantes, o que se comprova pelo fato de que são eles que controlam o trânsito. Contudo, as barricadas indicam que o território corre o risco de ser invadido. Os policiais estão prestes a ser soltos dos caminhões compridos que parecem jaulas, com telas metálicas grossas sobre as janelas, atrás das quais eles esperam como mastins. Eles podem ser vistos aglomerados no fim do bulevar, perto da ponte. Seus vultos movendo-se nas sombras, compactos, com capacetes, alguns deles carregando escudos, fazem lembrar cavaleiros medievais. Alguns estudantes também portam escudos – as tampas das latas de lixo – e pedaços de pau do tamanho de espadas ou lanças. Lentamente, a massa policial avança pela rua, como uma grossa coluna de mercúrio a subir num tubo de vidro. Os estudantes recuam para suas barricadas e ateiam fogo no lixo e na madeira. A polícia começa a lançar bombas de efeito moral e de gás lacrimogêneo, que explodem com estrondo. Quando a massa negra de policiais se aproxima, os estudantes correm para longe e, de vez em quando, arremessam de volta as bombas que não explodiram.

De repente, me ocorre o termo "gato", na forma como era usado pelos beatniks. Os estudantes que correm loucamente, recuando e desviando, entre gritos e arranhões, são como gatos, enquanto os policiais que os perseguem numa massa compacta parecem cães.

Coisas horríveis acontecem com os estudantes que são pegos e levados para as delegacias.

Um amigo meu, o pintor Jean Hélion, me falou de um casal que foi visto chorando sobre o cadáver carbonizado do carro no qual tinham gastado suas economias.

A SORBONNE

O centro da Sorbonne é um pátio delimitado por paredes altas de estuque cor de couro. Elas não impedem a visão do céu, mas lá no alto formam uma moldura feia para ele. Há dois lances de degraus um tanto pomposos que cobrem toda a largura de um dos lados desse pátio e levam a uma suntuosa capela. Nas laterais do pátio veem-se agora mesas em que se acumulam livros, revistas, panfletos, folhetos etc., todos eles "revolucionários". Atrás das mesas ficam os estudantes, exibindo esses materiais. A maior parte das palavras de ordem e dos cartazes parece defender o comunismo. No entanto, um exame mais cuidadoso mostra que não há nenhum tipo de comunismo capaz de agradar a Moscou ou ao Partido Comunista Francês. Até uma revista chamada *La Nouvelle Humanité* se revela trotskista, repugnante para os admiradores do antigo *L'Humanité*, que foram postos para fora dos portões da Sorbonne. A revolução oferecida pelos estudantes é maoísta, castrista ou trotskista. Imagens de Mao, Che Guevara, Trótski, Lênin e Marx aparecem em paredes, tapumes, panfletos e folhetos. A foto de Stálin fez breve aparição um dia, mas logo sumiu.

Um dia apareceu uma mesa para curdos, turcos, árabes e argelinos; atrás dela viam-se cartazes críticos ao sionismo. A Sorbonne representa uma cultura francesa cosmopolita. Em meio à espantosa diversidade de anúncios – convocações, boletins pregados por toda parte ou panfletos entregues de mão em mão – cheguei a ver orientações para estudantes gregos, espanhóis, portugueses e alemães. E havia também, é claro, americanos. Dois deles ficavam sentados atrás de uma mesa, sem chamar muita atenção, colhendo assinaturas para uma petição em apoio a Mendès-France. Uma comissão de estudantes americanos se reúne nos escritórios da Sorbonne na rua Censier, onde estão também americanos que protestam contra o alistamento militar, um pouco deslocados no meio disso tudo.

No pátio da Sorbonne há saídas que levam a corredores e escadas, cobertos de avisos. Quase todos os departamentos e salas de aula foram ocupados por comissões, organizadores, planejadores, palestrantes: Comissão de Ação, Comissão de Coordenação, Comissão de Ocupação, Comissão de Agitação Cultural, e ainda um grupo de nome sinistro, a Comissão de Intervenção Rápida.

O movimento tem uma tendência à proliferação de células, atividades, categorias, subdivisões. Percebi que o Comando Poético tem suas funções subdivididas em *"Tracts poétiques - affiches poétiques – création collective – publications à bon marché – liaisons interartistiques – recherches théoretiques – commandos poétique revolutionnaires – praxis poétique revolutionnaire"*.[1]

1. Folhetos poéticos – cartazes poéticos – criação coletiva – publicações baratas – relações interartísticas – pesquisas teóricas – comandos poéticos revolucionários – práxis poética revolucionária [N. do E.]

―

Os poemas que vi (o *Le Monde* publicou uma seleção) pareceram-me pouco originais – uma mistura de surrealismo com escrita socialmente consciente de esquerda típica da década de 1930, e uma volta ao estilo político de Éluard. A verdadeira poesia da revolução está em suas palavras de ordem, politicamente revolucionárias, porém imaginativas e engenhosas. Elas revelam mais sobre os impulsos profundos do movimento do que a maior parte dos panfletos e pronunciamentos. Todas elas se juntam – como acontece com todos os melhores impulsos dos estudantes – no excelente lema "Imaginação é Revolução". A partir das palavras de ordem, compreende-se o motivo pelo qual os estudantes não conseguem se entender com os grandes sindicatos, os partidos políticos e o comunismo oficial:

> Considere seu desejo realidade. Monoliticamente burro, o gaulismo é o avesso da vida. Não mude de emprego, empregue o tempo com outra coisa. Viva a comunicação, abaixo a telecomunicação. Quanto mais faço amor mais faço a revolução, quanto mais faço a revolução mais faço amor. Lute com a perspectiva de uma vida apaixonante. Toda visão de mundo que não é estranha é falsa.

Eles equiparam revolução e espontaneidade, participação, comunicação, imaginação, amor, juventude. As relações entre os estudantes e os jovens trabalhadores que defendem os

INFORMATION LIBRE

mesmos valores (ou que foram convertidos a eles) são de enorme importância. Eles põem em evidência uma luta que se dá menos entre os interesses de proletários e capitalistas que entre as forças da vida e o opressivo peso morto da burguesia. Eles se colocam contra a sociedade de consumo, o paternalismo, a burocracia, os programas partidários impessoais e as hierarquias partidárias estáticas. A revolução não deve se engessar. Ela é *la révolution permanente*.

Uma coisa – talvez a única – que os estudantes de Paris têm em comum com os beatniks e os hippies da geração psicodélica é querer viver a revolução enquanto ainda estão tratando de fazê-la. Mas eles se opõem às drogas e a outras formas excentricamente individualistas de realização pessoal: em parte porque encaram a revolução como experiência comunitária e não individual, e principalmente porque têm profunda consciência política dos efeitos contrarrevolucionários do uso de drogas.

Naquele maio, durante algumas semanas na Sorbonne, os estudantes levaram uma existência comunitária: partilhar as condições de vida, chegar a decisões de máxima importância pelo método da "democracia direta" – ou seja, consultando as comissões de ação do movimento (*les bases*) e não impondo decisões de cima para baixo –, fazer reuniões que, na medida do possível, fossem espontâneas, com um moderador diferente para cada reunião, resistindo ao "culto de personalidade".

Entretanto, no fim de maio, sob pressão do governo e da polícia, atacados pelos comunistas e sem o apoio da Condeferação Geral dos Trabalhadores, os estudantes tiveram de repensar seu conceito de organização. Isso era algo que não podiam fazer sem questionar a "democracia direta". Uma entrevista coletiva na Sorbonne, em 1º de junho, transformou-se num desentendimento entre Cohn-Bendit e os demais líderes estudantis. O que estava em discussão era se a organização para ação e autodefesa deveria surgir, de maneira espontânea, das discussões ocorridas nas *bases* ou se deveria ser imposta pelos líderes. No entender de Cohn-Bendit, o dinamismo do movimento deveria continuar vindo das *bases*. Em suas palavras: "A única possibilidade de criar formas revolucionárias que não se tornem engessadas (*sclérosées*) consiste em esperar até que se descubra um propósito comum entre todas as comissões de ação, a partir dos debates na *base*".

Seus colegas aceitavam a "espontaneidade" como princípio, mas julgavam que as circunstâncias não lhes davam muito tempo para discussão nas comissões de ação. Destacavam que tinham que decidir imediatamente quanto a medidas de "*autodéfense*". Segundo um deles, Henri Weber, as comissões eram demasiado desorganizadas e descoordenadas para serem capazes de *autodéfense* diante das organizadíssimas forças gaulistas. Esse debate era crucial, já que a falta de organização trazia o risco de derrota do movimento para forças externas gaulistas e comunistas, enquanto o excesso de organização significaria uma derrota devido à perda da espontaneidade das *bases*.

As manifestações, as marchas e as barricadas eram exemplos extraordinários de espontaneidade com um mínimo de organização. As discussões livres no teatro Odéon, em que o moderador tinha de enfrentar um público barulhento, eram bem-sucedidas, mas resultavam em desordem e desperdício de energia. O mesmo devia ser verdade, suspeito, em relação ao comitê de ação. Mas vejo com simpatia a opinião de Cohn-Bendit de que a organização não deveria ser imposta de cima para baixo.

—

Durante a primeira quinzena de maio, tinha-se a impressão de que muitos intelectuais parisienses, assim como muitos estudantes, viam a revolta estudantil como parte de uma revolução maior que já havia ocorrido na França. Não era nada disso, claro, e como a rebelião estudantil estivesse ameaçada, tornou-se urgente o debate sobre "organização" e "democracia direta". Os estudantes relutam em discutir os bolcheviques e os anarquistas da República Espanhola, que também diziam desejar a democracia direta. Ou, quando lembrados disso, refugiam-se na ideia de que a geração deles não tem precedentes. Citar os fracassos de revoluções anteriores, aos olhos deles, é mostrar condescendência ou mesmo paternalismo. O *Times* de Londres observou, num editorial, que os estudantes pareciam não ter lido *A revolução dos bichos*, de George Orwell. Mas eles não iam querer ler esse livro, e se o lessem não encontrariam nele nada que julgassem aplicável ao caso deles.

Talvez por estarem tão isolados na Sorbonne, os estudantes, mesmo sem serem propriamente literatos, remetem a comportamentos e personagens literários. Há em seus movimentos algo que lembra *Senhor das moscas*, com uma violenta "Comissão de Intervenção Súbita" pronta a sair dos porões para provocar a queda final. E, ao entrar na Sorbonne, muitas vezes se tem a sensação de estar no mundo de *Alice através do espelho*, onde todos os valores do mundo exterior se acham invertidos.

A EXPLOSÃO DA FALA

Numa sala de aula debate-se a natureza do trabalho na sociedade de consumo. A sala está apinhada de jovens e também de pessoas mais velhas. O debate é dominado por dois rapazes, um dos quais é evidentemente um trabalhador. Seu rosto é magro, com traços salientes; os cabelos cor de palha e eriçados realçam a parte posterior da cabeça, que parece quase contínua com a nuca. Ele fala sobre trabalho, que, segundo ele, só pode ser duro e enfadonho, em todas as circunstâncias. O oposto do trabalho, diz, é o prazer, e ele narra, de forma

NON A L'ASSOCIATION CAPITAL-TRAVAIL

bastante exibicionista, suas próprias férias, que ele usa, ao que parece, para percorrer o país em sua motocicleta e ir para a cama com todas as moças que conseguir. Obviamente, isso é o oposto do que se entende por trabalho.

Um estudante que está de pé próximo a ele o contesta. Baixo, moreno e forte, ele tem nos olhos e nos lábios uma expressão que lembra a do cego que, por milagre, recobrou a visão, como se vê num desenho de Rafael para uma tapeçaria. Ele diz que o trabalho é um prazer se a pessoa fizer parte de um grupo, de um coletivo (seu sorriso suprime quaisquer ecos passadistas dessa observação). O prazer é participação, uma liberação do eu. O rapaz descreve férias que ele e seus companheiros passaram juntos e nas quais trabalharam bastante. A pessoa não deve ser como o intelectual burguês, alienado e isolado, que não existe em nenhum "contexto social" senão o de outros intelectuais como ele próprio; tampouco deve ser um dente numa engrenagem. Ela deve agir, na sociedade, como um peixe na água.

O trabalhador o interrompe e diz: "Você não está falando de trabalho, e sim de lazer. Lazer não é trabalho, é o desenvolvimento livre da pessoa. Trabalho é receber ordens de alguém que está acima de você." O estudante responde que, na revolução, a automação substituirá o tipo de trabalho que é, na verdade, escravidão. O trabalho consistirá em participação. O poder não será opressor, porque haverá uma troca constante entre os que se situam na base da sociedade e os que estão no topo, numa corrente vital. As máquinas funcionarão, mas os bens e serviços por elas produzidos serão um meio para se levar uma vida de maior valor, e não fins em si mesmos, destinados a provar que a pessoa tem posses ou adquiriu status. Diz que, atuando juntos, estudantes e trabalhadores poderiam alcançar esse tipo de sociedade: não os intelectuais, que são vazios porque refletem seus problemas peculiares, fora do contexto da sociedade. Para ser verdadeiramente revolucionária, a pessoa tem de viver a realidade.

Essa discussão era ingênua. Muitas vezes, na Sorbonne e no Odéon ouviam-se coisas tão piores do que ingênuas – caóticas, estúpidas e tediosas – que dava saudade de ouvir um professor falar sobre Racine durante meia hora. No entanto, talvez houvesse alguma sabedoria no simples ato de falar para se aliviar, como na *action painting*. A fala – desinibida, crua, teórica, confessional – dominou Paris, Lyon, Bordeaux e outras cidades. É a irrupção de forças por muito tempo reprimidas. Não apenas a Sorbonne e a Censier, a Beaux-Arts, o Odéon, estavam repletos de falas, como também as próprias ruas. Uma outra parte da tradição revolucionária francesa tinha vindo à tona – a ideia de juntar forças com outras pessoas nas ruas – *dans la rue!* Na rua de Rennes, me vejo em pé com um grupo de clientes e vendedores do lado de fora de um Monoprix fechado. Um freguês diz, indignado: "No que tudo isso vai dar? Em comunismo, na miséria universal." "De jeito nenhum", retruca um trabalhador, que veste um elegante casaco preto. "Comunismo significa *mais* geladeiras, *mais* televisores, *mais* automóveis. *Le communisme, c'est le luxe pour tous.*"

—

Essa definição mostra o quanto é difícil para os estudantes – conscientes, muitos deles, de serem burgueses e de estarem lutando por um mundo em que os bens materiais servem a outros valores humanos – dar-se bem com os trabalhadores, a maioria dos quais, naturalmente, deseja bens de consumo. A relação dos estudantes franceses com "*les ouvriers*" não é diferente da relação dos estudantes americanos com os negros. Não pode ser vista somente do ponto de vista político, mas como um caso de amor em que brancos e burgueses culpados tentam conquistar os membros de uma classe que consideram injustiçada a partir de suas próprias ideias do que seriam os valores reais.

Não é que os estudantes queiram abrir mão inteiramente de máquinas de lavar e geladeiras. A atitude deles transparece num documento de 30 teses preparado na Censier por um grupo denominado Les Yeux Crévés. O texto começa definindo os estudantes como uma classe privilegiada, não tanto do ponto de vista econômico, mas porque "somente nós temos tempo e possibilidade de tomar consciência de nossas próprias condições e da condição da sociedade. Renuncie a esse privilégio e aja de maneira com que todos possam tornar-se privilegiados." Mais adiante, o documento afirma que os estudantes são trabalhadores como os demais. Não são parasitas, dependentes econômicos. Não condenam "*en bloc*" a sociedade de consumo. "Temos de consumir, mas que se consuma aquilo que nós decidimos produzir. [...] Queremos controlar não só os meios de produção, como também os meios de consumo – ter escolha de verdade, não só na teoria."

É significativo que o movimento dos estudantes na Sorbonne – chamado Movimento do 22 de março – tenha começado entre sociólogos numa recém-construída extensão da universidade, no tristonho subúrbio industrial de Nanterre. Segundo uma longa declaração publicada no número de maio da revista *Esprit* e assinada por Cohn-Bendit e alguns de seus colegas, os estudantes viam a sociologia como uma análise estatística da sociedade, o que seria um resultado da influência americana. Os raros estudantes de sociologia que conseguiam emprego depois de formados se ocupavam de atividades como preparar relatórios de consumo. Eles constataram que a sociologia, em vez de ser um instrumento da sociedade burguesa, podia voltar-se contra ela a fim de fazer uma revolução e construir uma nova sociedade. Aqui fica implícito o prelúdio de uma ideologia dos estudantes.

—

É inevitável, talvez, que os estudantes não façam autocríticas. Não notam incongruências em suas próprias atitudes, mesmo quando, para quem está de fora, elas pareçam desastrosas. Dei-me conta disso quando ouvi um deles, que havia organizado a rebelião na Universidade de Estrasburgo, falar de suas experiências numa grande reunião no anfiteatro da Sorbonne. Ele falou a respeito de seus professores com aquele tipo de desprezo que é comum entre alguns estudantes. Contou que alguém lhe perguntara por que ele não havia explicado a situação de forma adequada às autoridades de sua universidade, e que ele respondera: "Porque não se discute com pessoas inexistentes". Pessoas com quem não se conversa porque elas não existem! Qualquer que fosse a justificativa para adotar essa atitude em relação às múmias bolorentas de Estrasburgo, eu não conseguia parar de pensar em como isso funcionaria na "democracia direta". Supondo que esse estudante de Estrasburgo vá a uma fábrica ou um povoado onde haja camponeses, não é provável que ele encontre ali pessoas com atitudes parecidas com aquelas que ele viu em Estrasburgo, pessoas que – esta era outra frase sua aplicada a quem não concordava com ele – "não entenderam nada" (*qui n'ont rien compris*)? E já não ouvimos tudo isso antes? Os soviéticos não se mostravam dispostos a conversar com quem quer que concordasse com eles, até descobrirem, horrorizados, que ainda existiam elementos burgueses em toda parte, e que existiam camponeses muito recalcitrantes, pessoas que não entenderam nada, pessoas com quem por fim eles paravam de falar? Nesse ponto, a frase *"On ne parle pas avec des gens qui n'existent pas"* começa a ganhar um tom sinistro.

Quero frisar que os estudantes estão cientes desses riscos e não querem repeti-los. Imagino o que poderia acontecer se alguém escrevesse nos muros da Sorbonne: "As ruas do inferno estão pavimentadas de boas intenções". Se essas palavras fossem escritas ali, quanto tempo durariam? Notei que eles são muito bons em apagar coisas.

VELHICE E JUVENTUDE NÃO CONSEGUEM CONVIVER

Certa noite, quando eu saía do Odéon, dois rapazes, que mais pareciam moleques de rua de um romance de Dickens, começaram a gritar um para o outro: "Por que será que ele não corta o cabelo?"; "Bem que ele podia arrancar o cabelo com as unhas!"; "Quem sabe não é uma peruca?". Neste mês de maio, em Paris, respeito aos cabelos brancos com certeza não é um direito adquirido.

No mais das vezes, porém, os velhos se sentem apenas invisíveis, tal como se esperava que os negros se sentissem nos Estados Unidos. "Os jovens fazem amor; os velhos, gestos obscenos", dizia uma palavra de ordem na revista anarquista *L'Enragé*. Ao que parece, eles leram *Romeu e Julieta*, mas não *Antônio e Cleópatra*.

Comentei com um contemporâneo que, de modo geral, eu apreciava a minha invisibilidade. Ele respondeu: "Eu também pensava assim, até que um dia fui com meu filho, de 20 anos, à Sorbonne. Sentei ali, sem dizer nada, e como teria de sair cedo, me senti especialmente feliz por ser um fantasma. Mas assim que me retirei, um outro estudante chegou e perguntou a meu filho: *Qui était ce vieux con avec toi?"*.

Uma noite eu estava no Odéon, o teatro da tradicional *avant-garde* de Jean-Louis Barrault que os estudantes "liberaram" e abriram para maratonas de discussões sem nenhum planejamento que duravam até quase de manhãzinha. O que acontecia ali lembrava o sexto ato de alguma peça do Teatro da Crueldade em que a plateia tivesse baixado o pano e "requisitado" o teatro para suas próprias representações. E eles se consideram bem mais interessantes do que Ionesco e Beckett. O espetáculo em si – os debates sem temas predefinidos – pode ser caótico, e muitas vezes sinto pena dos estudantes que, na plateia, atuam como moderadores, pedindo aos gritos: *"Silence! N'interrompez pas! Un peu d'ordre! Discipline!"*

———

Todos se tratam por "camarada", e a maioria de nós está no mundo em que a revolução já aconteceu, embora haja também intrusos incrédulos, que são generosamente recebidos, xingados, mas ainda assim, apesar de muitas interrupções, ouvidos de forma intermitente, fragmentária, pois não importa o que possa acontecer mais tarde (e tenho meus temores), os estudantes se mostram muito nobres em sua tentativa de acolher todos os pontos de vista – até mesmo os dos gaulistas e dos fascistas da revista *Occident*.

Uma vez fui tomado de repente pela ideia – ou por um ataque histérico – de que deveria comunicar aos estudantes da Sorbonne o fato de que, quando conversei com os estudantes da Universidade Columbia, alguns deles haviam me perguntado o que os estudantes da Sorbonne achavam do movimento deles, se é que achavam alguma coisa. Eu não falava em nome deles, eles não tinham me pedido que dissesse coisa alguma, mas por algum motivo achei que devia transmitir aquilo. Por isso, amparando-me na ideia de que, com meus cabelos brancos, eles não me dariam mesmo atenção, toquei no braço de um rapaz forte que estava conduzindo a plateia e, pouco a pouco, imitando os maneirismos de Leonard Bernstein, comentei, humilde, que gostaria de dizer algumas palavras. Só houve um grito desaprovador (silenciado pelo rapaz com uma frase severa, *"On a écouté même Jean-Louis Barrault"*), e eu comecei a falar, no meu francês sofrível, em meio ao que parecia um silêncio elétrico. Para meu espanto, me escutaram e começaram a fazer perguntas. Eu poderia comparar a situação dos estudantes nas universidades americanas com a da França? Um estudante chegou a opinar que os estudantes americanos estavam muito mais avançados do que "os nossos". Em seguida alguém quis saber se era verdade que todos os estudantes americanos estavam sempre sob o efeito de drogas. Fiz o possível para responder a essas perguntas e, a seguir, na primeira oportunidade, saí do teatro e caminhei até um bar.

Fui seguido até lá por três estudantes. Logo um deles se aproximou, bastante acanhado, e disse: "*Monsieur... Monsieur... Est-ce que c'est vrai que vous êtes M. Marcuse?*"

Quando as discussões no Odéon tratavam de um "tema", os estudantes se punham sérios e muito solidários. Certa noite, um rapaz se levantou na galeria (as pessoas falavam de qualquer parte do teatro em que estivessem), e eu tive a impressão de que sua cabeça, que eu avistava de baixo para cima, batia no teto multicor de André Masson. Declarou com muita simplicidade que tinha passado a cuidar de alguns menores infratores, mas que julgava estar tendo pouco sucesso na tentativa de ajudá-los e gostaria de ouvir opiniões dos presentes com relação à delinquência juvenil. Diante disso, várias pessoas se levantaram e debateram o problema, com seriedade e sensatez, embora não dissessem nada de novo.

Foi surpreendente descobrir que muitos dos que estavam ali eram assistentes sociais. Informaram que as condições nas prisões e cortiços eram deploráveis. O debate prosseguiu durante mais de uma hora, com um bom nível de informação e sem descambar para a inutilidade. Quando terminou, levantei-me para ir embora, mas fui detido na saída por um estudante tunisiano, que me disse: "Todo mundo fala do mal que a prisão faz às pessoas... Mas para mim ela fez bem. Quando fui para a cadeia, em Túnis, chorei, praguejei, agredi os guardas e apanhei, e eu rezava o dia inteiro, mas no fim de dois anos comecei a escrever poemas e contos, e por isso eu estou aqui – graças à cadeia – na Sorbonne." "Volte e conte isso a eles", eu disse, e o acompanhei de volta ao teatro, onde, logo depois, ele fez sua exposição, que acabou sendo basicamente uma crítica ao presidente Bourguiba. Mesmo assim, ele deu o recado que queria, e concluiu dramaticamente: "Aprendi, na prisão, que para deixar sua marca neste mundo, você tem de sofrer...". Uma observação que não deu ensejo para nenhum dos presentes falar.

Nesse encontro estava presente uma renomada filósofa alemã, com quem saí para tomar um café. Ela não estava nada entusiasmada. Todas aquelas discussões, observou, consistiam em pessoas fazendo afirmações como se fossem grandes novidades, e como se não tivessem relação com coisa alguma que tivesse sido dita antes ou viesse a ser dita depois. Além disso, o que era dito vinha de ideias que todos nós, afinal, já tínhamos encontrado em livros, ou eram sacadas da atmosfera intelectual. Ela disse que, em sua opinião, o verdadeiro problema não era que os jovens não desejassem contato com os velhos, e sim, precisamente, que eles careciam de contato com mentes verdadeiramente adultas. Os professores e as pessoas mais velhas com quem eles lidavam eram, na verdade, mentalmente adolescentes. Ela atribuía muitas atitudes dos estudantes a um niilismo raso que estivera em moda havia muito tempo. Perguntava-se se a universidade já não tinha sido destruída, e se se recuperaria. Uma universidade não era, em seu entender, um lugar onde

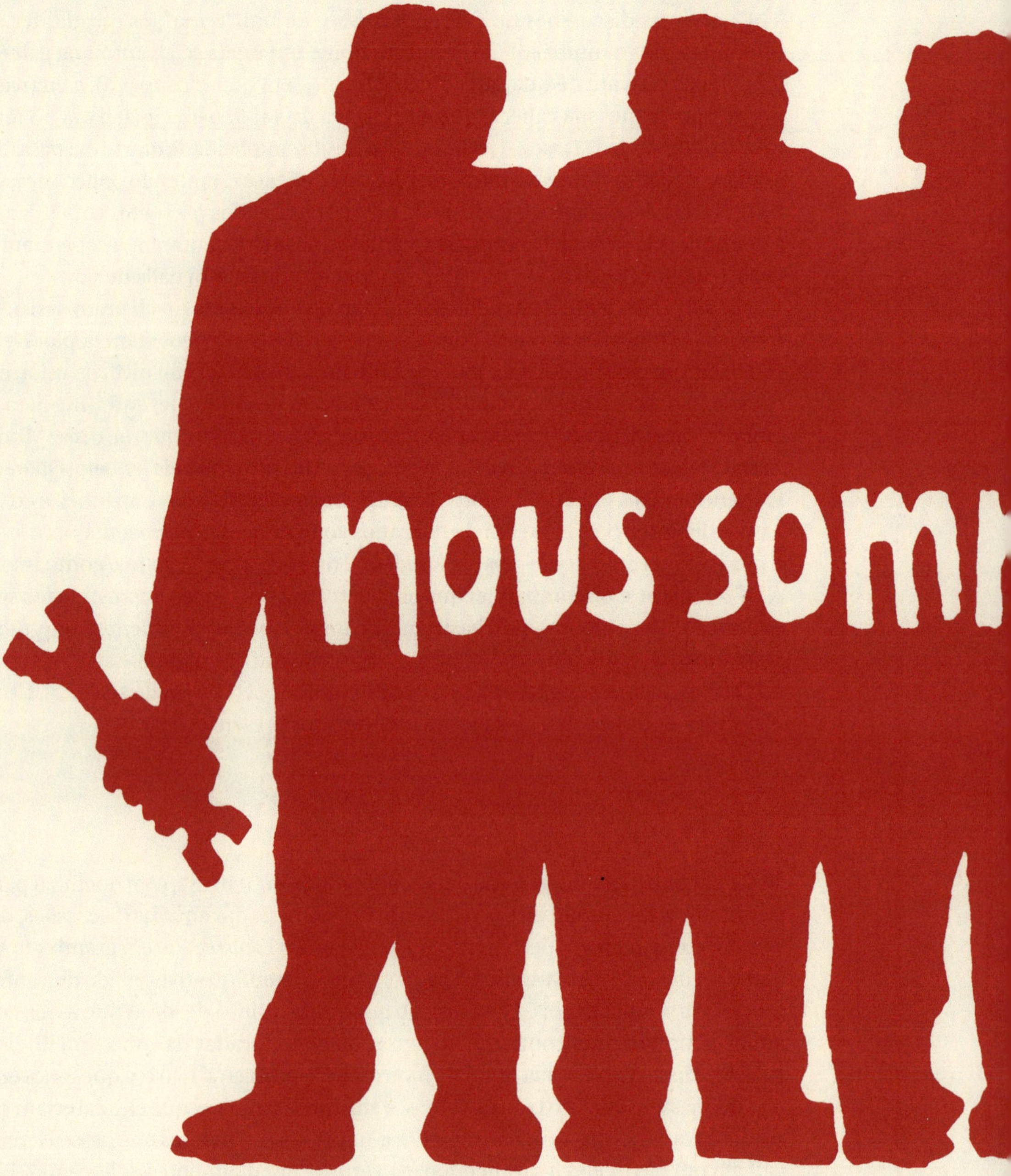
nous somm

es le pouvoir

houvesse apenas os melhores professores, e sim um lugar com valores tão estabelecidos que até um professor pior poderia se encaixar, sem baixar o padrão.

ANTICLÍMAX

É inevitável que o jornalismo falseie a realidade ao se concentrar no cenário e no assunto, numa situação em que o mais importante talvez não seja nem o cenário nem o assunto. É provável que, mais importantes que esses acontecimentos em Paris na primavera, tenham sido as coisas que não aconteceram. Caminhando algumas centenas de metros, distanciando-nos de uma certa área do Quartier Latin, damos com um ambiente notavelmente normal apesar das greves e dos estudantes. Era como se estivéssemos num feriadão tranquilo, com pessoas bem-vestidas andando nas calçadas, cafés cheios, restaurantes funcionando normalmente e muitas lojinhas abertas. É verdade que a maioria dos turistas tinha ido embora, mas muitos parisienses, sem ter o que fazer, passeavam por sua própria cidade, visitando até mesmo a Sorbonne, onde os atores se misturavam com os espectadores. As únicas pessoas que pareciam muito insatisfeitas eram os garotos de programa (em virtude da falta de clientes). Perguntei a um deles o que achava de *"les étudiants"*, e ele deu um guincho, acompanhado de um gesto inesperado – *"scandaleux!"*.

A poeira e a sujeira do lixo não recolhido exalavam uma bruma vaga, um halo sobre as ruas, como verniz antigo sobre uma pintura nova, mas a presença desses odores era em grande parte compensada pela falta de gasolina. As pessoas tinham de fazer longos percursos a pé, mas isso era bom para a saúde, nem demorava muito mais do que o mesmo percurso de carro nas horas de trânsito pesado.

A própria primavera reafirmava algo que era bem mais aparente do que a situação revolucionária – a situação não revolucionária. Na realidade, se um dia houvesse uma revolução, ela seria (creio que todos concordavam) contra a evidência de nossos sentidos, que ditavam certas regras externas para as revoluções. As condições meteorológicas, é claro, podem ser contraditórias, mas é difícil imaginar que uma revolução ocorra quando – pelo menos de dia – todo mundo parece particularmente feliz. Isso porque o resultado da explosão de falas em Paris neste mês de maio foi que a maior parte das pessoas parecia mais contente consigo mesma – pode-se até dizer mais amistosa – do que se viu em Paris durante muitos anos.

———

No entanto, houve aquela noite horrível, depois do segundo discurso de De Gaulle, em que ele habilmente trocou o equivocado referendo que tinha proposto em seu primeiro discurso por um referendo com um nome mais retumbante – eleições gerais. Ele fez esse gesto ser acompanhado de uma inundação de gasolina, com a qual veio uma inundação de gaulistas em seus automóveis. Eles vinham pelos bulevares, buzinando alegremente, berrando uns para os outros, berrando para incentivar os demais a berrar também, parando os carros de repente, descendo para abraçar motoristas ou passageiros amigos, com suas roupas chiques e suas maquiagens, sua elegância cafona, a bacanal triunfante do Mundo Social do Consumo Conspícuo, sem nenhum pudor, exultantes, mais mal-educados do que qualquer multidão que eu já tivesse visto na Broadway ou em Chicago. Aquilo teria sido insuportável mesmo no melhor dos tempos, porém era pior ainda quando se pensava nos estudantes, os autocondenados monges seculares da Sorbonne.

No dia seguinte, os estudantes realizaram, no bulevar Montparnasse, uma grande passeata que mais parecia uma despedida. Afastei-me da manifestação e desci a rua de Rennes, onde vi algo extraordinário. Sob o sol quente, a rua inteira parecia coberta de neve. Na realidade, eram jornais rasgados. Perguntei a uma passante o que ocorrera ali. "Nada demais", disse ela, "só que a França enlouqueceu." Os estudantes tinham visto no *France Soir* notícias sobre o fim das greves, o fim do movimento deles, e, furiosos, espalharam pela rua centenas de exemplares do jornal. Curiosamente, apesar das lutas e das barricadas, aquilo era o primeiro sinal de raiva que eu via.

Se fosse possível falar com eles, eu gostaria de dizer duas coisas. A primeira é que, por mais que a universidade precise de uma revolução, e que também a sociedade precise de uma revolução, seria para eles desastroso não manter as duas revoluções separadas em suas mentes e em seus atos. Isso porque a universidade, mesmo que não corresponda a seus desejos, é um arsenal capaz de lhes fornecer as armas para mudar a sociedade. Dizer "não quero ter uma universidade até a sociedade passar por uma revolução" seria como Karl Marx dizer "não pisarei na sala de leitura do Museu Britânico até que haja uma revolução".

Além disso, eu gostaria de dizer-lhes que, embora os jovens de hoje tenham motivos para não confiar na geração mais velha, qualquer coisa que valha a pena envolve o fato de que eles terão de envelhecer. O que são hoje é menos importante do que o que serão daqui a dez anos. E se daqui a dez anos eles tiverem se transformado na ideia que fazem hoje do que é ser velho, então sua luta terá dado em nada.

11 de julho de 1968

MAI 68

DEBUT D'UNE LUTTE PROLONGEE

Joan Didion (1934) é uma das principais representantes do chamado *new journalism*. Em ensaios, romances e reportagens singularíssimos, a autora de *O álbum branco* (1979), *Democracia* (1984) e *O ano do pensamento mágico* (2005), lançados aqui pela Nova Fronteira, retrata, com perplexidade e nenhum vestígio de sentimentalismo, a permanente confusão de valores da cultura americana e suas dolorosas memórias pessoais. *Arrastando-se para Belém* dá título a seu livro mais importante, um dos mais radicais mergulhos na contracultura, até então inédito em português.
Tradução de **Leonardo Fróes**

Stephen Spender (1909-1995) já era um dos mais influentes intelectuais ingleses quando presenciou, em Paris, os levantes de maio. Confrontando suas convicções de esquerda com a revolta estudantil, o autor de *O templo* escreveu em cima do lance esta mistura de relato e reflexão para a *New York Review of Books*. Em 1969, o ensaio se tornaria um dos capítulos de *The Year of Young Rebels*, livro a que ele incorporou experiências semelhantes entre estudantes dos Estados Unidos, de Praga e Berlim.
Tradução de **Donaldson M. Garschagen**

Os pôsteres de **Victor Moscoso** (1936) são parte essencial da história visual do psicodelismo. Um dos raros artistas de sua geração a ter educação formal, passou pelo Cooper Union e por Yale antes de radicar-se em São Francisco, onde vivia entre a cultura *underground* e o San Francisco Art Institute. Parte de sua obra integra os acervos do MOMA.

Os cartazes que marcam as revoltas estudantis de maio de 1968 em Paris foram produzidos de forma coletiva em **"ateliês populares"** criados nas escolas de Belas-Artes e de Artes Decorativas. Sua história é inventariada por Michel Wlassikoff em *L'Affiche en heritage* (Éditions Alternatives, 2008).

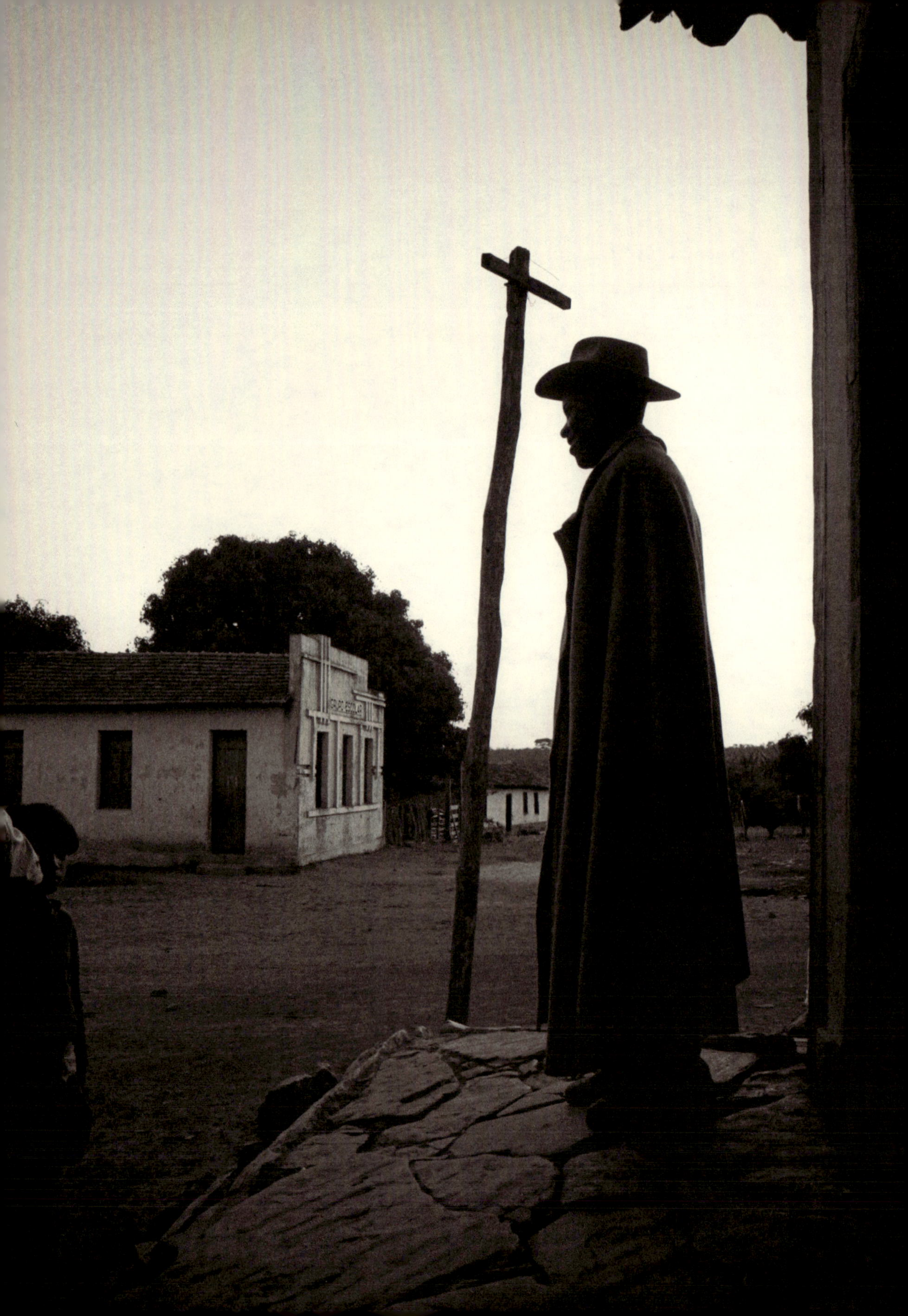

O desmedido momento

Jacques Rancière

Em *Primeiras estórias*, Guimarães Rosa mostra que nas vidas em que nada acontece abre-se o espaço da ficção, o lugar sem história onde histórias podem acontecer

1. João Guimarães Rosa, "As margens da alegria", in *Ficção completa*, v. II. Rio de Janeiro: Nova Aguilar, 1994, p. 389.

2. "Os cimos", in ibidem, p. 515.

Maureen Bisilliat
Fotos da série *A João Guimarães Rosa*

Gente de Andrequicé, c. 1966
Minas Gerais

"Esta é a estória. Ia um menino [...]."[1] Assim começa a primeira das *Primeiras estórias* de João Guimarães Rosa: com um menino tomando o avião para ir visitar o canteiro de obras onde a grande cidade está sendo construída no deserto. O título da história é "As margens da alegria". Reencontraremos esse menino, sem idade e sem nome, fazendo o mesmo trajeto, na 21ª e última história, intitulada "Os cimos". Esta termina, naturalmente, com o avião aterrissando na volta. "Chegamos, afinal", diz o tio que o acompanha. "Ah, não. Ainda não", responde o menino, como que desejoso de permanecer mais um pouco no tempo da história, de recuar diante do que vem no fim da viagem: "E vinha a vida".[2]

Assim, tudo parece acontecer no estreito intervalo que separa a história do ponto de onde ela vem e para onde ela volta: a vida. E, no entanto, a história vivida pelo menino não oferece acontecimentos espetaculares. O que normalmente constitui matéria das histórias vê-se aqui repelido para a margem, transformado em simples causa ou pretexto da viagem:

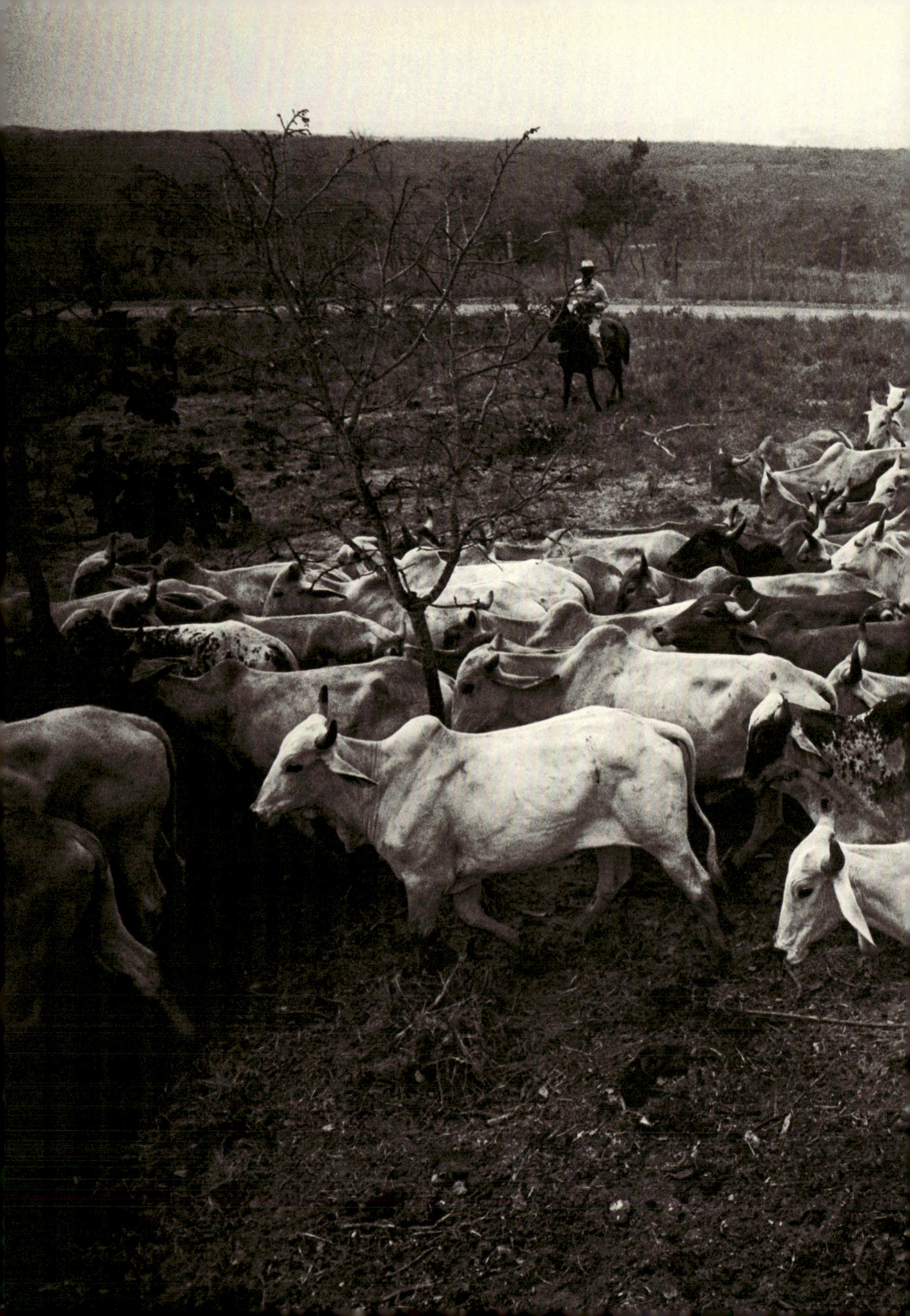

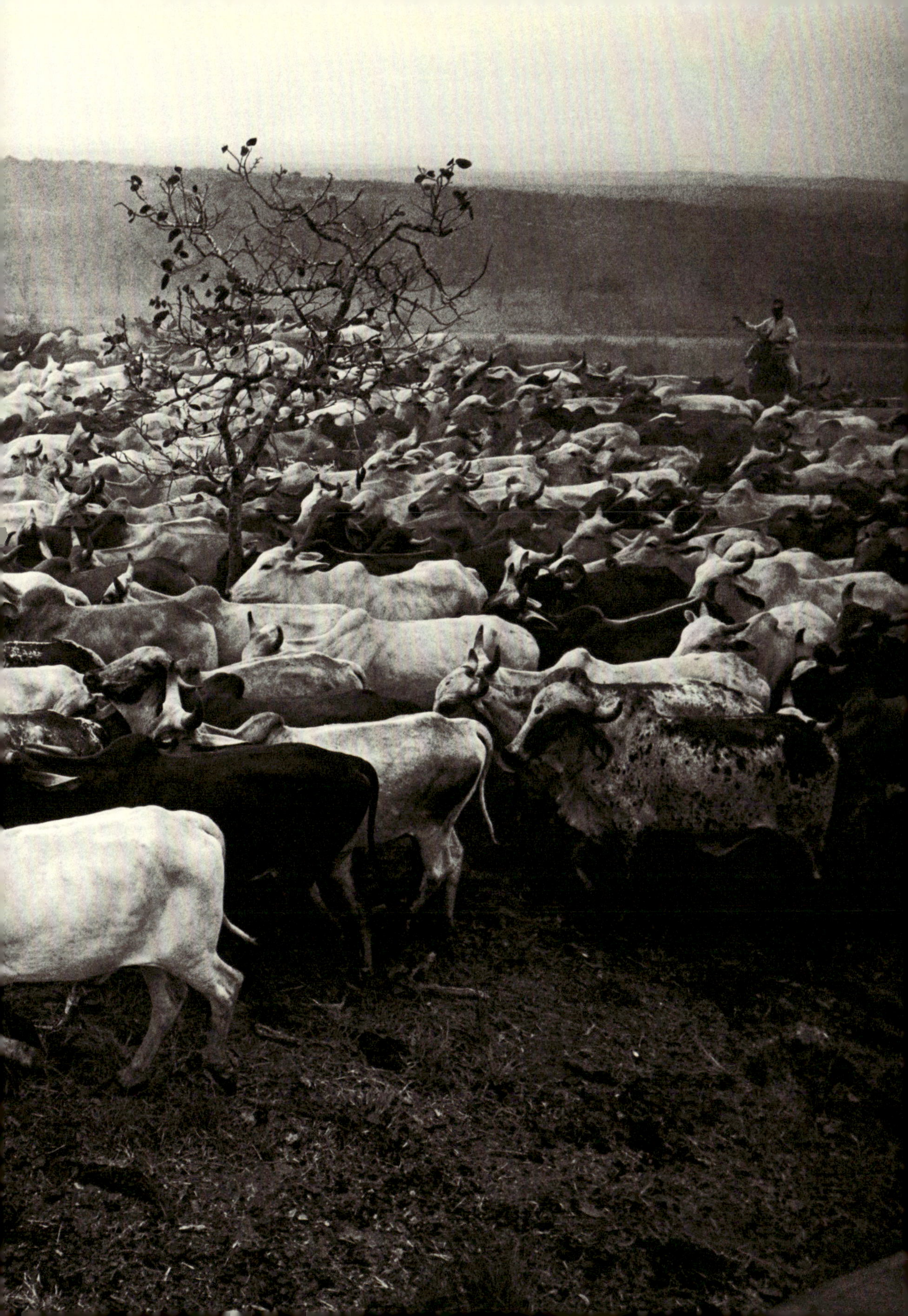

no primeiro caso, o futuro da grande cidade em construção; no segundo, a doença da mãe, que força o afastamento da criança. Em ambos, a própria viagem se condensa no deslumbre de um momento: na primeira narrativa, temos a "margem da alegria" oferecida pela visão de um peru saracoteando no terreiro, alegria logo anulada, uma vez que o animal só estava ali para uma satisfação mais trivial, a dos comensais de um almoço de aniversário. E na segunda temos o cimo, a felicidade proporcionada por um tucano que chega pontualmente às 6:20 de cada manhã para, durante dez minutos, borrifar cores no dia nascente e assim anunciar não que a mãe está curada, mas que ela *nunca* esteve doente, que ela "nascera sempre sã e salva".[3]

Não convém nos enganarmos sobre o sentido da história: não se trata de opor o gosto infantil do maravilhoso ao prosaísmo da vida comum. No fundo, o peru no terreiro e o tucano na árvore têm efetivamente mais realidade do que os projetos urbanísticos ou os telegramas que dão notícias da mãe distante. Mas tampouco se trata de opor os pequenos fatos vividos aos grandes acontecimentos. Trata-se de captar a defasagem mediante a qual há histórias, mediante a qual a história se escreve como diferente da vida, ao passo que, justamente, ela lhe pertence, sendo feita exclusivamente de seus elementos.

Eis o que pode querer dizer *Primeiras estórias*. Com efeito, essas histórias não são as primeiras escritas por Guimarães Rosa. E ele não hesitará em publicar *Terceiras estórias*, embora as "segundas" jamais tenham existido. Tampouco hesitará em denominar uma delas "A terceira margem do rio", quando, justamente, um rio com três margens parece inconcebível. A terceira margem, de fato, é muito mais seu meio, mas um meio singular, tornado margem imóvel, o meio de um rio--lago que não se dirige para mar nenhum. As primeiras histórias devem ser compreendidas assim. São margens de história, quase-histórias que desenham as margens de toda história, os momentos em que a vida se separa de si mesma, contando-se, transformando-se em "verdadeira vida": uma vida que, precisamente, não tem margem, contrariando assim o princípio aristotélico de toda ficção: o de ter começo, meio e fim e dirigir-se do primeiro ao último elemento por um encadeamento combinado de causas e efeitos. Não é que Guimarães Rosa queira opor alguma lógica autotélica supostamente moderna à ficção tradicional. Mais do que qualquer outro, ele considera

[3.] *Ibidem*, p. 514.

Boiada em Curvelo no início da viagem aos gerais, c. 1966
Minas Gerais

a ficção uma função da vida e, muito especialmente, diz ele, da vida do sertão, onde, uma vez satisfeitas as exigências do gado e da lavoura, não há nada mais a fazer, na fazenda separada da vizinha por várias léguas, a não ser inventar histórias.[4] Mas, justamente, é preciso ter vivido a vida – sem história, povoada de histórias – do sertão para saber que a vida não faz ficção à maneira aristotélica. E talvez sejam necessários alguns "contos críticos",[5] algumas quase-histórias ou fábulas experimentais do nada e do quase nada, do alguém e do ninguém, do acontecimento e do não acontecimento, para mostrar como, imperceptível e radicalmente, a vida se separa de si mesma, como se torna "viver verdadeiro", transpondo o limite que separa *o que acontece* de *o que há*. A defasagem, portanto, não é o que costumamos pensar, o que habitualmente enseja a história. Eis por que a primeira forma, a mais simples, do conto crítico, é o da história esperada e que não acontece. A história "esperada" é aquela que se deduz de uma situação e dos personagens que nela se encontram. Por exemplo, em "Famigerado", chega um cavaleiro, com semblante ameaçador e armas "alimpadas", acompanhado de três capangas, para pedir uma "opinião"[6] ao narrador. Ouvindo-o declinar seu nome, o de um matador impiedoso conhecido a léguas de distância, o narrador possui todos os motivos para temer quanto ao tipo de opinião pedida. A consulta, no entanto, é puramente linguística: o facínora quer saber se há motivos para alguém considerar-se insultado pelo qualificativo que um "moço do governo" lhe deu: "famigerado". E irá embora satisfeito quando, perante suas três testemunhas, o narrador lhe houver asseverado que a palavra quer dizer simplesmente *célebre*, *conhecido*, não carregando em si nenhuma conotação pejorativa. O mote da querela, o mote das histórias à moda antiga em que o personagem matava para se vingar de uma palavra insultante, vê-se assim neutralizado. Ele agora se resolve mediante opinião de linguista.

Numa outra história, "Os irmãos Dagobé", o desfecho sangrento parece, em contrapartida, inevitável. Vão enterrar o mais velho de um bando de quatro irmãos facínoras. Ele foi morto em legítima defesa por um homem honesto, mas isso não muda nada no que se refere à vingança esperada dos outros três. Na vida, prevemos que algo vai acontecer porque sabemos *até onde* indivíduos podem chegar em função do que são. Assim, quando o honesto assassino, para provar sua boa--fé, vem se oferecer para ser o quarto carregador do caixão, os

[4]. "No sertão, o que pode fazer uma pessoa do seu tempo livre a não ser contar histórias? A única diferença é simplesmente que eu, em vez de contá-las, escrevia." Diálogo com Günter Lorenz, *in ibidem*, v. I, p. 33.
[5]. *Ibidem*, p. 35.

[6]. "Famigerado", *in ibidem*, v. II, p. 394.

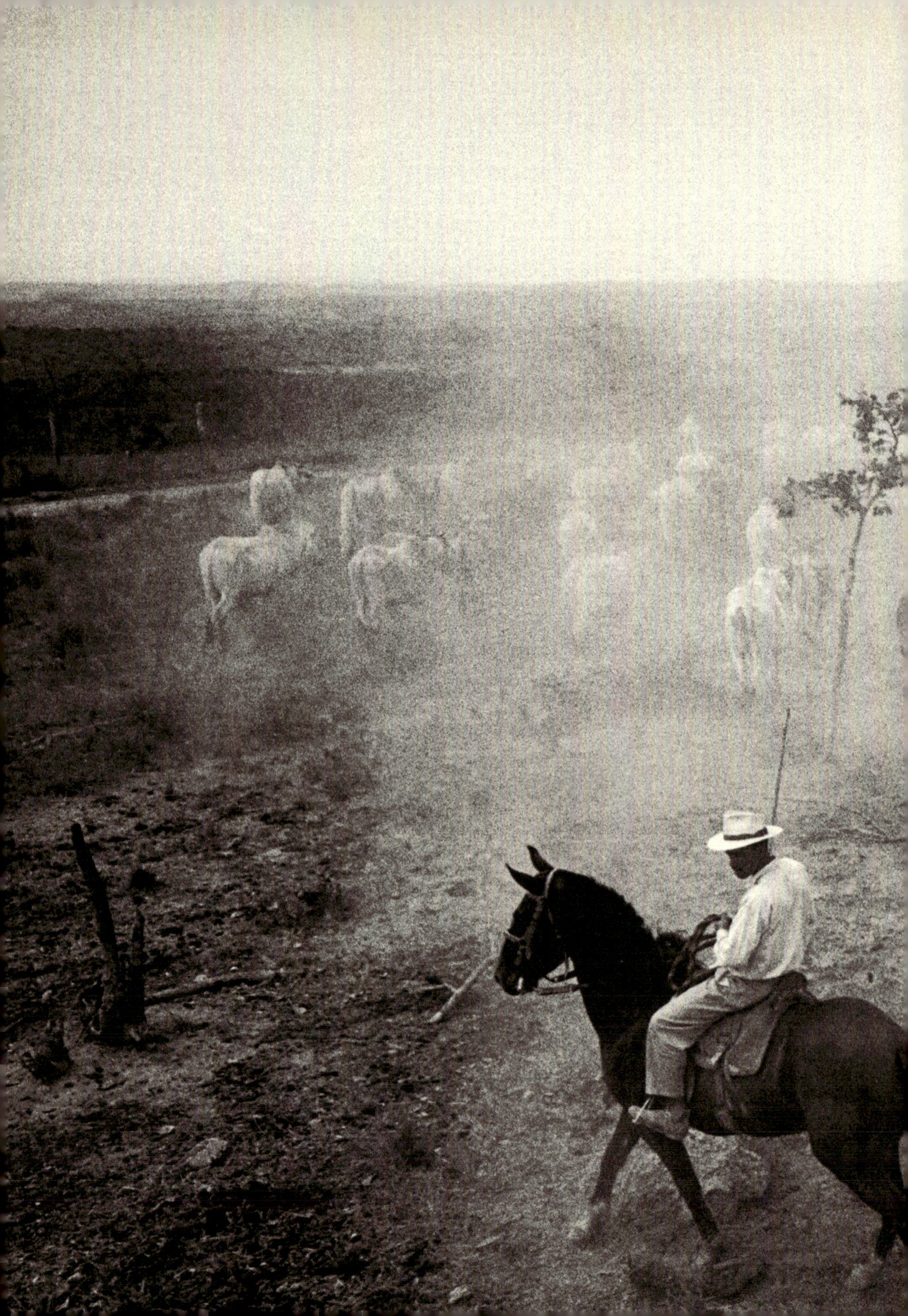

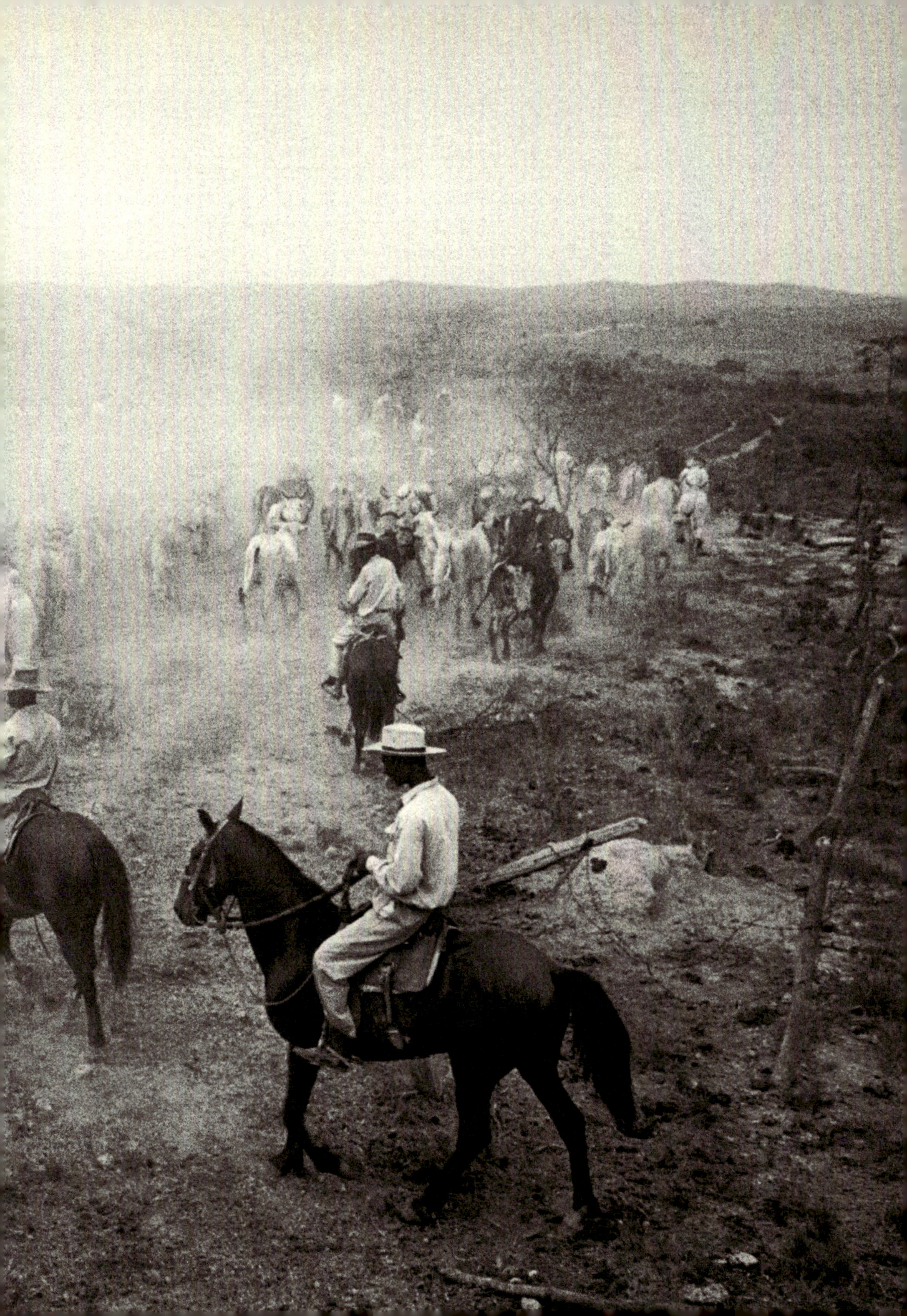

7. "Os irmãos Dagobé", *in ibidem*, p. 407.

8. "Um moço muito branco", *in ibidem*, pp. 457-461.

Vaqueiros conduzem boiada, c. 1966
Curvelo, MG

presentes não podem senão deplorar a loucura daquele rapaz que vem provocar ainda mais o *até onde*, como se "o que já havia" não bastasse.⁷ A história é então construída segundo a fórmula do *suspense*, em que a questão é saber em que momento acontecerá o que sabemos que tem de acontecer, momento que a arte narrativa retarda até o ponto em que a tensão chega ao clímax. Aqui, tal momento se situa quando o corpo está na cova, e os irmãos, finalmente livres para usar seus braços num outro exercício. Ora, eis o momento em que o acontecimento é anulado. O mais velho dos sobreviventes diz apenas o que *efetivamente é*: seu irmão era "um diabo de danado". Quanto a eles, abandonam o lugar das histórias, mudam-se para a cidade grande. A história dos "irmãos Dagobé" terá sido exemplarmente uma não história, uma liquidação das histórias à moda antiga: não simplesmente casos de vinganças sem fim, mas histórias em que era possível saber o quanto de futuro as situações e personagens carregavam dentro de si.

As histórias "de verdade" são aquelas em que não jogamos mais o jogo da conexão entre o que está previsto e o que acontece. O próprio tema, a fábula, nesse aspecto, entra em contradição com a necessidade, que por sinal é a sua, de manter-se entre um começo e um fim. Ele se realiza num fora do tempo, o tempo do "incomeçado", que, por definição, não pode parar. Nessas fábulas do quase nada que formam o âmago das *Primeiras estórias*, vemos claramente inúmeras alegorias filosóficas ou religiosas. Teologia negativa e douta ignorância, despojamento franciscano e união mística dos contrários propõem constantemente suas grades de leitura ao espírito do leitor. Os comentadores não se privaram de recorrer a elas. E Guimarães Rosa, na circunstância, estende a mão aos exegetas, oferecendo-lhes a claríssima analogia cristã de um moço em vestes brancas, que surge na esteira de um grande terremoto e opera alguns discretos milagres e bênçãos antes de rumar para outra pátria.⁸ Mas se esse homem de grande cultura tinha na mente todas as doutrinas que suas histórias se prestavam a ilustrar, fica claro que também tinha na cabeça a tradição dos contos, fábulas e lendas. E é da própria ficção que suas histórias nos falam, da ficção e da suspensão que ela implica; não só a suspensão da descrença – a mais simples, demasiadamente simples –, mas a suspensão do que sustenta a própria crença: a ordem corriqueira do tempo, a maneira habitual de ocupar um espaço, identificar-se como indivíduo, inscrever-se nas relações de filiação e reportar-se a formas de uso ou objetos de posse. A referência ao sertão como lugar de fabulação natural não deve enganar: a ficção não é o tesouro que a gente simples transmite de geração em geração junto com os móveis de família e as tradições da terra. Ela é a capacidade de recomeçar a cada vez o salto no "incomeçado", de transpor novamente a borda para adentrar espaços onde todo um sentido do real se perde com suas identidades e referências.

Esse espaço é, por exemplo, a fazenda que serve de moldura ao conto exemplarmente intitulado "Nenhum, nenhuma". Esse título tem uma dupla razão de ser. Em primeiro lugar, nenhum dos personagens da narrativa tem nome; mas também é possível que eles só tenham existido na cabeça de quem procura reconstituir uma história que lhe parece ter acontecido outrora numa casa distante, mas cuja verdade nenhuma testemunha pode lhe garantir. A própria identidade desse personagem que "se lembra" é duvidosa: o curso da narrativa nomeia-o na terceira pessoa, "o menino", antes que ele assuma, no momento final – o da volta a uma casa familiar de onde nunca o tinham visto partir –, a primeira pessoa que faz dele o narrador incerto de tais recordações. E os personagens cuja história – a possível história – ele conta tampouco têm nome próprio: em torno do menino, há – teria havido – o homem, a moça – aparentemente filha do primeiro –, o moço (vindo de onde?) que está apaixonado por ela, e a mulher enferma em torno da qual se constrói a história: a "Nenha", aquela cuja designação negativa expressa apenas a ausência de nome, a ausência de identidade e até mesmo de lugar preciso na ordem das gerações. Com efeito, ninguém sabe mais desde quando aquela velha que não reconhece nada nem ninguém está ali, deitada em sua cama como um bebê no berço; ninguém sabe de quem ela é ou foi mãe, avó ou bisavó. Se a moça é apresentada como uma princesa de lenda em sua torre, a velha, por sua vez, em virtude de nunca ter sido despertada, é uma Bela Adormecida regredida à infância. É uma pura existência, extravagante, irresponsável, "que durava, visual, além de todas as raias do viver comum e da velhice, mas na perpetuidade".[9] E essa vida imobilizada impede o destino feliz, o destino normal da história: que a moça se case com o rapaz a quem ela ama e por quem é amada. Isso é o desejo normal do moço, "simples homem" querendo "seguir o viver comum, por seus meios, pelos planos caminhos!".[10] A isso, a moça opõe

9. "Nenhum, nenhuma", *in ibidem*, p. 427.

10. *Ibidem*.

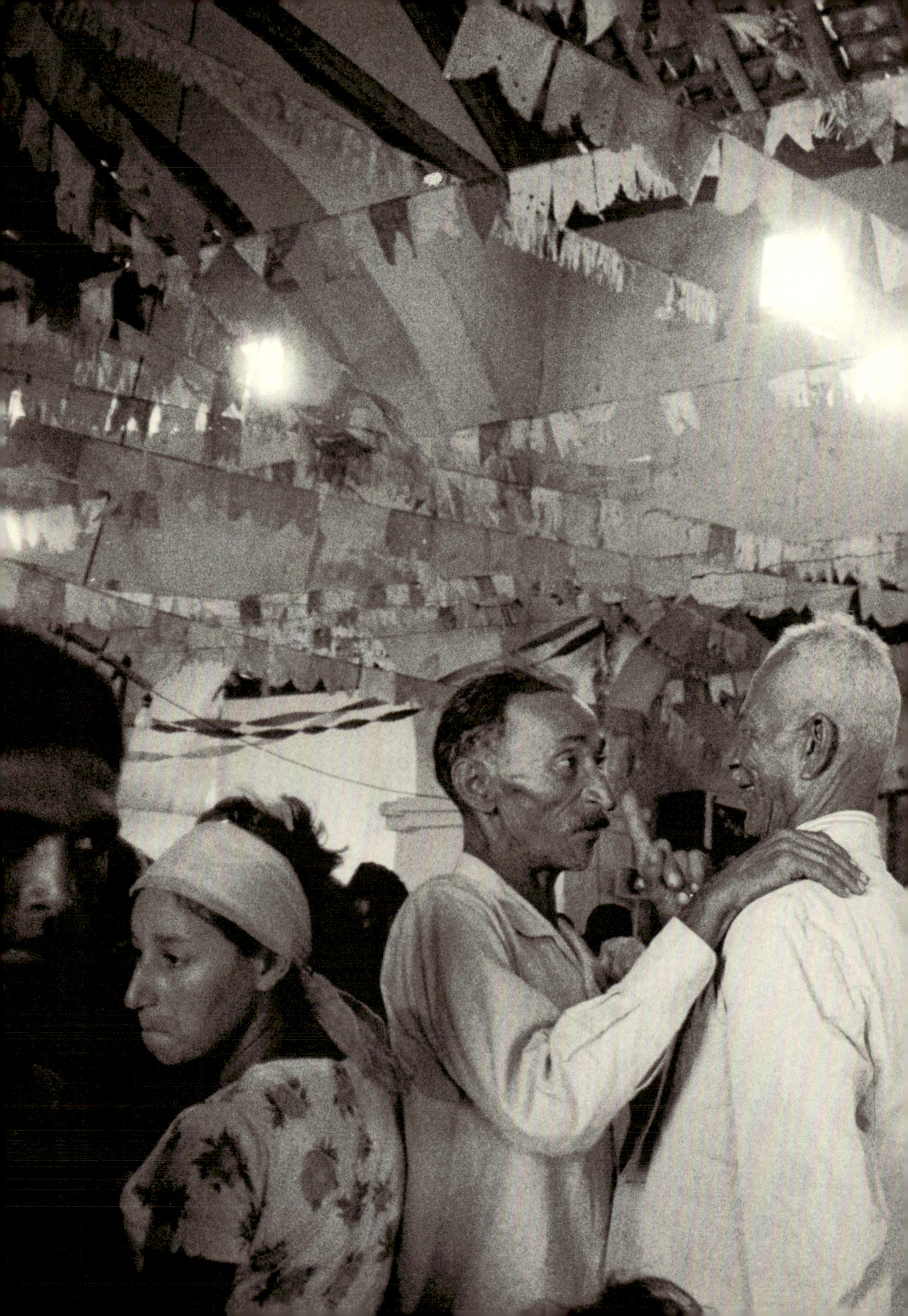

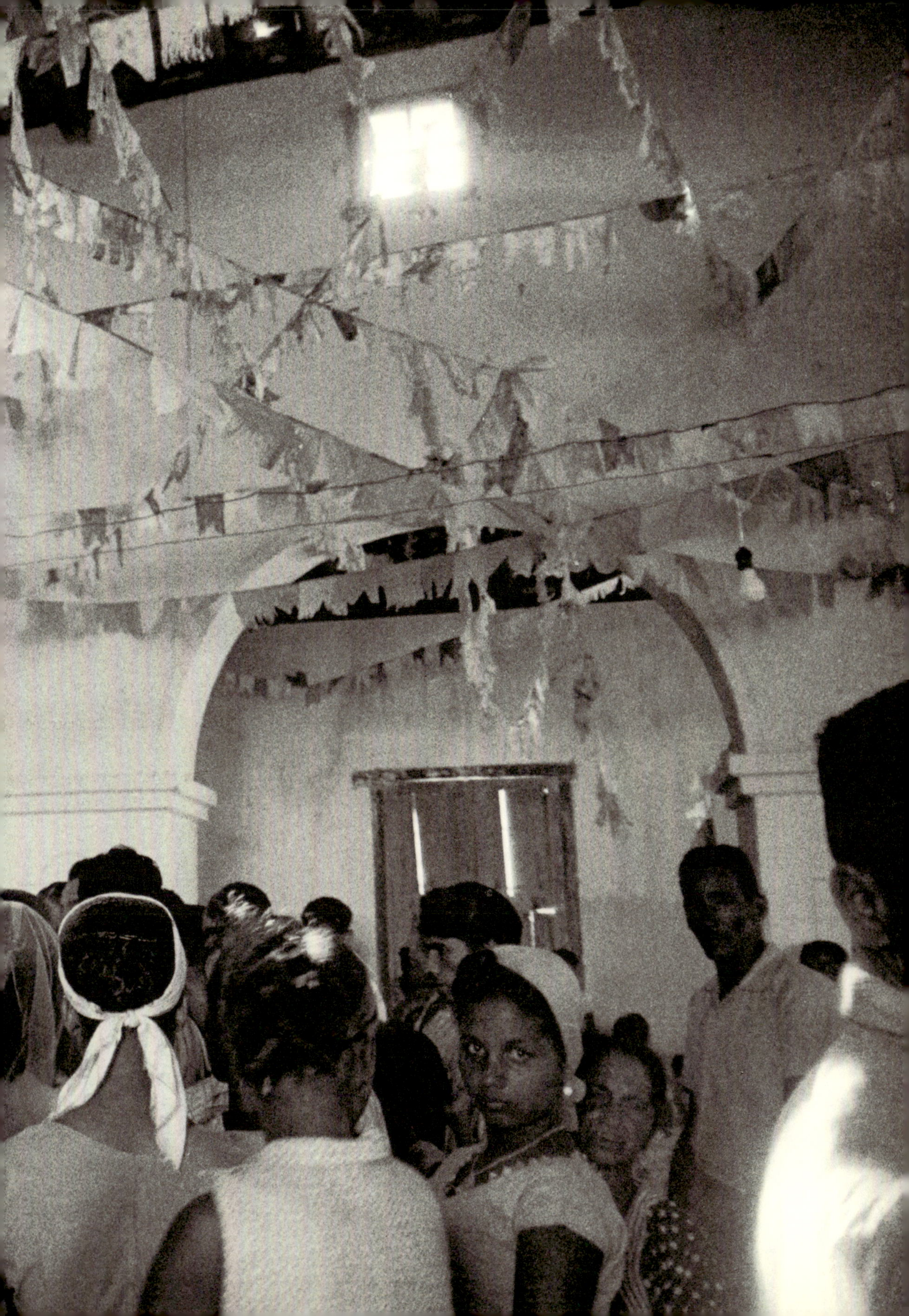

seu desejo, que é igualmente dever: permanecer junto àquela velha em quem a vida foi esquecida, permanecer fiel a uma vida não sujeita à mudança, imóvel até a imobilidade definitiva da morte.

Essa vida, em que não acontece nada, não é simplesmente o desejo de uma moça alijada do mundo, é o lugar paradoxal da ficção, o lugar sem história no qual histórias podem acontecer. A moça é a guardiã da ficção, dessa vida de verdade cuja possibilidade deve ser sempre preservada, no seio mesmo do viver comum, mas cuja linha de separação convém retraçar indefinidamente. A história do menino que procura se lembrar e a história de amor impossível que é seu objeto reúnem-se nesse ponto. Deve haver uma vida na qual tudo se mistura e nada se esquece. Deve haver também um tempo em que o menino, tornado "pessoa", entra, com os outros personagens, numa única e mesma vida indistinta. Mas a lei da vida comum é a da separação e do esquecimento. "Nenhum, nenhuma", por fim, resume em poucas páginas a moral que *Em busca do tempo perdido* estende por sete volumes: só o esquecimento é condição da lembrança, a ausência de amor é o lugar onde acontecem as histórias de amor; e a vida de verdade só existe à margem da vida, mediante ruptura dos laços temporais segundo os quais os indivíduos dependem uns dos outros.

"Nenhum, nenhuma" termina com o menino lançando um grito de fúria contra seus pais, que vivem no tempo de um viver deveras comum e querem prosaicamente saber se ele trouxe de volta da viagem todos os seus pertences em bom estado. "Vocês não sabem de nada, de nada, ouviram?! Vocês já se esqueceram de tudo o que algum dia sabiam!..."[11] Mas em "A terceira margem do rio" é o próprio pai, homem não obstante saudável e pacato, que se vai, um dia, na canoa construída com esse fim, para o lugar onde se esquece o esquecimento. Na mitologia antiga, o Lete era o rio de esquecimento que as almas dos mortos tinham de atravessar para se despojarem das lembranças de sua vida anterior e se prepararem para entrar num corpo novo. Mas literatura não é mitologia. Ela não faz passar de uma margem à outra. Ela se mantém no meio, num intervalo que é ele mesmo sem margem. A impensável terceira margem do rio é esse meio por onde a própria passagem não passa mais. Um dia o pai, sem dar nenhuma explicação – salvo talvez a uma testemunha, que, naturalmente, desapareceu – tomou o caminho desse meio paradoxal. O problema não é conseguir

11. *Ibidem*, p. 428.

Padrinhos de casamento, no dia de Santo Antônio, c. 1966
Serra das Araras, MG

sobreviver numa canoa no meio das águas. As religiões antigas colocavam provisões nas barcas dos mortos; o filho deixa discretamente alimentos no barranco. Mas o pai não partiu para a margem dos mortos. Partiu para o meio do rio, o meio onde se anula o que constitui a própria realidade de todo rio, o fato de correr para outro rio, que, por sua vez, corre para o mar. Pois essa barca, invisível na maior parte do tempo, reaparece sempre no mesmo lugar. O meio do rio é o ponto inexistente onde os paradoxos heraclitianos são negados por um paradoxo superior, o ponto onde o rio não corre. Tal é o acontecimento impensável, aflitivo, que conta o conto: "Aquilo que não havia, acontecia".[12] O pai preferiu "permanecer naqueles espaços do rio, de meio a meio". Essa extravagância sem deriva, essa transposição imóvel da lei "do que há" mantém-se como um enorme ponto de interrogação para todos aqueles que, como o moço simples de "Nenhum, nenhuma", seguem "o viver comum", aquele que corre do passado para um futuro. Tais são aqui a filha que se casa, vira mãe e parte com o marido para longe daquele pai que se recusa a ver, mesmo de longe, seu neto, depois a mulher que termina por ir morar na casa da filha. O filho, o narrador, fica sozinho, "com as bagagens da vida",[13] na margem dos vivos comuns, guardião daquele que se retirou para o meio, para o fora do tempo. Mas seria preciso mais que isso para ele consumar sua função de guardião. Ele teria de tornar-se o herdeiro, o sucessor daquele que recusou toda filiação, indo ocupar seu espaço no meio do rio. É a troca que, a partir da margem, o filho propõe ao pai em sua canoa, que este parece aceitar, mas à qual o filho, no último instante, se furta. A história é então condenada a terminar com uma dupla ausência. O pai desaparece para sempre, o filho fica na margem. Ele é aquele "que não foi",[14] aquele que vai doravante "ficar calado", permanecer no silêncio. O "viver verdadeiro" é incognoscível, está fadado a permanecer no intervalo entre ausência e silêncio, entre duas inexistências perdidas no meio e na margem do rio que corre sempre para separá-los.

Desenhar até a margem do silêncio, as margens sem margens dessa ausência, é tarefa da ficção. É a tarefa que ela realiza e, ao mesmo tempo, torna imperceptível ao confiá-la a personagens, loucos racionais e metódicos cujas extravagâncias desmancham calmamente as balizas do viver comum. É esse o trabalho que realiza, em "Nada e a nossa condição", esse homem de quem "muita real coisa ninguém sabia", esse rei

12. "A terceira margem do rio", in ibidem, p. 409.

13. Ibidem, p. 412.

14. Ibidem.

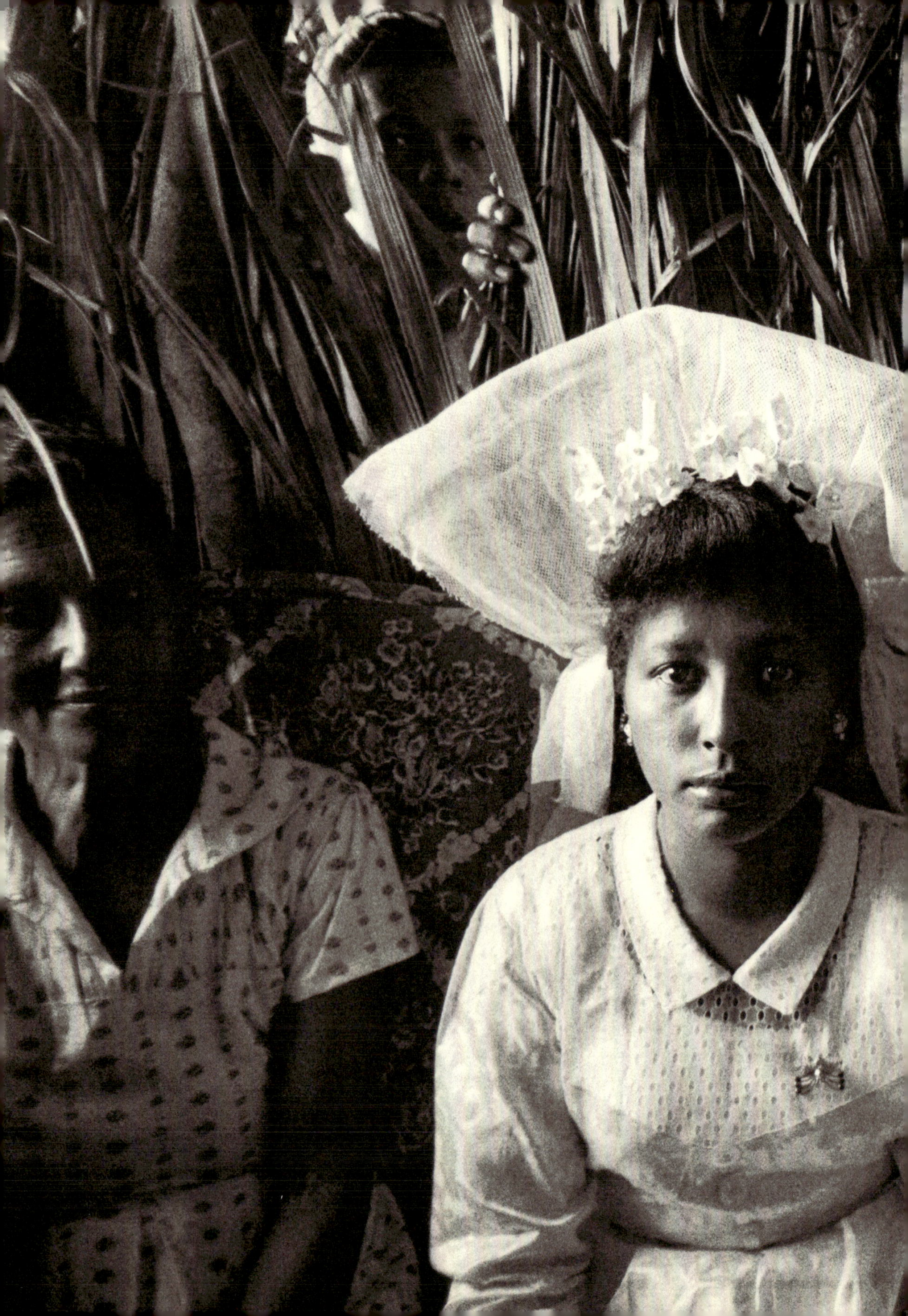

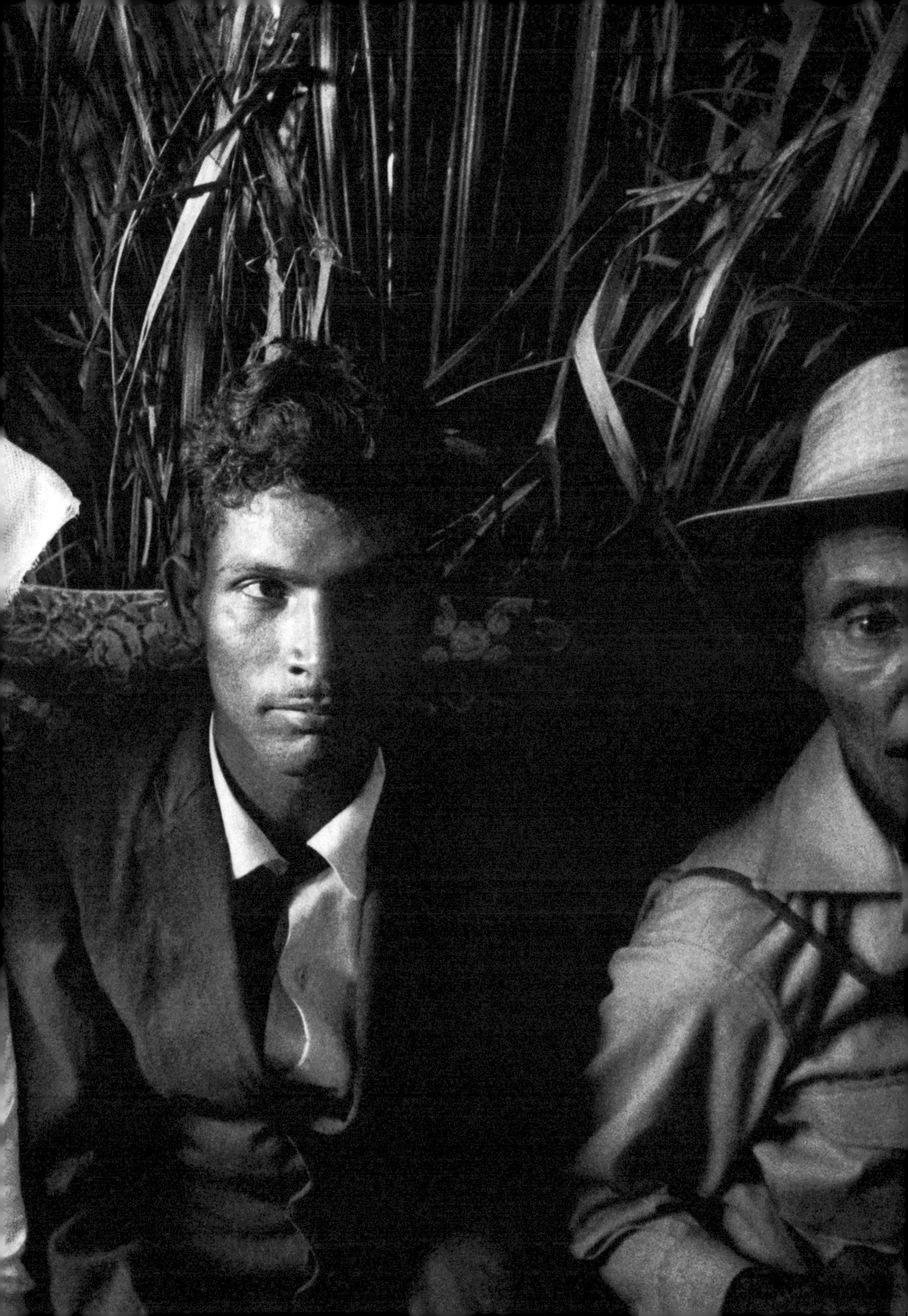

15. "Nada e a nossa condição", in ibidem, p. 443.

de conto de fadas dissimulado sob a aparência do personagem menos próprio aos encantamentos da ficção: um rico e honesto proprietário de terras. Com a morte da mulher, Tio Man'Antônio também se retira "em ambíguos âmbitos e momentos".[15] Mas ele não se isola nem se fecha em um quarto secreto. Seu projeto, ao contrário, é fazer de sua propriedade o centro de um espaço inteiramente limpo, o que significa, em última instância, um espaço sem propriedade. É o que se resume na máxima que se torna sua fórmula, que ele opõe às interrogações dolorosas de suas filhas sobre os altos e baixos da vida e impõe, à guisa de explicação, aos operários que trabalham na realização de seu projeto: "Faz de conta". Não se trata de consentir num fingimento, mas de suspender a descrença em proveito próprio. Mais uma vez, o que é preciso suspender é a crença "no que há". Aquilo a que se propõe a extravagância do pai é a criação do espaço desfamiliarizado, desdomesticado da vida de verdade: um espaço que se estende até os cimos, até onde o olhar pode ir quando nada lhe opõe obstáculo: o espaço da história, em suma. Com esse fim, Man'Antônio mobiliza mestres de obras e jardineiros, que põem os morros abaixo e destroem os bosques de árvores e os canteiros de flores que constituíam o prazer da razoável esposa falecida. Desse espaço, decerto, suas filhas veem-se expulsas, logo casadas com genros que as levarão para morar longe. Mas ele também se excluirá desse espaço, doando pouco a pouco seus bens a todos que gravitam à sua volta – empregados de todas as cores, camponeses e vaqueiros –, antes de ele mesmo morrer e seu corpo virar cinza no incêndio final que devasta a casa. Assim a ficção devora seu impossível lugar, à parte/no meio, e consuma os extravagantes e as extravagantes que ela faz existir por um momento.

Não que não possa haver ficções felizes nem maneiras felizes de figurar seu trabalho, o trabalho do nada que separa nossa própria condição de si mesma. Ao pretendente despachado pela guardiã de Nenha, opõe-se o rapaz de "Sequência". Este, num instante de clareza, encontra o amor que não procurava e que, no entanto, o esperava num lar de Bela Adormecida cuja existência ele ignorava e aonde o conduzira aquela que ele perseguia de forma tão prosaica: uma simples vaca desgarrada, uma vaca que sabia aonde ia: à casa de seus antigos donos. Seguir a vaquinha que "transcendia ao que se destinava" era arriscar a sorte de entrar no "incomeçado,

Recém-casados, c. 1966
Serra das Araras, MG

o empatoso, o desnorte, o necessário".[16] Esse instante do encontro com o "incomeçado" dilata-se numa outra história. Torna-se a própria textura temporal de "Substância", caso de amor tão improvável quanto feliz entre o tímido fazendeiro Sionésio e a Cinderela miserável, filha de leproso e mulher fácil, que, no pátio da fazenda, entrega-se ao árduo trabalho de quebrar a mandioca dura cujo polvilho branco ofusca os olhos. A alvura cintilante do polvilho é suficiente para constituir carruagem e vestido dourado, fazendo assim o príncipe reconhecer a princesa na empregada e os dois se reunirem sem se mover, no espaço e tempo que convêm à felicidade do viver verdadeiro – da ficção: o acontecimento do "não fato" e do "não tempo", "o viver em ponto sem parar".[17]

O ponto sem limites, o desmedido momento, claro, não estende sua infinitude senão ao mais próximo desse ponto final onde toda história contada deve terminar. Não porque a triste realidade da vida desmente as ilusões da ficção. Mas porque esse fim mesmo é um meio de homenagear a capacidade da ficção mediante a qual a vida se faz infinita, transportando-se para além de si mesma. Todo fim de história é então duas coisas ao mesmo tempo: um salto do infinito para o finito e uma passagem do finito para o infinito. É o que talvez resumam duas histórias de tonalidades bem diversas, "Pirlimpsiquice" e "Sorôco, sua mãe, sua filha". A primeira é uma fábula de colégio. Alguns felizes eleitos ensaiam uma peça para a festa da escola, sob a direção de um professor. Para ocultarem dos curiosos o segredo da história que vão representar, eles inventam e fazem circular uma falsa história, a qual, por sua vez, suscita, nos invejosos, a invenção de uma terceira história. No dia do espetáculo, um imprevisto obriga o ponto, que é também o narrador, a assumir o papel principal e o professor a ocupar seu lugar na caixa do ponto. É a brecha para o franco-atirador da trupe pôr-se a representar a falsa história dos invejosos, a que naturalmente o protagonista e seus colegas respondem representando sua própria "falsa estória", a que tinham inventado para manter secreta a história do professor. A vertigem da batalha das histórias espalha-se então pela plateia e pelo palco, onde os atores, tendo esquecido quem eram, "transvivem, sobrecrentes",[18] enlevados no amor, nas palavras, em sua própria equivalência – o "viver verdadeiro" –, até que a angústia se apodera do herói: como terminar com aquele tempo que não passa mais? A felicidade sem fim das palavras

16. "Sequência", in ibidem, p. 434.

17. "Substância", in ibidem, p. 499.

18. "Pirlimpsiquice", in ibidem, p. 421.

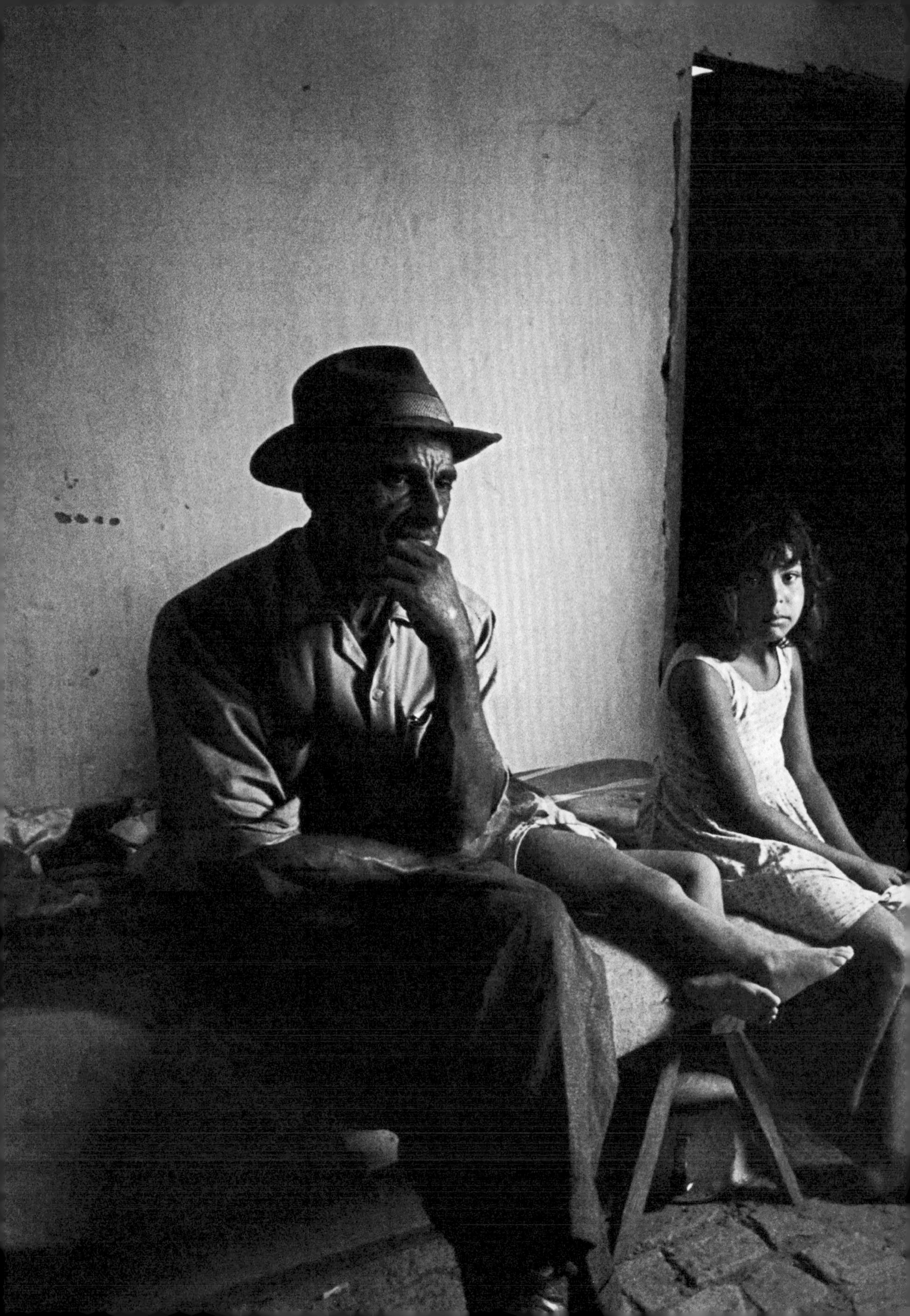

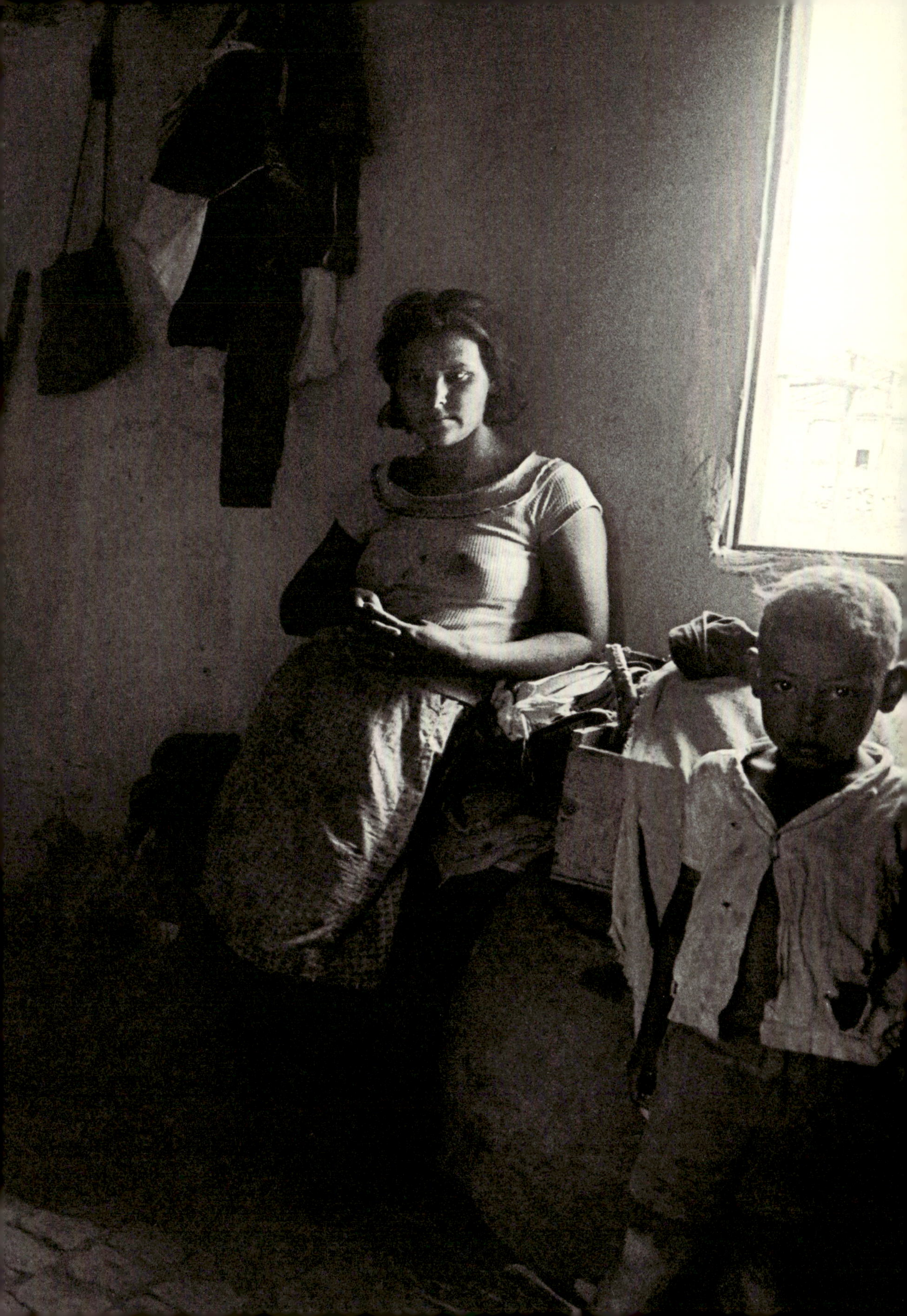

não pode pôr termo à felicidade sem fim das palavras. Resta uma única solução: avançar falando até a margem da margem, até degringolar em cima da plateia. Depois do quê o mundo para; depois do quê, no dia seguinte, voltam as brincadeiras de praxe: a briga de socos para saber qual história era a melhor.

À farsa de colégio opõe-se aparentemente o lamento de "Sorôco, sua mãe, sua filha". Nenhuma expectativa de drama ou surpresa extravagante. O drama já está todo representado. E nenhum "louco" vai querer impor seu roteiro de vida verdadeira e de tempo parado. As loucas aqui são "verdadeiras" loucas, a mãe e a filha de Sorôco, e, para elas, o tempo parado, o tempo sem começo nem fim, é simplesmente aquele que as espera na cidade dos hospícios, Barbacena, aonde o trem vai levá-las num vagão com grades nas janelas. A narrativa, assim, parece não passar da história de um fim sem começo, consequência de um infortúnio que, para esse tipo de gente, é perene. Ela parece resumir-se à cerimônia de adeus da multidão anônima a esses infortúnios sem nome. Mas acontece algo suplementar. Quase nada. Com o braço erguido, a jovem louca põe-se a cantar: uma cantiga "nem no tom nem no se-dizer das palavras";[19] uma cantiga semelhante então ao barulho de válvula enferrujada da criatura sem idade nem sexo de *Mrs. Dalloway*, próxima também da queixa do idiota de *O som e a fúria*, esse *nada* que o romancista transformava prontamente em *tudo*. Pois essa cantiga falsa que ninguém pode identificar, esse concentrado insensato de tempo e injustiça que parece definitivamente encerrar a moça em sua loucura, vai, na história de Guimarães Rosa, produzir justamente o oposto. Ela vai contagiar todas as bocas, como numa cena de ópera. No momento da partida, a moça é secundada pela mãe, com uma voz que lentamente se expande para acompanhar a neta num canto interminável, cuja letra os presentes não compreenderão mais, mas na qual saberão reconhecer "um constado de enormes diversidades desta vida, que podiam doer na gente, sem jurisprudência de motivo nem lugar, nenhum, mas pelo antes, pelo depois".[20] Depois, quando o vagão se afasta, é subitamente entoada solo pelo próprio Sorôco e, finalmente, por um coro inteiro em uníssono, que o acompanha até sua casa vazia. "A gente, com ele, ia até aonde que ia aquela cantiga", diz a última frase da história. Mas, justamente, não existe limite até esse "até aonde". A cantiga sem pé nem cabeça, a cantiga do infortúnio compartilhado através da linha que

19. "Sorôco, sua mãe, sua filha", in *ibidem*, p. 398.

20. *Ibidem*, p. 399.

Gente em suas casas perto de Lassance, c. 1966
Minas Gerais

separa as pessoas sãs das insanas e aqueles que ainda estão aqui daqueles que não estarão nunca mais, estende-se agora sem fim no interstício do momento qualquer. Embaralhando a fronteira do canto humano e do som dos animais ou das coisas, ela arraiga para sempre num mundo comum aquelas que não estão mais aqui. A louca foi além do que se podia esperar dela, e a solidariedade da multidão seguiu-a ao ir além de suas formas esperadas, pondo-se a cantar essa cantiga que ela ignorava, tornando-se ela mesma canto. A ficção é aquilo mediante o que o *até aonde* excede a si mesmo. O coro de anônimos que acompanha o homem sozinho até sua casa vazia está aqui para lembrar: o excesso de ficção não é a ilusão que consola da realidade, tampouco é o exercício de virtuosismo dos habilidosos. Ele pertence ao dom que a vida tem, nos mais humildes e comuns, de transportar-se além de si mesma para cuidar de si mesma.

À sua maneira singular, a literatura reafirma a capacidade de inventar que pertence a cada um, à louca que inventa sua cantiga, ao sertanejo que inventa suas histórias e ao escritor que inventa a história deles. Os que dizem que a literatura do escritor é vã porque a gente do sertão não a lerá querem dizer simplesmente que ninguém deve contar histórias, que todo mundo deve apenas acreditar *no que há*, aderir ao que é. A fé do escritor é que os sertanejos deixariam de contar histórias se, por sua vez, ele parasse de contar suas histórias. Essa fé nenhuma pesquisa de sociologia da cultura vai comprovar. Por isso o escritor deve comprová-la pessoalmente, e ele só pode fazer isso de uma maneira: escrevendo.

Estética e política norteiam a prolífica produção do filósofo **Jacques Rancière** (1940), importante interlocutor nos principais debates contemporâneos. Professor da Universidade de Paris VIII, é autor de títulos fundamentais, como *O desentendimento* (Editora 34, 1996) e *O ódio à democracia* (Boitempo, 2014). Este ensaio é um dos capítulos inéditos de *Les Bords de la fiction*, publicado na França em 2017.
Tradução de **André Telles**

Maureen Bisilliat (1931) nasceu na Inglaterra e vive em São Paulo desde 1957. Em 1963, leu pela primeira vez *Grande sertão: veredas*. A partir de então, fez uma série de viagens seguindo roteiros sugeridos pela obra de João Guimarães Rosa, com quem se reunia regularmente para mostrar o resultado dessas incursões. As mais de 16 mil imagens que realizou ao longo da carreira foram incorporadas ao acervo do Instituto Moreira Salles em 2003.

Cidadã

Claudia Rankine

A invisibilidade na escola, o temor mal disfarçado do estranho, a gentil hostilidade do vizinho, a desconfiança no caixa do supermercado, a ofensa aberta no café: são infinitas as formas da violência racista

Quando você está sozinha e cansada demais até para ligar seu celular ou seu tablet, você se deixa afundar no passado entre seus travesseiros. Normalmente você está aninhada sob as cobertas e a casa está vazia. Às vezes a lua some e além das janelas o céu baixo e cinza parece ao alcance da mão. A escuridão varia de acordo com a densidade das nuvens e você se recosta naquilo que é reconstruído como metáfora.

Tudo começa quase sempre com associações. Você tem um cheiro bom. Você tem 12 anos e estuda na Sts. Philip and James School, na White Plains Road, e a garota sentada na carteira de trás pergunta se durante a prova você poderia se inclinar à direita para ela copiar o que você escreveu. Irmã Evelyn tem o hábito de pregar as melhores e as piores notas na porta dos armários. A menina é católica, com um cabelo castanho que vai até a cintura. Você não consegue se lembrar do nome dela: Mary? Catherine?

Vocês nunca conversam de verdade, exceto pela ocasião em que ela faz esse pedido e, mais tarde, quando ela diz que você tem um cheiro bom e os traços de uma pessoa branca. Você imagina que ela pensa estar agradecendo a você pela cola e se sente melhor copiando as respostas de uma pessoa quase branca.

Irmã Evelyn nunca descobre o esquema de vocês, talvez porque você nunca se vira para copiar as respostas de Mary Catherine. Irmã Evelyn deve achar que essas duas meninas pensam muito parecido ou ela está mais interessada na humilhação do que na cola ou ela nunca notou você sentada ali.

Certos momentos disparam adrenalina para o coração, secam a boca e bloqueiam os pulmões. Como um trovão eles te afogam em ruído, não, como um raio eles atravessam sua laringe. Tosse. Depois que aconteceu fiquei sem palavras. Não foi você quem disse isso? Você não disse isso para uma amiga íntima que, no início da sua amizade, quando estava distraída, te chamava pelo nome da empregada negra dela? Você concluiu que eram as duas únicas pessoas negras na vida dela. Um dia ela parou de fazer isso, ainda que nunca tenha reconhecido o lapso. Você nunca pediu explicações a ela (por que não?) e, ainda assim, não esquece. Se fosse uma tragédia doméstica, e pode muito bem ser, esse seria seu erro fatal – sua memória, reservatório dos seus sentimentos. Você fica magoada porque é aquele momento "todas as pessoas negras se parecem" ou porque está sendo confundida com uma depois de ser tão próxima da outra?

Uma inquietação aguça sua consciência do próprio corpo. As palavras erradas entram em seu dia como um ovo podre na boca, e o vômito escorre pela sua blusa, uma viscosidade cola seu estômago nas costelas. Quando você olha em volta, só sobrou você. Seu nojo do próprio cheiro, das próprias sensações, não te ajuda a ficar de pé, não imediatamente, porque reunir forças se tornou a própria tarefa, que exige um raciocínio próprio. Alguém te lembra de uma conversa que você teve recentemente, comparando os méritos de frases construídas implicitamente com "sim, e" em vez de "sim, mas". Você e sua amiga decidiram que "sim, e" denota uma vida sem atalhos, sem rotas alternativas: você se levanta, logo sua blusa está lavada; é outra semana, a blusa está sob seu suéter, colada na sua pele, e você tem um cheiro bom.

A chuva nessa manhã transborda das calhas e tudo lá fora está perdido entre as árvores. Você precisa dos seus óculos para enxergar o que sabe estar lá porque a dúvida é inexorável; você põe os óculos. As árvores, suas cascas, suas folhas, mesmo as mortas, são mais vibrantes quando molhadas. Sim, e está chovendo. Cada momento é assim – antes que possa ser conhecido, classificado como similar a outra coisa e esquecido, ele precisa ser experimentado, precisa ser visto. O que foi que ele acabou de dizer? Ela realmente disse isso? Eu ouvi o que penso que ouvi? Isso acabou de escapar da minha boca, da boca dele, da sua boca? O momento é péssimo. Ainda assim você quer parar de olhar as árvores. Quer sair e ficar entre elas. E por mais leve que a chuva pareça, ainda chove sobre você.

Você está no escuro, dentro do carro, vendo o asfalto preto da rua ser engolido pela velocidade; ele diz a você que o reitor o obriga a contratar uma pessoa de cor quando existem tantos grandes escritores por aí.

Você pensa que talvez seja um experimento e você esteja sendo testada, ou sendo insultada de forma retroativa, ou fez alguma coisa que deu a entender que uma conversa desse tipo era aceitável.

Por que você se sente à vontade em me dizer uma coisa dessas? Você quer que o sinal fique vermelho ou que uma sirene da polícia dispare para poder meter o pé no freio, bater com força no carro da frente, voar para fora tão rápido que os rostos dos dois, de repente, estariam expostos ao vento.

Como sempre, você passa batida pelo momento, distanciando-se daquilo que foi dito. Não é só que o confronto provoque dor de cabeça; é que seu destino não inclui fingir que esse momento não é habitável, que não aconteceu antes, que o antes não é parte do agora conforme cai a noite e diminui o tempo entre onde estamos e aonde vamos.

Quando você entra na sua garagem e desliga o carro, continua atrás do volante mais uns dez minutos. Você tem medo de que os acontecimentos da noite estejam sendo absorvidos e codificados em um nível celular, e deseja que o tempo funcione como uma lavagem potente. Sentada ali, encarando a porta fechada da garagem, você se lembra que um amigo uma vez te contou que existe um termo médico – John Henryismo[1] – para pessoas expostas a descargas de estresse provocadas pelo racismo. Tentando escapar da sombra crescente do apagamento, elas se matam buscando desesperadamente ter grandes êxitos. Sherman James, o pesquisador que inventou o termo, declarou que os danos fisiológicos são graves. Você espera que, ao ficar sentada em silêncio, esteja contrariando as previsões.

---

[1]. Termo médico inspirado em John Henry, homem negro que trabalhou na construção de estradas de ferro nos EUA no século 19. Durante a perfuração de um túnel em West Virginia, um vendedor apresentava um equipamento de perfuração a vapor quando Henry decidiu mostrar a superioridade do trabalho humano. Henry apostou contra a máquina durante o tempo do teste, cavou um buraco maior, mas caiu morto no fim do desafio devido ao esforço excessivo. [N. da T.]

Graças ao seu status superior conquistado em razão de um ano cheio de viagens, você já foi acomodada em um assento na janela pela United Airlines quando a menina e a mãe dela chegam na sua fileira. Depois de te olhar por alto, a menina diz para a mãe, esses são os nossos lugares, mas não era isso que eu esperava. A resposta da mãe é quase inaudível – Entendi, ela diz. Vou sentar no meio.

Uma mulher que você não conhece se convida para almoçar com você. Você está visitando o campus da universidade dela. No café, as duas pedem salada *caesar*. Essa coincidência não é o começo de nada porque ela imediatamente comenta que ela, o pai dela, o avô dela e você, todos frequentaram a mesma universidade. Ela queria que o filho dela fosse para lá também, mas por causa das cotas ou sei lá o quê das minorias – ela não sabe como chamam essas coisas hoje em dia, não era para já terem acabado com isso? – o filho dela não foi aceito. Você não tem certeza se deveria se desculpar por esse erro no programa de tradição familiar da sua universidade; em vez disso você pergunta onde ele foi estudar. A instituição de prestígio que ela menciona não parece amenizar a irritação dela. Essa conversa, basicamente, estraga seu almoço. A salada é servida.

Uma amiga argumenta que os americanos vivem um conflito entre o "eu histórico" e o "eu individual". Com isso ela quer dizer que vocês em grande medida se relacionam como amigas com interesses em comum e, na maior parte do tempo, personalidades compatíveis; no entanto, em alguns momentos seus eus históricos, o eu branco dela e o seu eu negro, ou o seu eu branco e o eu negro dela, se apresentam com toda a força de sua condição americana. Então vocês se encaram durante alguns segundos que desmancham os sorrisos simpáticos de seus lábios. O que você disse? Em instantes a relação parece tão frágil, tênue, sujeita a qualquer transgressão do seu eu histórico. E por mais que suas histórias pessoais devessem poupá-las de mal-entendidos, elas fazem é com que você entenda bem até demais o que foi dito.

Você e seu companheiro vão assistir ao filme *The House We Live in*. Você pede para um amigo buscar seu filho na escola. No caminho para casa seu telefone toca. Seu vizinho diz que está vendo pela janela um homem negro ameaçador rondando a sua casa e a dele. O cara está andando de um lado para o outro falando sozinho e parece perturbado.

Você diz ao seu vizinho que o seu amigo, que ele mesmo conhece, está tomando conta de seu filho. Ele diz não, não é ele. Ele conhece seu amigo e esse não é aquele cara legal. Seja como for, ele quer que você saiba que já chamou a polícia.

Seu companheiro liga para o seu amigo e pergunta se tem um cara andando de um lado para o outro na frente da sua casa. Seu amigo diz que se houvesse alguém do lado de fora ele teria visto, porque ele está lá fora. Você ouve as sirenes pelo viva-voz.

Seu amigo está falando com o seu vizinho quando você chega em casa. Os quatro carros da polícia foram embora. Seu vizinho se desculpou com seu amigo e agora está se desculpando com você. Sentindo-se responsável pela atitude do seu vizinho, você diz ao seu amigo, meio sem jeito, que da próxima vez que ele quiser falar no telefone é melhor ir para o quintal, nos fundos. Ele olha para você por um longo minuto antes de dizer que pode falar no telefone onde quiser. Sim, claro, você diz. Sim, claro.

▬▬▬▬▬▬▬▬▬▬▬▬▬▬▬▬▬▬▬▬▬▬

Quando o estranho pergunta, É da sua conta?, você apenas o encara, parada. Ele acabou de se referir aos adolescentes barulhentos no Starbucks como crioulos. Ei, eu estou aqui, você respondeu, não necessariamente esperando que ele se virasse na sua direção.

Ele está segurando o copo descartável em uma mão e um pequeno saco de papel na outra. Eles só estão sendo adolescentes. Sério, não precisa dar uma de Ku Klux Klan pra cima deles, você diz.

Vai começar, ele responde.

As pessoas ao seu redor pararam de olhar para suas telas. Os adolescentes estão paralisados. Vou começar o quê?, você pergunta, sentindo o prenúncio da irritação. Sim, e se ouvir repetindo a acusação desse estranho no tom de voz que costuma usar só com o seu companheiro tem algo que faz você sorrir.

▬▬▬▬▬▬▬▬▬▬▬▬▬▬▬

Um homem derrubou o filho dela no metrô. Você sente seu corpo estremecer. Ele está bem, mas o filho da puta continuou andando. Ela diz que agarrou o estranho pelo braço e mandou ele se desculpar: eu disse para ele olhar para o menino e pedir desculpas. Sim, e você quer que isso acabe, quer que a criança derrubada no chão seja vista, receba ajuda para ficar de pé, seja bem tratada pelo homem que não a viu, nunca a viu, talvez nunca tenha visto alguém que não seja um reflexo dele mesmo.

O bonito é que um grupo de homens começou a se formar atrás de mim, como uma equipe de segurança, ela disse, como irmãos e tios recém-descobertos.

A nova terapeuta é especialista em tratamento de traumas. Vocês só conversaram pelo telefone. A casa dela tem um portão lateral que leva a uma entrada nos fundos, usada pelos pacientes. Você percorre um caminho margeado por pés de alecrim e réxia até o portão, que por acaso está trancado.

A campainha da entrada é um disquinho discreto que você aperta com firmeza. Quando a porta enfim se abre, a mulher que surge diante de você grita, a plenos pulmões, Sai da minha casa! O que você está fazendo no meu quintal?

É como se um dobermann ou um pastor-alemão feridos ganhassem o poder de falar. E você, apesar de recuar alguns passos, consegue dizer a ela que tem consulta marcada. Você tem consulta?, ela retruca. Depois ela faz uma pausa. Tudo faz uma pausa. Ah, ela diz, e continua, ah sim, está certo. Eu sinto muito.

Eu sinto muito, muito, muito mesmo.

Você está correndo para encontrar uma amiga em um bairro distante de Santa Mônica. Quando você se aproxima, essa amiga diz, Você está atrasada, sua vadia pixaim.[2] O que você disse?, você pergunta, ainda que tenha ouvido cada palavra. Essa pessoa nunca tinha se referido a você dessa maneira na sua presença, nunca mudou de registro desse jeito antes. O que você disse? Ela não repete, talvez não seja capaz, fisicamente, de repetir o que acabou de dizer.

Talvez o conteúdo do que disse seja irrelevante e ela tenha apenas tentado ressaltar o estereótipo de que "os negros estão sempre atrasados", usando o que ela entende ser "o jeito como os negros falam". Talvez ela esteja com ciúmes da pessoa com quem você estava e queira demonstrar que você é nada ou tudo para ela. Talvez ela queira ter uma conversa tardia sobre Don Imus e o time feminino de basquete que ele ofendeu chamando daquele jeito. Você não sabe. Você não sabe o que ela quer dizer. Você não sabe que resposta ela espera de você nem se importa com isso. Pelas suas experiências anteriores, a incoerência repentina é uma forma de violência. Vocês duas sentem o corte, que ela insiste ter sido uma piada, uma piada presa na garganta dela, e você observa que, como toda ferida, esse corte se abre depois da súbita exposição da sutura.

[2] No original, *nappy-headed ho*. Em 2007, o apresentador e humorista Don Imus foi demitido da CBS depois de usar esse termo de cunho racista para se referir às jogadoras da equipe de basquete da Universidade Rutgers. [N. da T.]

Quando uma mulher com quem você trabalha te chama pelo nome de outra mulher que trabalha com vocês, é tão clichê que não dá para não rir alto quando o amigo ao seu lado diz, ah não é possível. Ainda assim, no fim das contas, e daí, quem liga? Ela tinha 50% de chances de acertar.

Sim, e o e-mail que você recebe com um pedido de desculpas se refere ao "nosso engano". Parece que a sua invisibilidade é o verdadeiro problema, a causa da confusão dela. É assim que o mecanismo no qual ela te encaixa começa a ganhar vários sentidos.

O que você disse?

No fim de uma conversa rápida ao telefone, você diz ao gerente que vai passar no escritório dele para assinar os papéis. Quando você chega e se apresenta, ele fala de supetão, Eu não sabia que você era negra!

Eu não quis dizer isso, ele diz em seguida.

Em voz alta, você responde.

O quê?, ele pergunta.

Você não quis dizer aquilo em voz alta.

Depois disso, sua transação é resolvida rapidamente.

▬▬▬▬▬▬▬▬▬▬

Quando uma mulher com vários diplomas diz, Eu não sabia que mulheres negras podiam ter câncer, instintivamente você dá dois passos para trás, embora a urgência de estabelecer qualquer tipo de relacionamento se esvaia conforme você percebe que não vai chegar a lugar algum a partir daqui.

▬▬▬▬▬▬▬▬▬▬

Um amigo diz que viu uma foto sua na internet e quer saber por que você parecia estar com tanta raiva. Você e o fotógrafo escolheram a foto a que ele se refere porque ambos concluíram que era aquela em que você se mostrava mais relaxada. Você parece com raiva? Você não diria isso. Obviamente sua imagem sem um sorriso o deixa desconfortável, e ele precisa cobrá-la quanto a isso.

Se você estivesse sorrindo, o que isso significaria, na imaginação dele, sobre a sua compostura?

▬▬▬▬▬▬▬▬▬▬

Apesar de você ter tantas folgas quanto os outros, ele diz, você está sempre de folga. Vocês são amigos, então você responde, pega leve.

O que você quer dizer?

Exatamente, o que você quer dizer?

Alguém na plateia pergunta ao homem que está divulgando seu novo livro sobre humor o que torna algo engraçado. A resposta dele é previsível – contexto. Depois de uma pausa, ele acrescenta que se alguém dissesse alguma coisa, tipo, sobre outra pessoa, e você estivesse entre amigos, você provavelmente riria, mas se dissessem isso em público onde pessoas negras pudessem escutar você talvez não risse, provavelmente não riria. Só então você percebe que é um dos "outros em público" e não um dos "amigos".

Não faz muito tempo você estava numa sala em que alguém perguntou à filósofa Judith Butler o que torna a linguagem ofensiva. Você percebeu todo mundo prestando atenção. Nosso próprio ser nos expõe à abordagem dos outros, ela responde. Nós sofremos da condição de sermos abordáveis. Nossa abertura emocional, ela acrescenta, está impregnada da nossa capacidade de sermos abordados. A linguagem transita em meio a isso.

Por muito tempo você pensou que o objetivo da linguagem racista fosse denegrir[3] e apagar você como pessoa. Depois de pensar nas observações de Butler, você começa a entender que se tornou hipervisível diante desses atos de linguagem. A linguagem ofensiva pretende explorar todos os aspectos da sua presença. Sua atenção, sua disponibilidade e seu desejo de participar, na verdade, exigem que você marque presença, que tenha ambição, que responda à altura, e, por mais louco que pareça, que diga por favor.

---

3. No original, *denigrate*. Além do sentido de atacar nomes e reputações, o verbo em inglês também se refere ao ato de falar de alguém como se a pessoa não tivesse valor algum. [N. da T.]

Do lado de fora da sala de conferências, sem ser vista pelos dois homens que esperam os outros chegarem, você ouve um dizer ao outro que ficar perto de pessoas negras é como assistir a um filme estrangeiro sem legendas. Como você vai passar as próximas duas horas em volta da mesa redonda que torna a conversa mais fácil, você considera esperar alguns minutos antes de entrar na sala.

A corretora de imóveis, que não conseguia entender como podia ter marcado um horário para mostrar a casa a você, passa a maior parte da visita dizendo para a sua amiga, várias vezes, como se sente à vontade perto dela. Nem você nem sua amiga se dão o trabalho de perguntar a ela quem está lhe deixando desconfortável.

O homem na caixa registradora quer saber se você acha que o seu cartão vai passar. Se ele faz isso sempre, deixou de fazer com a amiga que passou logo antes de você. Enquanto pega a sacola, ela espera para ver o que você vai dizer. Ela não diz nada. Você quer que ela diga alguma coisa – como testemunha e como amiga. Ela não é você; o silêncio dela deixa isso claro. Como você assiste a tudo isso mesmo enquanto participa da situação, também não fala nada. Vem aqui comigo, seus olhos dizem. Por que cargas d'água ela faria isso? O homem atrás da caixa registradora devolve o seu cartão e coloca o sanduíche e a água com gás em uma sacola, que você pega no balcão. O que há de errado com você? Essa pergunta fica voltando nos seus sonhos.

Outra amiga diz que você deveria aprender a não absorver o mundo. Ela diz que às vezes consegue ouvir a própria voz dizer silenciosamente para seja lá quem for – você está dizendo isso e eu não vou aceitar. Sua amiga se recusa a carregar o que não é dela.

Você aceita coisas que não quer o tempo todo. No momento em que você ouve ou vê uma situação banal, todos os alvos daquela situação, todos os sentidos por trás dos momentos que vão ficando para trás, até onde você é capaz de enxergar, tudo entra em foco. Espera aí, você ouviu, você disse, você viu, você fez isso? Então a voz na sua cabeça diz silenciosamente para você parar de se torturar, porque só conviver não deveria ser uma ambição.

Nascida na Jamaica e radicada nos EUA, a poeta, ensaísta e dramaturga **Claudia Rankine** (1963) é hoje uma das mais originais vozes da literatura em língua inglesa. Com uma escrita híbrida entre prosa e poesia, ela discute de forma rigorosa e surpreendente o racismo em livros como *Citizen: An American Lyric* (2014), de onde foram traduzidos estes fragmentos. Por essa obra, recebeu, entre outros prêmios, os do National Book Critics Circle e do PEN Center americano, na categoria poesia. Em 2016, com uma bolsa da prestigiosa Fundação MacArthur, Rankine criou o Instituto do Imaginário Racial, voltado a pesquisadores e artistas.
Tradução de **Stephanie Borges**

Síntese, precisão e rigor fazem parte do vocabulário formal das marcas criadas ao longo de mais de 60 anos pelo designer americano Ivan Chermayeff – que morreu em dezembro de 2017, aos 85 anos. Seguindo o receituário modernista, os desenhos icônicos partem de formas simples e geométricas – elaborados durante meses "para parecerem que foram feitos em cinco minutos", dizia.◖ A partir dessa premissa, surgiram de seu escritório marcas como as da Mobil Oil, Chase Bank e Instituto Smithsonian. ◖ Como um respiro às demandas corporativas, Chermayeff cultivava o hábito de trocar o compasso e o esquadro – computador nunca o interessou – por cola e tesoura. Munido desses instrumentos, e do que mais tivesse à mão – provas de cor de antigos projetos, envelopes, formulários, revistas, jornais e toda sorte de impressos –, o designer passava horas a criar colagens em que a sisudez da geometria é confrontada com a irreverência do gesto manual.◖ Disso surge um novo vocabulário, no qual a síntese se junta à informalidade, a precisão deixa de fazer sentido e o rigor se sublima pela graça. É o que vemos na seleção de imagens que publicamos aqui.◖ DANIEL TRENCH

FOOT CHIN

SHIN & IKKO

FALCONER

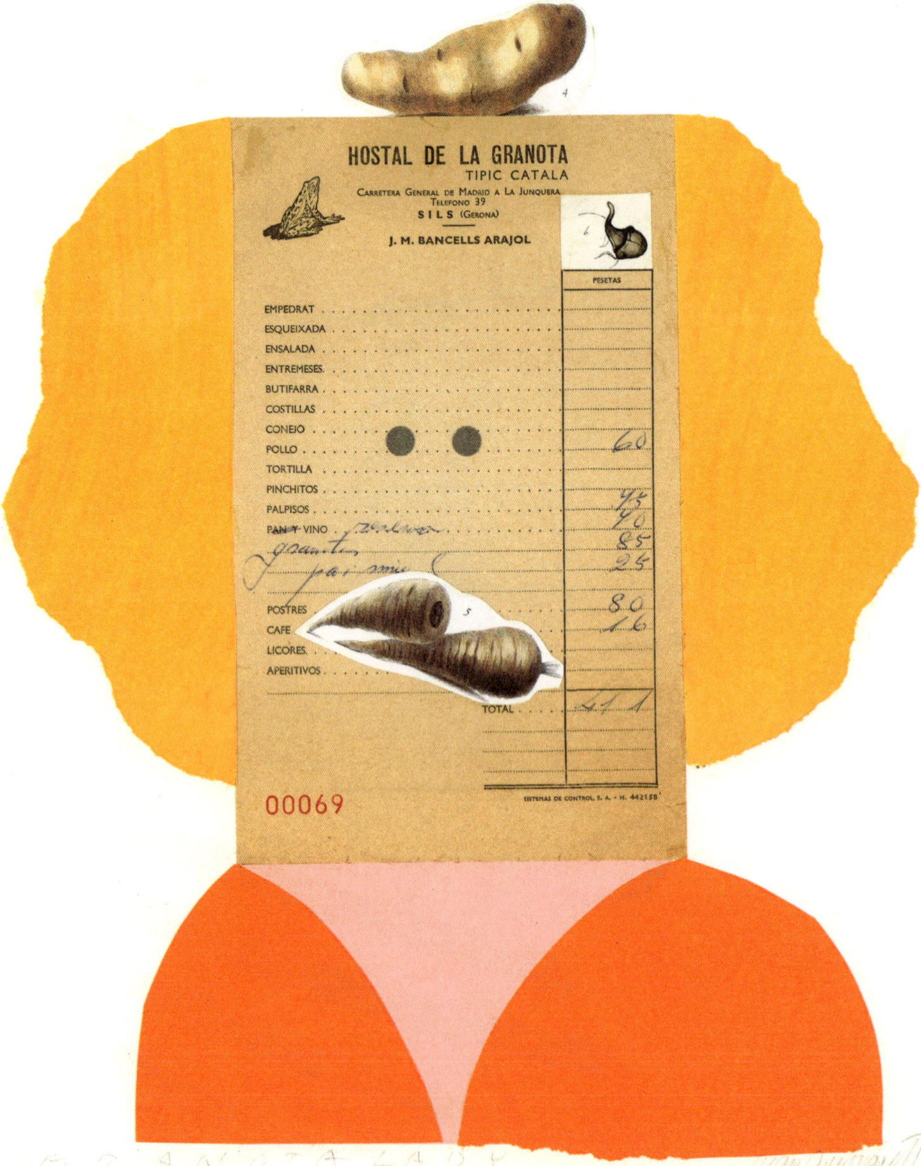

G R A N O T A L A D Y

Letter from Robert Osborn, Aug. 11, 1975   Ivan Chermayeff Dec. 1976

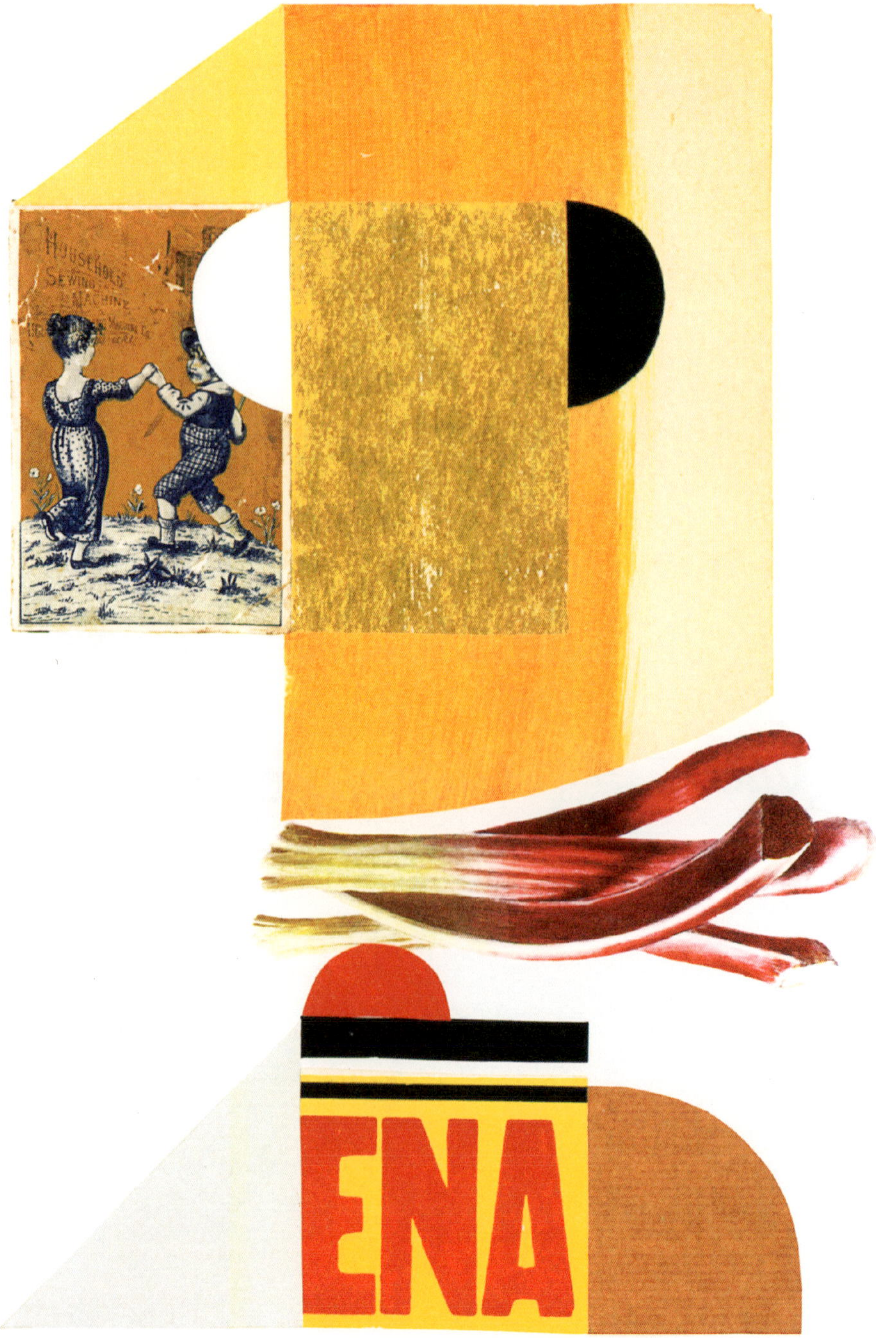
HOUSEHOLD
ENA

INNOCENT JAPANESE PERSON (Ivan Chermayeff)
1989

RED HEAD
WITH
ORANGE SCARF

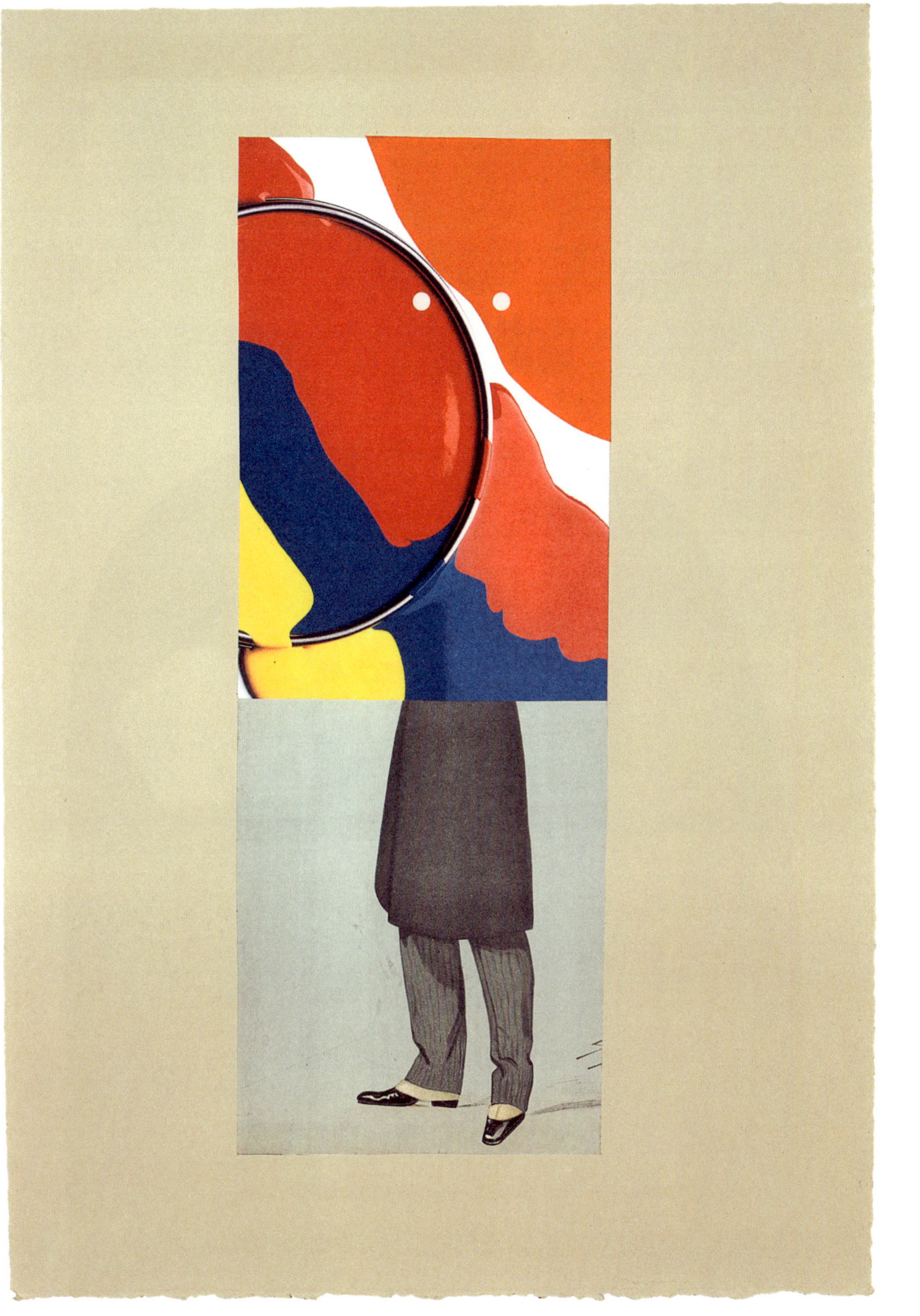

SLOVIT® multi
Zdravie v šumivých tabletách
SLOVENSKO
12 Sk
ŽILINSKÁ UNIVERZITA
16 Sk
SLOVENSKO
PAR AVION
Mr
IVAN CHERMAYEFF
15 East 26th St.
New York, N.Y. 10010
USA
10010/1505

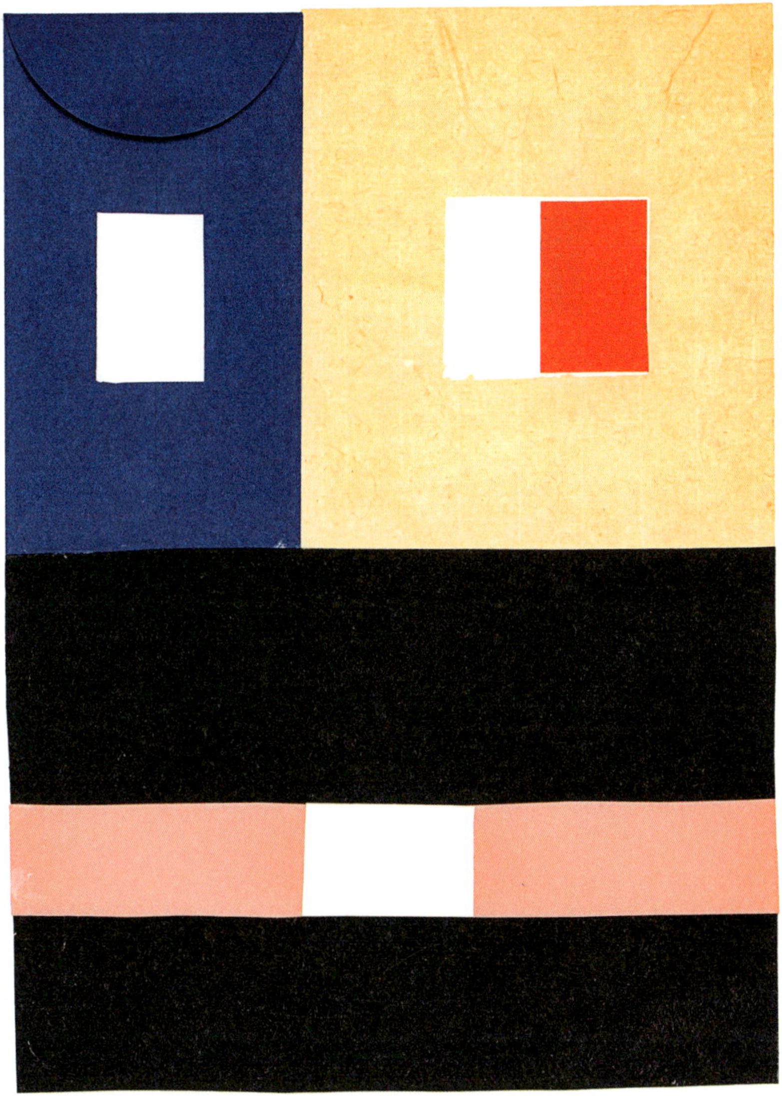

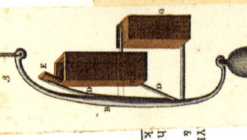

DOORMAN AT THE LINDENHOF

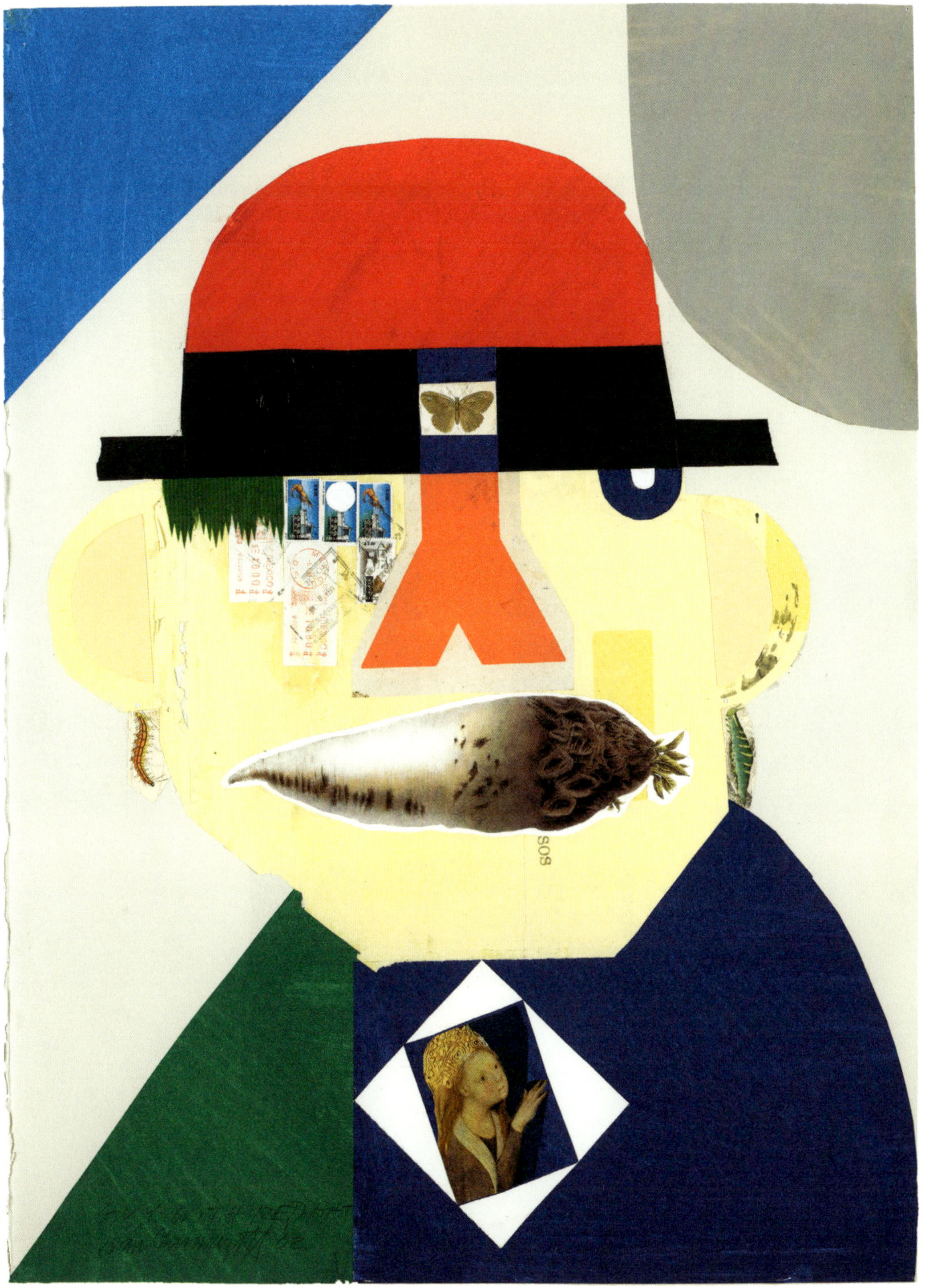

STARING MAN

BLACK LADY WITH BLUE HAT

L NOSE

Foot Chin (2001), *Shin & Ikko* (2002), *Falconer* (1999), *Granota Lady* (2003), *Letter from Robert Osborn* (2016), *Rhubarb Mouth* (2004), *Innocent Japanese Person* (1989), *Red Head with Orange Scarf* (2015), *Ink Head* (2001), *Slovak with Gold Tie* (2001), *Tea Paper with Little Blue Envelope* (2015), *Doorman at the Lindenhof* (1998), *Guy with Red Hat* (2002), *Staring Man* (1996), *Black Lady with Blue Hat* (1996), *L Nose* (2001). Cortesia do estúdio Chermayeff & Geismar & Haviv.

Tarde demais para salvar o mundo?

Jonathan Franzen

As causas que realmente valem a pena, da preservação dos pássaros à resistência ao governo Trump, empurram o escritor para o papel do ensaísta, uma espécie de bombeiro que corre em direção às chamas da vergonha enquanto todos tentam escapar delas

Gary Hume
Paradise Painting Five (2011)
Cortesia do artista, Sprüth Magers e Matthew Marks Gallery

Se um ensaio é algo *ensaiado* – algo que se arrisca, não definitivo, não dogmático, algo que o autor se aventura a escrever com base em sua experiência pessoal e subjetividade –, então estamos vivendo uma era de ouro ensaística. A festa a que você foi na noite de sexta-feira, como o trataram os comissários de bordo, qual sua opinião sobre o ultraje do dia: as mídias sociais operam com a presunção de que mesmo a mais insignificante das micronarrativas subjetivas é digna não apenas de registro, como num

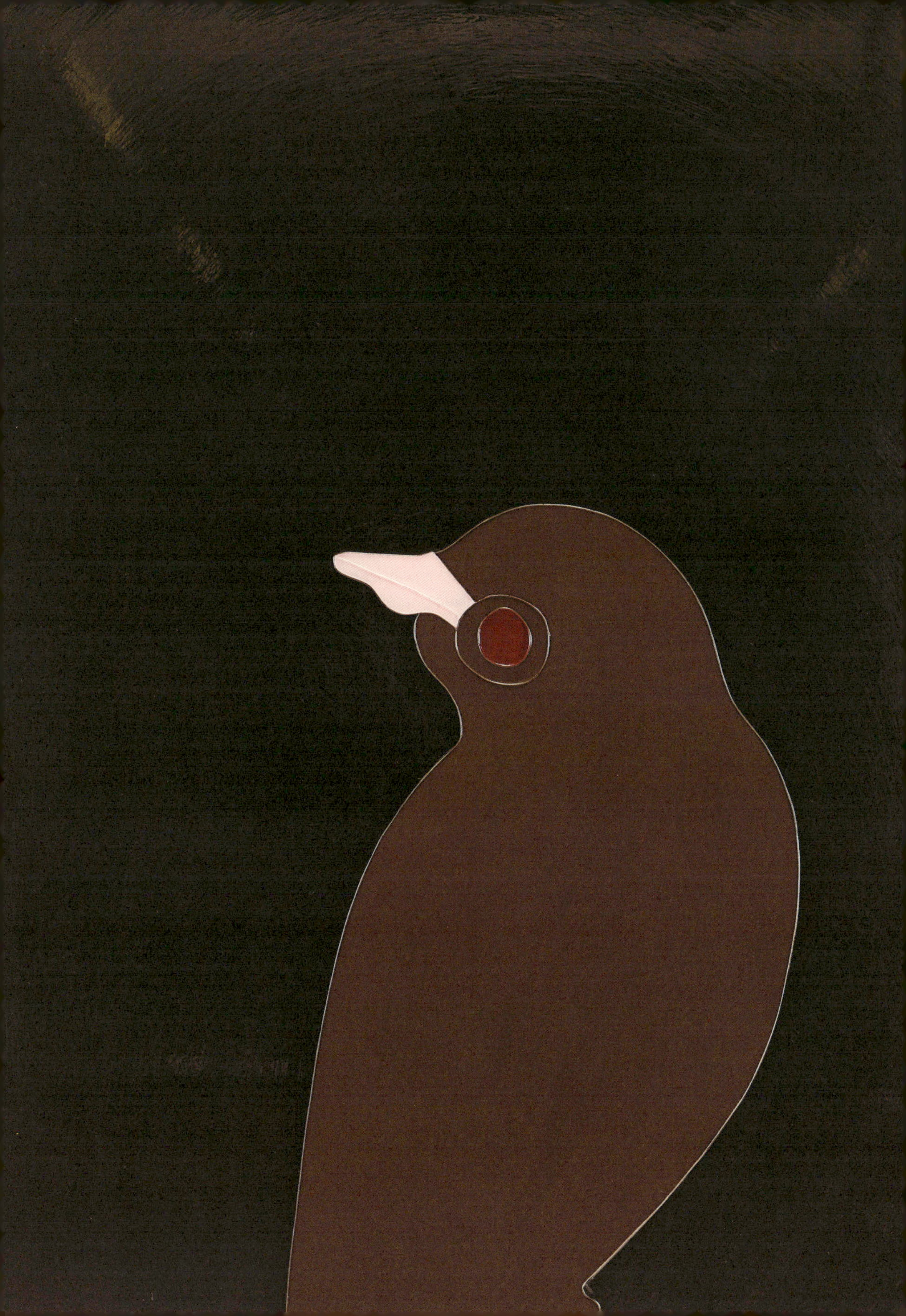

diário, mas de ser compartilhada com outras pessoas. O presidente dos Estados Unidos agora se guia por tal presunção. As reportagens que eram tradicionalmente bem austeras, como no New York Times, se abrandaram a fim de permitir que o *eu*, com sua voz, opiniões e impressões, fique sob os holofotes da primeira página, e os críticos literários se sentem cada vez menos constrangidos ao analisar os livros com um mínimo de objetividade. Não costumava importar se Raskólnikov e Lily Bart eram pessoas simpáticas, mas a questão de ser "gostável", com o privilégio implícito que isso representa em termos dos sentimentos pessoais do resenhista, constitui agora um elemento-chave da avaliação crítica. A ficção literária se assemelha cada vez mais ao ensaio.

Em alguns dos romances mais influentes dos últimos anos, Rachel Cusk e Karl Ove Knausgård levaram a um nível mais alto o método de testemunho autoconsciente na primeira pessoa do singular. Seus admiradores mais radicais dirão que a imaginação e a invenção são artifícios ultrapassados; que assumir a subjetividade de um personagem diferente do autor consiste num ato de apropriação, até mesmo de colonialismo; que a única técnica narrativa autêntica e politicamente defensável é a autobiografia.

Enquanto isso, o ensaio pessoal propriamente dito – o sistema formal de autoexame e envolvimento contínuo com ideias, tal como desenvolvido por Montaigne e aperfeiçoado por Emerson, Virginia Woolf e James Baldwin – está sendo eclipsado. A maioria das revistas de grande circulação nos Estados Unidos praticamente deixou de publicar ensaios puros. O gênero subsiste nas publicações menores que contam com um número de leitores inferior ao que Margaret Atwood tem como seguidores no Twitter. Será que devíamos estar lamentando a extinção do ensaio? Ou celebrando sua conquista de um espaço cultural maior?

—

Uma micronarrativa pessoal e subjetiva: as poucas lições que tive sobre como escrever ensaios vieram todas de meu editor na New Yorker, Henry Finder. Procurei-o pela primeira vez em 1994, como candidato a jornalista muito necessitado de dinheiro. Em grande parte por pura sorte, escrevi um texto publicável sobre o serviço de correios dos Estados Unidos, seguido de um impublicável, por conta de uma incompetência inata, acerca do Sierra Club. Foi então que Henry sugeriu que eu talvez tivesse alguma aptidão para ser ensaísta. Entendi que me dizia que eu era obviamente um jornalista pífio e neguei aquela aptidão. Além de haver sido criado com o horror típico do Meio-Oeste de falar muito sobre mim, tinha um preconceito adicional, derivado de certas ideias equivocadas sobre a autoria de romances, contra o *discurso* sobre coisas que podiam ser mais proveitosamente retratadas numa *narrativa*. Mas, como ainda necessitava de dinheiro, continuei a pedir a Henry para fazer resenhas de livros. Numa dessas ocasiões, ele me perguntou se eu tinha algum interesse na indústria de cigarros – assunto de uma grande reportagem recente de Richard Kluger. Respondi rapidamente: "Os cigarros são a última coisa sobre a qual quero pensar". Ao que, ainda mais rapidamente, Henry retrucou: "E é por isso que tem que escrever sobre eles".

Essa foi minha primeira lição de Henry, e permanece a mais importante. Depois de ter fumado muito aos 20 anos, consegui parar durante dois anos ao passar dos 30. No entanto, ao ser contratado para escrever sobre os correios, apavorado com a ideia de pegar o telefone e me apresentar como jornalista da *New Yorker*, voltei ao vício. Desde então, consegui arranjar um jeito de me considerar um não fumante, ou pelo menos uma pessoa tão decidida a parar de novo que poderia muito bem ser um não fumante, ainda que continuasse a fumar. Minha atitude mental era equivalente a uma função de onda quântica em que eu podia ser totalmente um fumante mas também totalmente um não fumante, desde que nunca olhasse para mim mesmo. E se tornou instantaneamente claro para mim que, ao escrever sobre cigarros, seria obrigado a olhar para mim mesmo. Esse é o efeito de um ensaio.

Havia igualmente o problema de minha mãe, que mantinha uma postura militante contra o fumo e cujo pai morrera de câncer de pulmão. Eu havia escondido dela meu vício por mais de 15 anos. Um dos motivos pelos quais precisava manter minha indeterminação quântica de fumante/não fumante derivava do fato de não gostar de mentir para ela. Tão logo fosse capaz de parar outra vez, permanentemente, a função de onda entraria em colapso e eu seria 100% o não fumante que sempre considerei ser – mas apenas caso não me revelasse antes, por escrito, um fumante.

Henry, com pouco mais de 20 anos, era um menino prodígio quando Tina Brown o contratou para trabalhar na *New Yorker*. Tinha um jeito especial de falar baixinho, uma espécie de murmúrio hiperarticulado, como um texto em prosa cuidadosamente revisto mas quase ilegível. Impressionadíssimo com sua inteligência e erudição, logo passei a morrer de medo de desapontá-lo. A ênfase apaixonada de Henry ao me dizer "é *por isso* que tem que escrever sobre eles", a forma única como pronunciava tais palavras, deu-me a esperança de que eu tivesse deixado uma pequena marca em sua consciência.

E assim fui trabalhar no ensaio, queimando a cada dia meia dúzia de cigarros *light* diante de um ventilador e junto à janela de minha sala de visitas, entregando a Henry a única coisa que lhe submeti e não

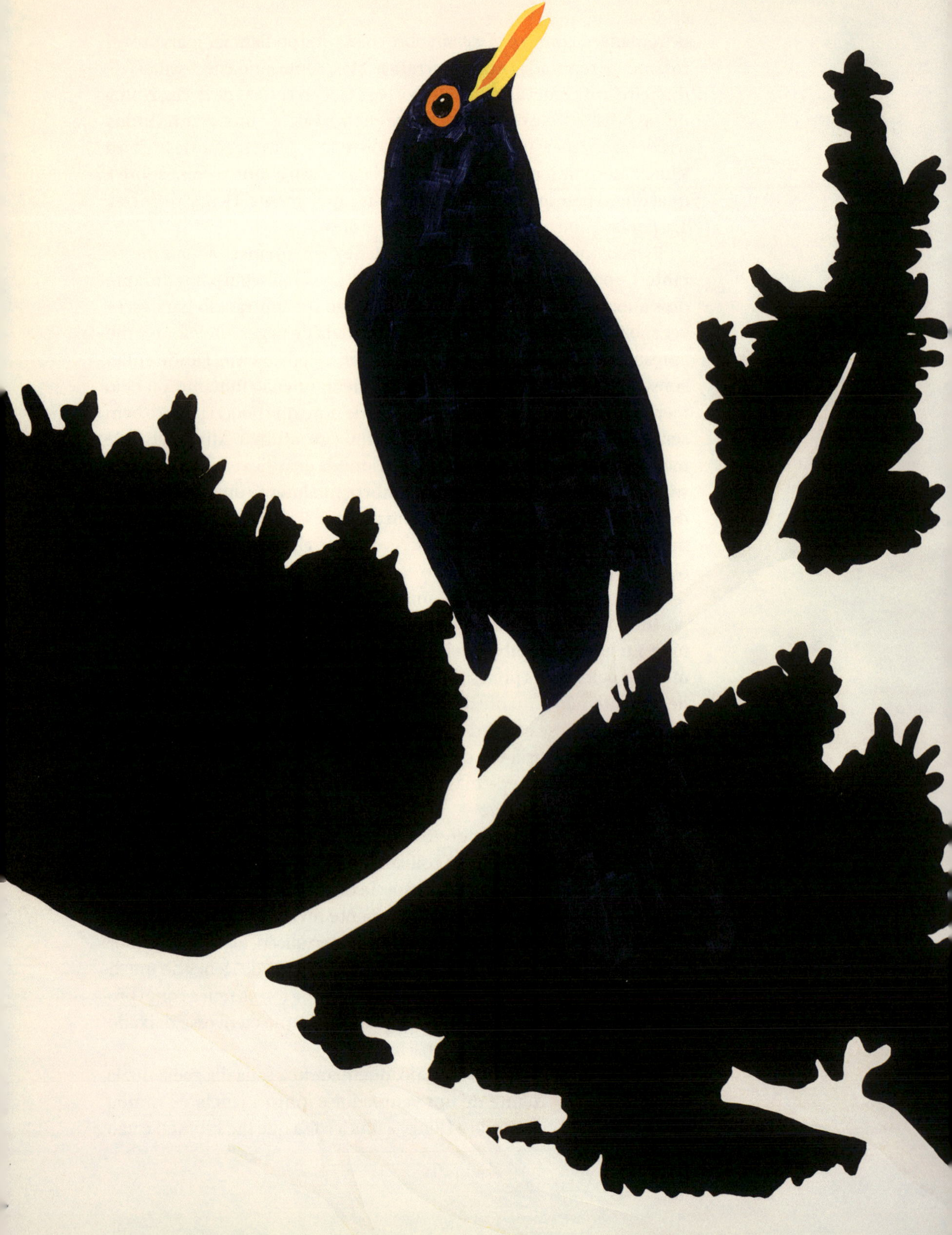

precisou ser revisada por ele. Não me lembro como mamãe tomou conhecimento do ensaio ou como me transmitiu seu profundo sentimento de traição, se por carta ou por telefone, mas lembro que deixou de se comunicar comigo por seis semanas – de longe o mais longo silêncio entre nós. Aconteceu exatamente o que eu temia. Mas, quando o problema foi superado e comecei a receber novas cartas suas, senti-me exposto perante ela de uma forma que nunca sentira antes. Não era apenas o fato de que meu eu "verdadeiro" lhe havia sido ocultado; era como se não tivesse existido um eu digno de ser visto.

Kierkegaard, em *Ou-Ou: um fragmento de vida*, zomba do "homem ocupado", para quem manter-se atarefado é uma forma de evitar o autorreconhecimento honesto. Você pode acordar no meio da noite e se dar conta de que se sente solitário no casamento, ou que precisa refletir sobre o que seu nível de consumo está causando ao planeta, porém no dia seguinte tem um milhão de pequenas coisas a fazer. Enquanto não houver um fim para essas pequenas coisas, você nunca vai parar e confrontar as grandes questões. Escrever ou ler um ensaio não é a única forma de parar e se perguntar quem você é de fato e qual o significado de sua vida, mas é uma boa maneira. E, considerando o marasmo risível da Copenhague de Kierkegaard se comparada ao nosso tempo, esses tuítes subjetivos e mensagens postadas às pressas não parecem tão ensaísticos. Assemelham-se mais a uma maneira de evitar o que um ensaio de verdade talvez nos obrigasse a encarar. Passamos os dias lendo nas telinhas coisas que jamais nos daríamos ao trabalho de ler num livro impresso e reclamamos porque nos sentimos ocupados demais.

Parei de fumar pela segunda vez em 1997. Depois, em 2002, pela última vez. E depois, em 2003, pela última e derradeira vez – a menos que você conte a nicotina sem fumaça que está percorrendo minhas veias enquanto escrevo isto. Tentar escrever um ensaio honesto não faz com que minha personalidade deixe de ser múltipla; sou ainda simultaneamente um viciado com o cérebro de um réptil, alguém preocupado com a saúde, um eterno adolescente, um ser depressivo que se automedica. O que muda, se tomo o tempo necessário para olhar, é que minha identidade múltipla adquire *substância*.

Blackbird (1998)

—

Um dos mistérios da literatura é que a substância pessoal, tal como percebida tanto pelo escritor quanto pelo leitor, se situa fora do corpo de ambos, numa página qualquer. Como posso me sentir mais real para mim mesmo em algo que estou escrevendo do que dentro do meu corpo? Como posso me sentir mais próximo de outra pessoa lendo as suas palavras do que se estivesse sentado a seu lado? A resposta, em parte, é que escrever e ler exigem atenção total. Mas também tem a ver, sem dúvida, com o tipo de *ordenamento* que só é possível na página.

Aqui posso mencionar duas outras lições que aprendi com Henry Finder. Uma é que *todo ensaio, mesmo um ensaio opinativo, conta uma história*. A outra é que *só há duas maneiras de organizar qualquer material: "Coisas semelhantes ficam juntas" e "Isso decorre disto"*. Tais preceitos podem parecer evidentes, mas qualquer um que tenha avaliado ensaios escritos por alunos de colégio ou universidade dirá que não é bem assim. Para mim, era muito pouco evidente que um artigo meramente especulativo devesse seguir as regras de uma narrativa. E, no entanto, não é fato que um bom argumento começa com a postulação de um problema difícil? E depois não aponta uma rota de fuga do problema mediante alguma proposição audaciosa, criando obstáculos sob a forma de objeções e contra-argumentos, até que, por fim, nos conduz através de uma série de reviravoltas a uma conclusão imprevista porém satisfatória?

Se você aceitar a premissa de Henry de que um bom ensaio consiste em material ordenado sob a forma de uma história, e se compartilhar minha convicção de que nossas identidades não passam de histórias que contamos a nós mesmos, faz sentido que recebamos uma forte dose de substância pessoal graças ao trabalho de escrever e ao prazer de ler. Quando estou sozinho num bosque ou jantando com um amigo, fico pasmo com o volume de informações sensoriais que me chegam. O ato de escrever subtrai quase tudo, deixando apenas o alfabeto e a pontuação, e progride rumo ao não aleatório. Ocasionalmente, ao ordenar os elementos de uma história bem conhecida, você descobre que ela não significa o que pensava significar. Às vezes, especialmente quando se constrói um argumento ("Isso *decorre* disto"), uma narrativa totalmente nova se impõe. A disciplina de moldar uma história convincente pode cristalizar pensamentos e sentimentos que você mal desconfiava possuir.

Caso você esteja diante de um material bruto que não pareça se prestar a ser transformado numa narrativa, Henry diria que sua outra opção seria dividi-lo em categorias, agrupando elementos similares: *coisas semelhantes ficam juntas*. No mínimo, isso representa um método sóbrio de escrever. Mas padrões repetidos também podem se transformar em histórias.

A fim de dar sentido à vitória de Donald Trump numa eleição que muitos esperavam que ele perdesse, é tentador construir uma história na base de que isso-decorre-disto: Hillary Clinton foi descuidada com seus e-mails, o Departamento de Justiça optou por não processá-la, então as mensagens de Anthony Weiner vieram a público, depois James Comey reportou ao Congresso que Hillary ainda poderia estar encrencada, e por fim Trump venceu a eleição. Mas talvez seja mais proveitoso agrupar os semelhantes: a vitória de Trump foi *similar* ao voto do Brexit e *similar* ao recrudescimento do nacionalismo anti-imigração na Europa. O tratamento majestosamente inepto de Hillary com respeito aos e-mails foi similar à sua má comunicação com os eleitores e similar à sua decisão de não fazer uma campanha mais intensa em Michigan e na Pensilvânia.

—

Eu estava em Gana no dia da eleição, observando pássaros com meu irmão e dois amigos. O relatório de James Comey para o Congresso havia conturbado a campanha antes de minha partida para a África, mas o renomado site de Nate Silver, *FiveThirtyEight*, com suas previsões eleitorais, ainda dava a Trump só 30% de chance de vitória. Tendo depositado um voto antecipado em favor de Hillary, cheguei a Acra me sentindo apenas moderadamente ansioso com a eleição e me congratulando por ter decidido não passar a semana final da campanha checando o *FiveThirtyEight* dez vezes por dia.

Estava me permitindo uma compulsão de outro tipo em Gana. Para minha vergonha, sou o que as pessoas que se dedicam à observação de pássaros chamam de um fazedor de listas. Não quer dizer que não goste dos pássaros só pelo que são. Faço excursões para desfrutar de sua beleza e diversidade, para aprender mais acerca de seu comportamento e dos ecossistemas a que pertencem, para fazer caminhadas longas e contemplativas em novos lugares. Mas também mantenho listas demais. Conto não somente as espécies de pássaros que vi mundo afora, como também as que vi em cada país e cada estado dos Estados Unidos, assim como em locais menores, incluindo meu quintal – isso todos os anos desde 2003. Sou capaz de racionalizar essa compulsão por listas como uma brincadeirinha extra no contexto de minha paixão. No entanto, sou de fato compulsivo, e isso me faz moralmente inferior aos que observam pássaros pelo mero prazer de fazê-lo.

Acontece que, ao ir para Gana, eu me concedera a oportunidade de quebrar meu recorde de 1.286 espécies, registrado no ano anterior. Já tinha passado de 800 em 2016, e sabia, depois de pesquisar na internet, que viagens semelhantes à nossa tinham resultado em quase 500 espécies, poucas das quais também presentes nos Estados Unidos. Se eu pudesse ver 460 espécies novas na África e depois aproveitar minha estada de sete horas em Londres a fim de observar 20 pássaros europeus bem comuns num parque perto do aeroporto de Heathrow, 2016 seria meu melhor ano até então.

Estávamos vendo coisas muito boas em Gana, turacos espetaculares e abelheiros só encontrados na África Ocidental. Mas as poucas florestas que restam no país sofrem uma tremenda pressão de caçadores e lenhadores, e nossas caminhadas através delas geravam mais suor que resultados. Na noite da eleição, já havíamos perdido minha única chance de observar várias das espécies que eu tinha como alvo. Na manhã seguinte, bem cedo, quando as urnas permaneciam abertas na costa oeste dos Estados Unidos, liguei meu telefone para ter o prazer de confirmar que Hillary estava ganhando a eleição. O que descobri, em vez disso, foram mensagens arrasadas de meus amigos na Califórnia, com retratos deles diante da TV com cara de tacho, e minha namorada jogada num sofá em posição fetal. A manchete da hora no *Times* era "Trump vence na Carolina do Norte, ganhando força; estreita-se o caminho para a vitória de Hillary".

Não havia nada a fazer senão continuar a observar pássaros. A caminho da floresta de Nsuta, driblando caminhões carregados de toras de madeira que eu associava a Trump, mas ainda me agarrando à ideia de que Hillary podia alcançar a vitória, vi calaus negros anões, um falcão-cuco africano e um pica-pau melancólico. Uma manhã exaustiva, mas satisfatória, que, ao regressarmos a um local em que havia cobertura digital, terminou com a notícia de que o "milionário cafajeste de dedos curtos" (na memorável descrição da revista *Spy*) era meu novo presidente. Foi o momento em que percebi o que minha mente vinha fazendo com os 30% de probabilidade de vitória de Trump calculados por Nate Silver. De algum modo, tal cifra significava para mim que o mundo poderia estar, na pior das hipóteses, 30% mais afundado na merda depois das eleições.

Obviamente, o que o número significava de fato é que havia 30% de chance de o mundo estar 100% afundado na merda.

Enquanto viajávamos para as regiões mais secas e menos populosas do norte de Gana, encontrei alguns pássaros que sempre havia desejado ver: tarambolas egípcias, abelharucos-róseos e um bacurau, cujas penas incrivelmente longas nas asas o faziam parecer um gavião noturno seguido de perto por dois morcegos. Todavia, estávamos ficando ainda mais distantes do número de observações que eu precisava manter. Ocorreu-me, tardiamente, que as listas que estudara na internet haviam incluído espécies que eram apenas ouvidas, não vistas, enquanto eu necessitava identificar o pássaro antes de adicioná-lo à minha contagem.

Aquelas listas, assim como Nate Silver, tinham me dado esperança. Agora, cada espécie-alvo que eu perdia aumentava a pressão para ver todas as demais, mesmo as mais improváveis, caso ainda quisesse bater meu recorde. Tratava-se apenas de uma lista idiota anual, em última análise inconsequente até para mim, mas eu me sentia assombrado pela manchete da manhã seguinte à eleição. Em vez de 275 votos no colégio eleitoral, eu necessitava de 460 espécies, e meu caminho para a vitória se tornava muito estreito. Por fim, quatro dias antes do término da viagem, no vertedouro de uma represa perto da fronteira com Burkina Faso, onde eu esperava ver meia dúzia de novos pássaros das pradarias e não vi nenhum, tive de admitir a realidade da derrota. De repente, me dei conta de que deveria estar em casa, consolando minha namorada pelo resultado da eleição, exercendo o único benefício de ser um pessimista depressivo, que é a propensão a rir nas horas mais sombrias.

—

Como o milionário cafajeste de dedos curtos chegou à Casa Branca? Quando voltou a falar em público, Hillary Clinton confirmou a crença de que seu caráter podia ser explicado pela tese de que "coisas semelhantes ficam juntas", mas ela o fez propondo uma narrativa no estilo "isso decorre disto". Esqueça-se o fato de que ela se descuidou dos e-mails e chamou eleitores de Trump de "um balaio de gente deplorável". Esqueça-se o fato de que os eleitores tinham queixas legítimas contra a elite liberal que ela representava; de que poderiam não ter apreciado a racionalidade do livre-comércio, das fronteiras abertas e da automação fabril quando a maior parte dos ganhos em riqueza global foi alcançada à custa da classe média; de que talvez houvessem se ressentido da imposição pelo governo federal dos valores urbanos liberais às comunidades conservadoras do interior. Segundo Hillary, sua derrota foi culpa de James Comey – talvez também dos russos.

Admito que eu tinha meu próprio relato bem construído. Quando voltei da África para Santa Cruz, meus amigos progressistas ainda lutavam para entender como Trump havia triunfado. Lembrei-me de um evento público de que havia participado certa vez com um otimista especializado em mídias sociais, Clay Shirky, que contara para a plateia como os críticos profissionais de restaurantes de Nova York tinham ficado "chocados" quando o Zagat, um serviço de avaliações feitas por uma multidão de usuários, indicou o Union Square Cafe como o melhor restaurante da cidade. O argumento central de Shirky era que os críticos profissionais não eram tão sagazes quanto imaginavam; que, na verdade, na era do

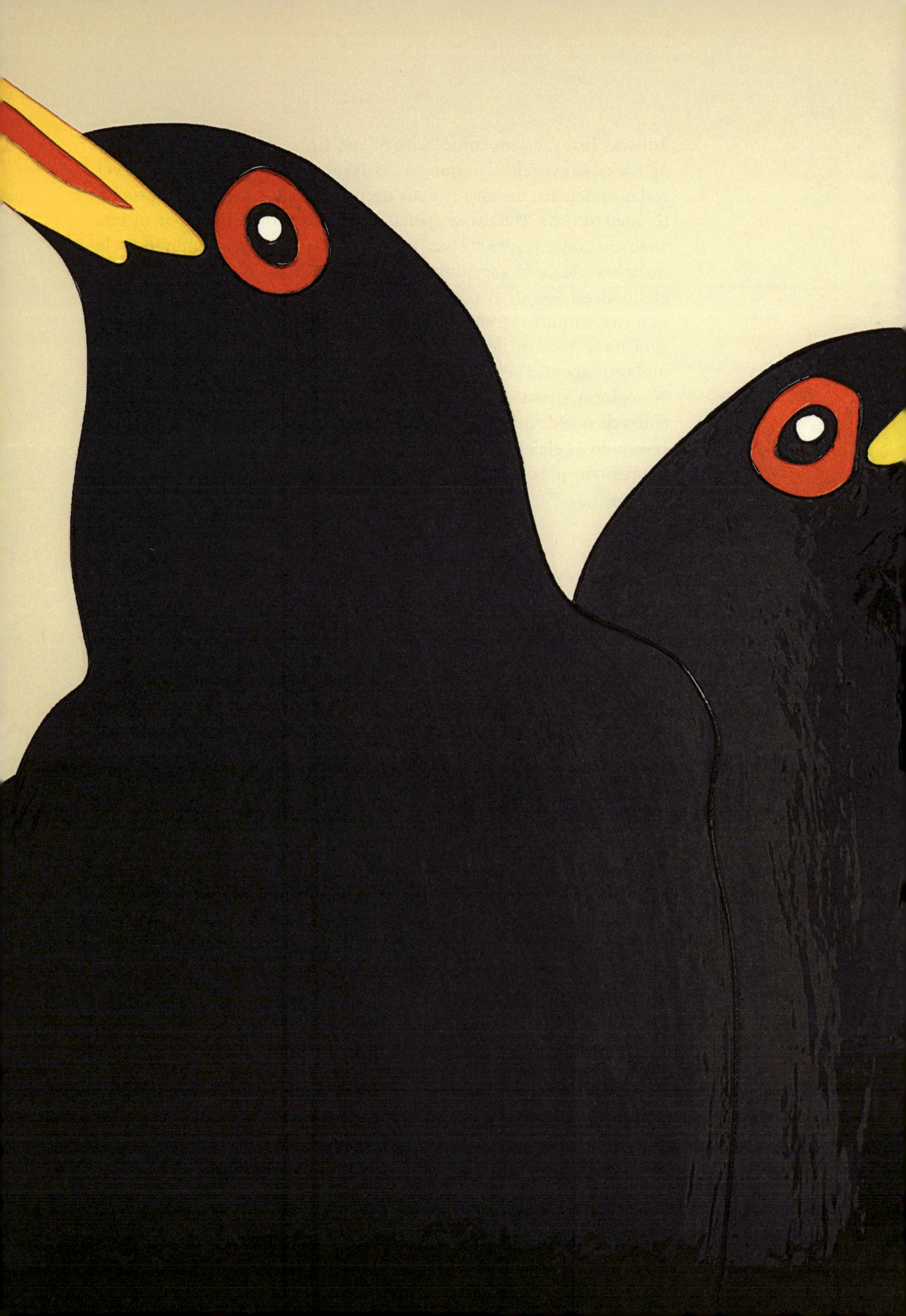

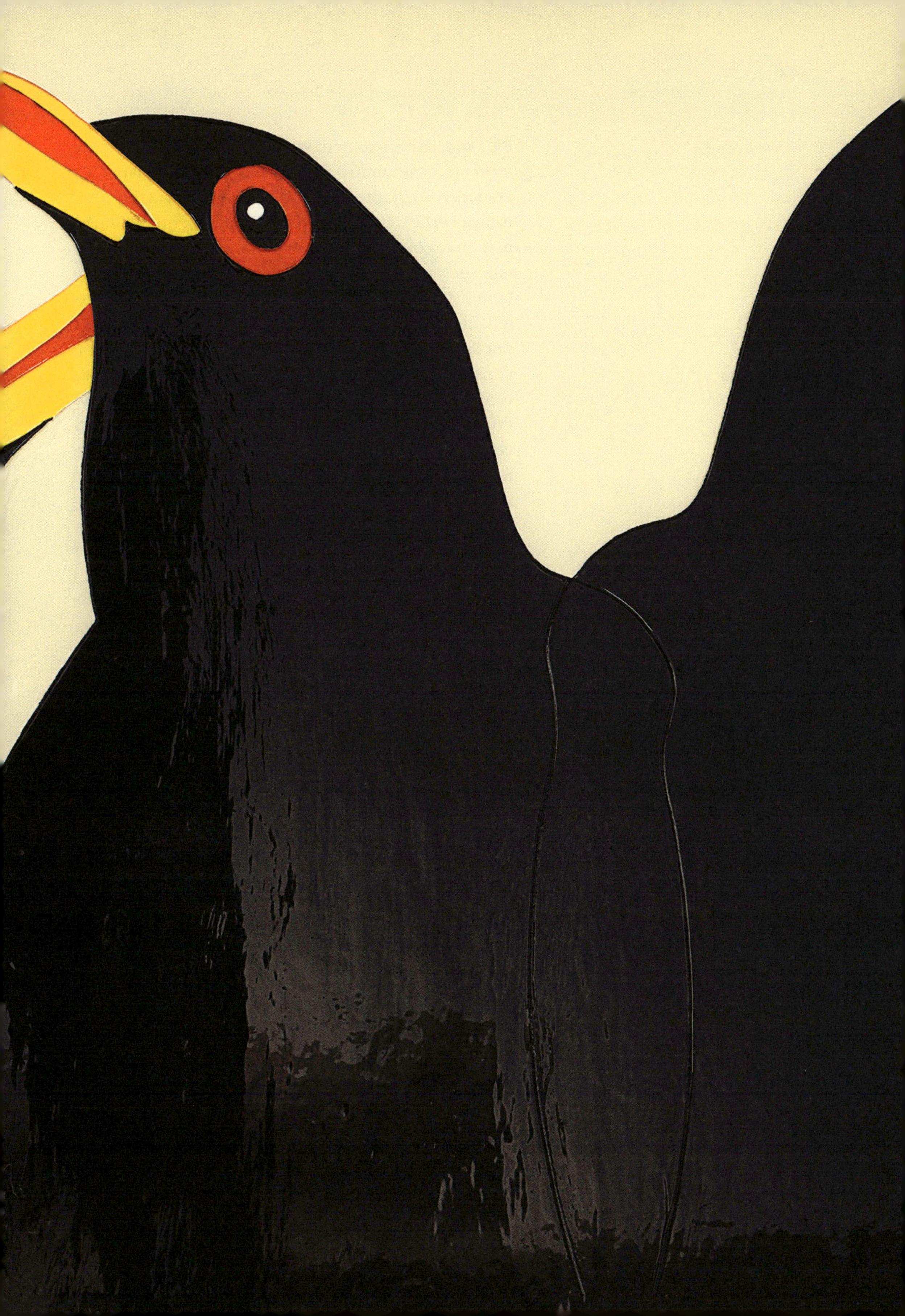

Blackbirds (2008)

Big Data, os críticos nem são mais necessários. Durante o evento, ignorando o fato de que o Union Square Cafe era *meu* restaurante predileto em Nova York (a multidão estava certa!), eu me perguntei azedamente se Shirky acreditava que os críticos eram também ignorantes ao considerar Alice Munro uma escritora melhor do que James Patterson. Porém, agora a vitória de Trump havia igualmente justificado a zombaria dos "entendidos" feita por Shirky. As mídias sociais tinham permitido a Trump contornar o *establishment* crítico, e um número suficiente de membros da multidão, em uns poucos estados cruciais, achou sua comédia-pastelão e seu discurso incendiário "melhores" do que as propostas detalhistas de Hillary e seu domínio das questões públicas. *Isso decorre disto*: sem o Twitter e o Facebook, não haveria Trump.

Pouco tempo depois da eleição, Mark Zuckerberg pareceu assumir de alguma forma a responsabilidade por haver criado a plataforma preferida dos que postaram notícias falsas sobre Hillary, sugerindo que o Facebook poderia se tornar mais ativo na filtragem das informações. (Boa sorte nessa empreitada.) O Twitter, por sua vez, não mostrou a cara. Como Trump continuou a tuitar incessantemente, o que o Twitter poderia dizer? Que estava fazendo do mundo um lugar melhor?

Em dezembro, a KPIG, minha rádio favorita em Santa Cruz, começou a divulgar um anúncio falso oferecendo serviços de aconselhamento a pessoas viciadas nos tuítes e postagens do Facebook em que Trump despejava seu ódio. No mês seguinte, uma semana antes da posse, o PEN American Center organizou eventos em todo o país para rejeitar a agressão à liberdade de expressão que, segundo diziam, Trump representava. Embora as restrições às viagens impostas depois pelo governo tenham tornado mais difícil aos escritores de nações muçulmanas se fazer ouvir nos Estados Unidos, a única coisa ruim que *não* se podia dizer de Trump em janeiro era que ele de alguma forma havia restringido a liberdade de expressão. Seus tuítes mentirosos e intimidadores eram a liberdade de expressão sob o efeito de esteroides. O próprio PEN, alguns anos antes, tinha concedido um prêmio de liberdade de expressão ao Twitter por seu autoproclamado papel na Primavera Árabe. O resultado factual da Primavera Árabe havia sido o entrincheiramento da autocracia, e o Twitter desde então se revelara, nas mãos de Trump, uma plataforma feita sob medida para fortalecer a autocracia. Mas as ironias não terminavam aí. Durante a mesma semana em janeiro, as livrarias e os autores progressistas nos Estados Unidos propuseram um boicote à editora Simon & Schuster pelo crime de pretender publicar um livro escrito pelo tenebroso provocador de direita Milo Yiannopoulos. As livrarias mais raivosas falaram em recusar-se a vender *todos* os livros da S&S, incluindo, presumivelmente, os de Andrew Solomon, presidente do PEN. O assunto só morreu quando a S&S desfez o contrato com Yiannopoulos.

Trump e seus apoiadores da *alt-right* têm prazer em pisar nos calos do politicamente correto, mas isso só funciona porque os calos lá estão para serem pisados – estudantes e ativistas reivindicando o direito de não ouvir coisas que os perturbam e de fazer calar aos berros ideias que os ofendem. A intolerância floresce em especial na internet, onde o discurso sensato é punido com a falta de cliques, já que os algoritmos invisíveis do Facebook e do Google o dirigem ao conteúdo com que você concorda, e os não conformistas ficam em silêncio pelo temor de serem bombardeados, ridicularizados ou de perderem amigos nas redes sociais. O resultado é um círculo vicioso em que, qualquer que seja seu lado, você se sente totalmente certo em odiar o que odeia. E eis aqui outro modo pelo qual o ensaio se diferencia dos tipos superficialmente similares de fala subjetiva: as raízes do ensaio se encontram no que a literatura tem de melhor – as obras de Alice Munro, por exemplo –, pois o convidam a se perguntar se você não estará talvez um pouco equivocado, quem sabe mesmo de todo equivocado, e a imaginar por que alguém pode odiá-lo.

—

Três anos atrás eu estava furioso com as mudanças climáticas. O Partido Republicano continuava a mentir sobre a falta de consenso científico na matéria – o Departamento de Proteção Ambiental da Flórida chegara ao ponto de proibir seus funcionários de escreverem as palavras "mudança climática" depois que o governador do estado, um republicano, insistira em que não se tratava de um "fato verdadeiro". Mas eu não estava menos furioso com a esquerda. Tinha lido um novo livro de Naomi Klein, *This Changes Everything*, em que ela assegurava ao leitor que, embora o "tempo fosse curto", ainda tínhamos dez anos para transformar radicalmente a economia mundial e evitar que as temperaturas globais subissem mais do que dois graus até o final do século. Klein não era a única na esquerda a dizer que ainda nos restavam dez anos. Na verdade, os ativistas ambientais diziam exatamente a mesma coisa em 2005.

Também o diziam em 1995: "Ainda temos dez anos". No entanto, em 2015, devia estar claro que a humanidade é de todo incapaz – politicamente, psicologicamente, eticamente, economicamente – de reduzir as emissões de carbono com rapidez suficiente para mudar tudo. Mesmo a União Europeia, que desde o começo assumira a liderança nas questões climáticas e gostava de repreender outras regiões por sua irresponsabilidade, precisou apenas de uma recessão em 2009 para focar sua atenção no crescimento econômico. A menos que haja uma revolta mundial contra o capitalismo de livre mercado nos próximos dez anos – o cenário que segundo Klein ainda poderia nos salvar –, a mais *provável* elevação de temperatura neste século será da ordem de seis graus. Teremos sorte se conseguirmos evitar o aumento de dois graus antes de 2030.

Num país cada vez mais rigorosamente dividido, a verdade sobre o aquecimento global era ainda menos conveniente para a esquerda do que para a direita. As negativas da direita eram mentiras odiosas, mas ao menos se mostravam consistentes com um frio realismo político. A esquerda, tendo repreendido a direita por sua desonestidade intelectual e transformado o negacionismo climático em tema de mobilização política, se via agora numa posição impossível. Precisava continuar a insistir na verdade sobre a ciência do clima ao mesmo tempo em que persistia na ficção de que uma ação coletiva mundial seria capaz de evitar o pior, e de que a aceitação universal dos fatos, a qual realmente poderia ter mudado tudo em 1995, ainda tinha condições de fazê-lo. Do contrário, por que se preocupar com os republicanos questionando dados científicos?

Como simpatizo com as causas da esquerda – reduzir as emissões de carbono é muitíssimo melhor do que não fazer nada: cada meio grau ajuda –, eu também exigia mais dela. Negar a triste realidade, fingindo que o Acordo de Paris pode evitar a catástrofe, era compreensível como tática para manter as pessoas motivadas a reduzir as emissões, para manter viva a esperança. Todavia, como estratégia, fazia mais mal do que bem. Abria mão da superioridade ética, insultava a inteligência de eleitores não persuadidos ("Ah, é mesmo? Ainda temos dez anos?") e impedia um debate franco sobre como a comunidade global deve se preparar para as mudanças drásticas e como nações como Bangladesh devem ser compensadas pelo que outras nações, como os Estados Unidos, fizeram para prejudicá-las.

A desonestidade também distorceu as prioridades. Nos últimos 20 anos, o movimento ambiental tornou-se refém de uma única questão. Em parte por causa de um alarme genuíno, mas também em parte porque trazer para o primeiro plano problemas humanos era politicamente menos arriscado e menos elitista do que falar sobre a natureza, as grandes ONGs ambientais investiram todo o seu capital político no combate à mudança climática, um problema que tinha uma face humana. Como amante dos pássaros, a ONG que mais me enfureceu foi a National Audubon Society, no passado uma defensora incondicional das aves e agora uma instituição letárgica com um grande departamento de relações públicas. Em setembro de 2014, com imensa fanfarra, o tal departamento anunciou ao mundo que a mudança climática era a principal ameaça aos pássaros da América do Norte. A declaração foi, ao mesmo tempo, ligeiramente desonesta, porque seu enunciado não estava de acordo com as conclusões dos próprios cientistas da Audubon, e muito desonesta, porque a morte de nenhum pássaro podia ser diretamente atribuída às emissões humanas de carbono. Em 2014, a maior ameaça às aves norte-americanas era a perda de habitat, seguida por gatos de rua, colisões com edifícios e pesticidas. Ao invocar as palavras da moda ligadas à mudança climática, a Audubon recebeu bastante atenção da imprensa liberal. Mais um ponto marcado contra a direita que negava a ciência. Todavia, não era nada claro como isso poderia ajudar os pássaros. A mim parece que o único efeito prático do anúncio feito pela Audubon foi desencorajar as pessoas a prestar atenção nas verdadeiras ameaças atuais às aves.

—

Senti tanta raiva que decidi escrever um ensaio. Comecei com uma diatribe contra a National Audubon Society, ampliada numa denúncia desdenhosa do movimento ecológico em geral – mas depois passei a acordar no meio da noite com remorsos e dúvidas. Para o escritor, o ensaio é um espelho, e eu não estava gostando do que via. Por que censurar os companheiros liberais quando os negacionistas eram tão piores? A perspectiva da mudança climática era tão repulsiva para mim quanto para os grupos que eu atacava. A cada grau de aquecimento global, mais centenas de milhões de pessoas em todo o mundo iriam sofrer. Não valeria a pena um esforço total para obter uma redução até mesmo de meio grau? Não era obsceno falar de pássaros quando crianças em Bangladesh estavam ameaçadas? Sim, a premissa de meu ensaio era a de que temos uma responsabilidade ética com outras espécies além da nossa. Mas, e se a premissa fosse falsa? E, ainda que verdadeira, será que eu de fato me importava pessoalmente com a biodiversidade? Ou era apenas um sujeito branco e privilegiado que gostava de observar pássaros? E nem um observador genuíno – um fazedor de listas!

Depois de três noites em que duvidei de meu caráter e de meus motivos, telefonei para Henry Finder e disse-lhe que era incapaz de escrever o ensaio. Eu fizera muitas cantilenas sobre o clima para amigos e pessoas que compartilhavam de minhas preocupações conservacionistas, mas era o tipo de coisa que se vê na internet, onde você está protegido pela natureza improvisada do que escreve e pela sabida simpatia da plateia. Escrever um texto bem acabado, um ensaio, tinha me feito ver como minha forma de pensar sobre o assunto era desleixada. Tinha também aumentado enormemente o risco de eu me envergonhar, porque o texto não seria casual e, provavelmente, seria lido por desconhecidos hostis. Devido à repreensão de Henry ("E é *por isso*"), eu tinha passado a pensar no ensaísta como um bombeiro cuja função, enquanto todos escapam das chamas da vergonha, é correr em direção a elas. Mas agora tinha muito mais a temer do que a desaprovação de minha mãe.

O ensaio poderia ter sido abandonado caso eu já não tivesse apertado um botão no site da Audubon afirmando que, sim, desejava participar da luta contra a mudança climática. Fizera isso apenas para acumular munição retórica a ser usada contra a Audubon, mas um dilúvio de solicitações por mala direta tinha se seguido àquele primeiro gesto. Recebi ao menos oito em seis semanas – todas pedindo dinheiro –, além de um grande volume de e-mails. Dias após conversar com Henry, abri uma das mensagens e me vi diante de um retrato *meu* – por sorte uma fotografia de 2010 tirada para a revista *Vogue*, que me vestiu melhor do que de costume e me fez posar num campo, binóculos nas mãos, como se observasse pássaros. O título do e-mail era algo assim: "Junte-se ao escritor Jonathan Franzen ajudando a Audubon". Verdade que, alguns anos antes, em entrevista à revista da Audubon, eu fizera um elogio cortês à organização, ou pelo menos ao seu órgão de divulgação. Mas ninguém pedira permissão para usar meu nome e imagem a fim de solicitar contribuições. Eu não estava certo sequer de que a mensagem fosse legal.

Um incentivo mais benigno para retomar o ensaio veio de Henry. Até onde eu sei, ele não ligava a mínima para os pássaros, mas parecia dar algum valor a meu argumento de que nossa preocupação com catástrofes futuras nos

Pecking Bird (2009)

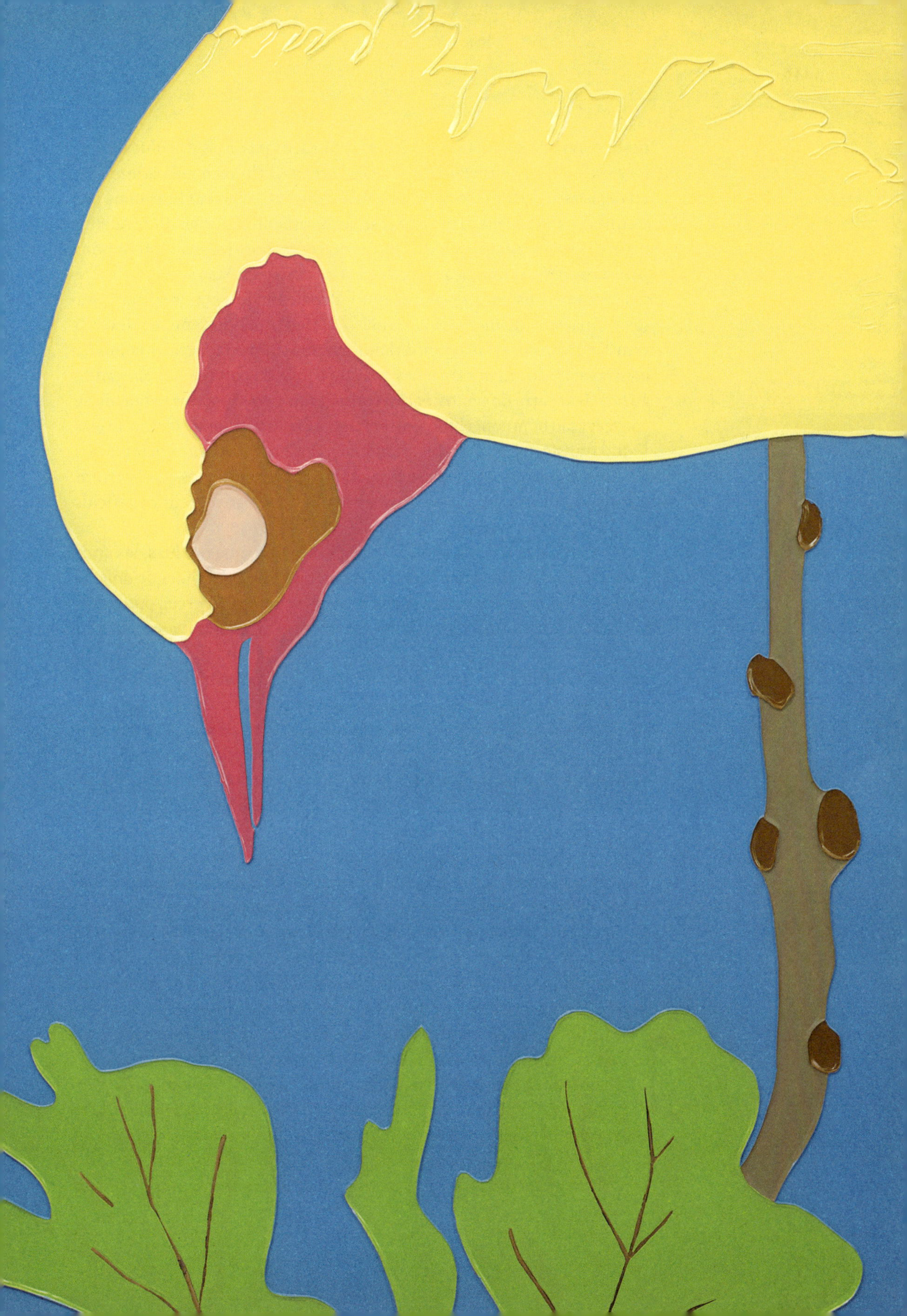

desencoraja de enfrentar problemas ecológicos passíveis de solução aqui e agora. Numa mensagem que me enviou, sugeriu com delicadeza que eu desistisse do tom de zombaria profética. "O artigo vai ficar mais persuasivo", escreveu noutro e-mail, "se, ironicamente, for mais ambivalente, menos polêmico. Você não está atacando gente que deseja que atentemos para a mudança climática e a redução das emissões. Mas você leva na devida conta os custos, tudo aquilo que o debate tende a marginalizar." Graças a uma série de mensagens e revisões, Henry gentilmente me levou a transformar o ensaio não numa denúncia, mas numa indagação: como encontrar sentido em nossas ações quando o mundo parece estar chegando ao fim? Boa parte do texto final foi consagrado a dois projetos regionais de conservação bem concebidos, no Peru e na Costa Rica, onde o mundo está sendo transformado num lugar melhor, não somente para as plantas e os animais silvestres, mas para os peruanos e costa-riquenhos que lá vivem. O trabalho nesses projetos é pessoalmente significativo, seus benefícios são imediatos e tangíveis.

Ao escrever sobre esses projetos, esperava que uma ou duas das grandes entidades filantrópicas, as que gastam dezenas de milhões de dólares no desenvolvimento de biodiesel ou usinas eólicas na Eritreia, pudessem ler o artigo e examinar a possibilidade de investir num trabalho que produz resultados concretos. Em vez disso, recebi um ataque de mísseis do campo liberal. Não frequento as mídias sociais, porém meus amigos relataram que eu estava sendo vilipendiado de muitas formas, inclusive como "cérebro de passarinho" e "contestador da mudança climática". Pequenos retalhos do ensaio, com o tamanho de tuítes, eram retransmitidos fora de contexto, fazendo crer que eu propunha que *abandonássemos* os esforços para reduzir as emissões de carbono, tal como defendia o Partido Republicano. Assim, pela lógica polarizadora das discussões online, fui transformado em alguém que negava a mudança climática. Aceito tanto a ciência do clima que nem me dou ao trabalho de manter alguma esperança na preservação das calotas polares. Tudo que neguei foi que uma elite internacional com boas intenções, reunindo-se em aprazíveis hotéis mundo afora, pudesse impedir que elas derretessem. Esse foi meu crime contra a ortodoxia. O clima tem agora um papel tão relevante na imaginação liberal que qualquer tentativa de mudar o discurso – mesmo para apontar a extinção épica que os seres humanos já estão criando sem a ajuda da mudança climática – constitui uma ofensa contra a religião.

Eu entendi a posição dos profissionais da mudança climática que condenaram o ensaio. Eles vinham trabalhando havia décadas para tocar o alarme nos Estados Unidos e por fim conseguiram o apoio do presidente Obama; conseguiram o Acordo de Paris. Era um momento inoportuno para afirmar que o drástico aquecimento global já constitui uma realidade e que parece improvável que a humanidade deixe de explorar todas as fontes de carbono existentes, uma vez que, mesmo agora, nenhum país no mundo se comprometeu a fazê-lo.

Entendi também a fúria da indústria de energia alternativa, que é um negócio como outro qualquer. Se você admite que os projetos de energia renovável são apenas uma tática moderadora, incapazes de reverter o malefício que as emissões anteriores de carbono continuarão a produzir durante séculos, isso abre a porta para outras indagações sobre o negócio. Por exemplo, precisamos realmente de tantos geradores eólicos? Eles necessitam ser instalados em áreas ecologicamente sensíveis? E as plantas solares no deserto de Mojave – não faria mais sentido cobrir a cidade de Los Angeles com painéis solares e preservar o espaço aberto? Será que não estaríamos destruindo o mundo natural a fim de salvá-lo? Creio que foi uma pessoa ligada à indústria que me atribuiu um "cérebro de passarinho".

Quanto à Audubon, o e-mail que solicitava contribuições deveria ter me alertado sobre o caráter de seus dirigentes. No entanto, ainda me surpreendi com a reação deles ao ensaio, que implicou atacar, *ad hominem*, a pessoa de cujo nome e imagem eles haviam alegremente se apropriado dois meses antes. Meu ensaio não significava um rompimento com a Audubon: queria apenas que ela parasse de dizer bobagens ao falar sobre o que iria acontecer dali a 50 anos, sendo mais agressiva agora na defesa das aves que tanto ela quanto eu amávamos.

No entanto, como aparentemente tudo que a Audubon viu foi uma ameaça ao seu número de membros e a seus esforços de levantar fundos, ela tinha de me negar como pessoa. Fiquei sabendo que o presidente da Audubon fez quatro ataques diferentes contra mim. É o que os presidentes fazem agora.

E funcionou. Mesmo sem ler tais ataques – simplesmente por saber que outras pessoas os estavam lendo –, me senti envergonhado. Senti o que havia sentido na oitava série, enxotado pelos colegas e xingado com palavras que não deveriam ter me ferido, mas feriram. Quis ter dado ouvido a meus pânicos noturnos e não divulgado minhas opiniões. Angustiado, telefonei para Henry e despejei sobre ele toda a minha vergonha e remorso. Com seu jeito quase indecifrável, ele respondeu que as reações na internet eram apenas como uma chuva passageira. "Em matéria de opinião pública", ele disse, "há o tempo que está fazendo lá fora e há o clima. Você está tentando mudar o clima, e isso não se faz da noite para o dia."

Não interessa se acreditei nisso ou não. Foi suficiente saber que uma pessoa, Henry, não me odiava. Consolei-me com a ideia de que, embora o clima seja algo grande e caótico demais para ser alterado por um só indivíduo, esse indivíduo ainda pode encontrar sentido em tentar fazer alguma diferença para uma aldeia em risco, uma vítima da injustiça global.

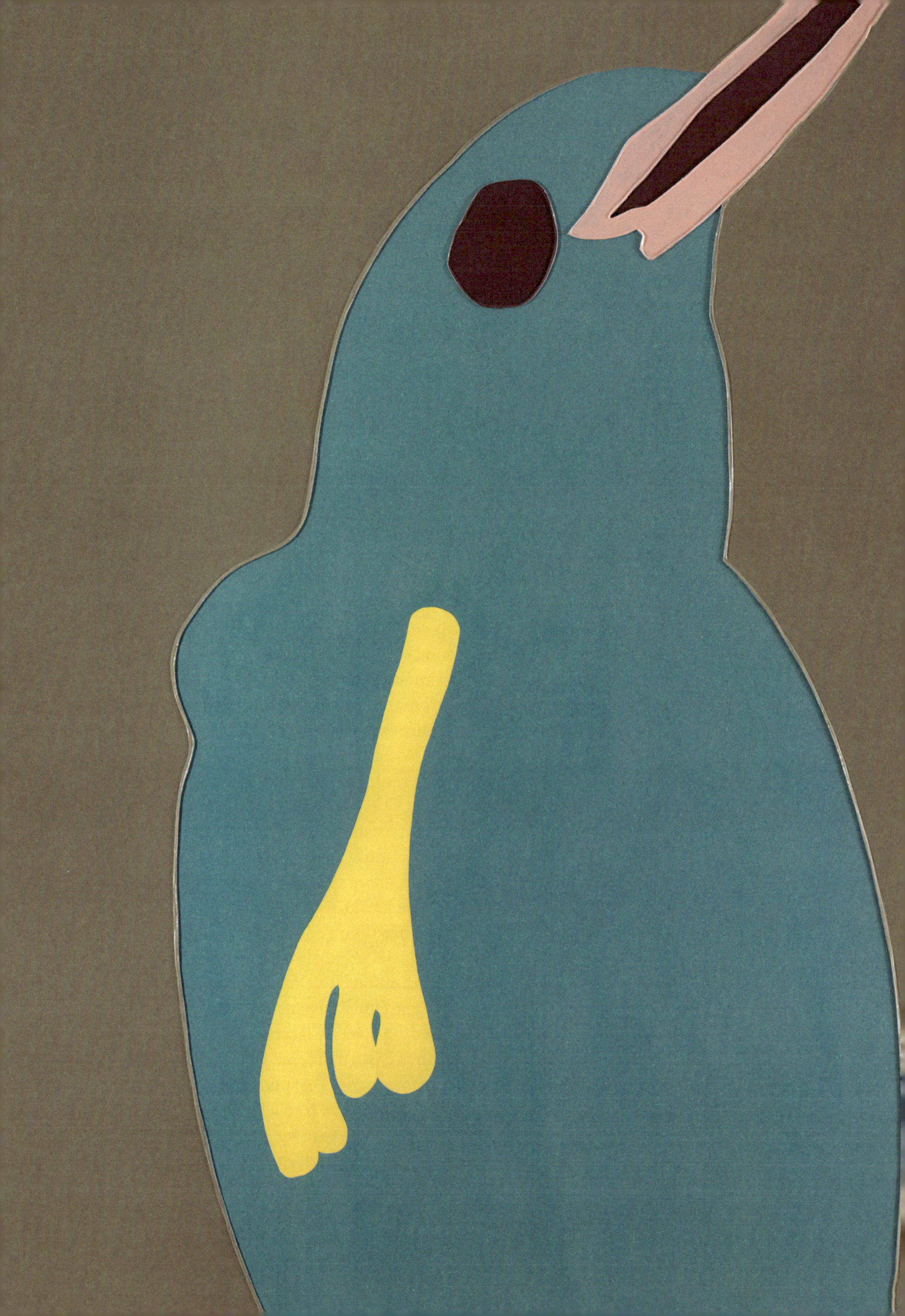

Ou um pássaro, ou um leitor. Depois que as chamas da internet se apagaram, comecei a ouvir de pessoas dedicadas a projetos conservacionistas, em privado, que elas sentiam iguais frustrações, mas não podiam se permitir expressá-las. Não ouvi isso de muita gente, mas não era necessário. Meu sentimento em cada caso foi o mesmo: escrevi o ensaio para você.

—

Agora, mais de dois anos depois, enquanto as calotas polares se desintegram e o presidente viciado no Twitter retira os Estados Unidos do Acordo de Paris, já não tenho tanta certeza. Agora posso admitir para mim mesmo que não escrevi o ensaio apenas para dar alento a uns poucos conservacionistas e desviar recursos de caridade para causas melhores. Eu realmente queria mudar o clima. Ainda quero. Compartilho, com as próprias pessoas criticadas no ensaio, o reconhecimento de que o aquecimento global é *o* assunto do dia, talvez o mais importante em toda a história da humanidade. Todos nós estamos agora na situação dos aborígenes da América do Norte quando os europeus chegaram com as armas e com a varíola: nosso mundo está prestes a mudar profundamente, de forma imprevisível, e sobretudo para pior. Não tenho a menor esperança de que possamos impedir essa mudança. Minha única esperança é que possamos aceitar a realidade a tempo de nos prepararmos para ela de forma humanitária, e minha única fé é que enfrentá-la com honestidade, por mais doloroso que seja, é melhor do que negá-la.

Se estivesse escrevendo o ensaio hoje, poderia dizer tudo isso. O espelho do ensaio, tal como publicado, refletiu um amante dos pássaros desajustado e raivoso, que se crê mais inteligente que a multidão. Esse personagem talvez seja eu, mas não por inteiro, e um ensaio melhor teria refletido isso. Em um ensaio melhor, ainda poderia ter repreendido a Audubon como ela merecia, mas encontraria um modo de ser mais leniente com as outras pessoas que me enraiveciam: com os ativistas do clima, que ao longo de 20 anos tinham visto seu caminho para a vitória se estreitar de uma forma doentia, à medida que as emissões

Fair Bird (2009)

de carbono cresciam e as metas necessárias de redução das emissões se tornavam cada vez menos realistas; com os trabalhadores nas indústrias de energia alternativa, que tinham famílias para alimentar e tentavam ver algo além do petróleo; com as ONGs ambientais, que imaginaram haver encontrado por fim uma questão capaz de fazer o mundo acordar; e com a esquerda que, à medida que o neoliberalismo e suas tecnologias reduziam o eleitorado à condição de consumidores individuais, via a mudança climática como o derradeiro argumento capaz de levar a uma ação coletiva. Em particular, tentaria me lembrar de todas as pessoas que necessitam de mais esperança em suas vidas do que um pessimista depressivo, as pessoas para quem a perspectiva de um futuro quente e repleto de calamidades é insuportavelmente triste e assustadora, e que podem ser perdoadas por não quererem pensar sobre isso. Eu teria continuado a revisar o texto.

As correções e *Liberdade*, de 2001 e 2010 respectivamente, fizeram de **Jonathan Franzen** (1959) um dos mais festejados escritores dos anos 2000. A ele se atribuiu a retomada do "grande romance americano", por pintar com tintas épicas a vida do homem comum atravessada e alterada pela história. Além de romances como *Tremor* (2012) e *Pureza* (2015), Franzen tem seu ensaísmo reunido em *Como ficar sozinho* (2002), todos publicados pela Companhia das Letras. Este ensaio foi publicado originalmente no *The Guardian* para marcar o primeiro ano do governo Trump.
Tradução de **Jorio Dauster**

Gary Hume (1962) surgiu no cenário artístico no final dos anos 1980 como parte do grupo conhecido com Young British Artists. Os pássaros são motivo recorrente em suas pinturas de grandes dimensões, realizadas sobre superfícies de alumínio.

Assine **serrote** e receba em casa a melhor revista de ensaios do país

Assinatura anual R$120,00
(3 edições anuais)
Ligue (11) 3971-4372
serrote@ims.com.br

serrote *Para abrir cabeças*

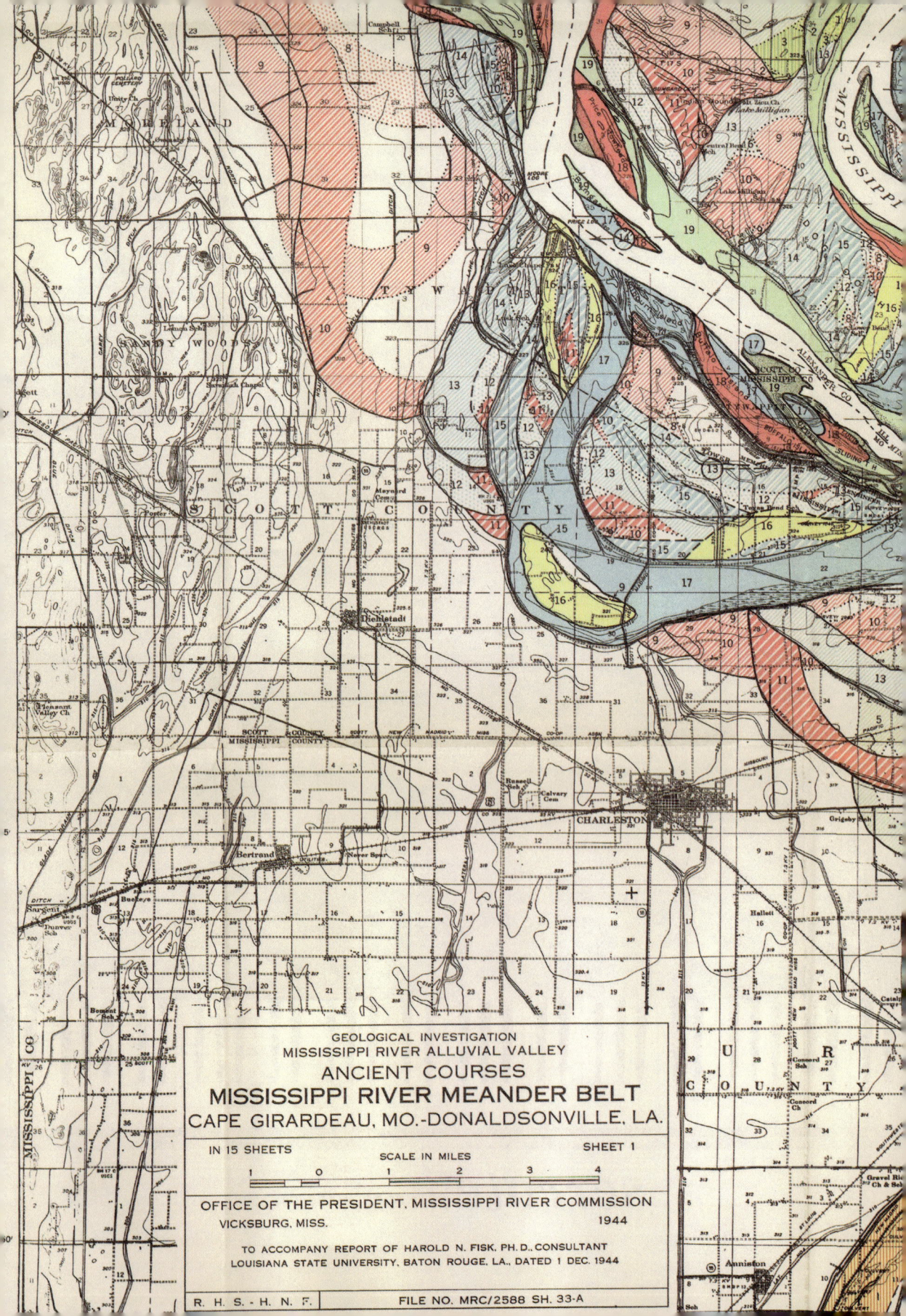

GEOLOGICAL INVESTIGATION
MISSISSIPPI RIVER ALLUVIAL VALLEY
ANCIENT COURSES
MISSISSIPPI RIVER MEANDER BELT
CAPE GIRARDEAU, MO.-DONALDSONVILLE, LA.

IN 15 SHEETS   SCALE IN MILES   SHEET 1

OFFICE OF THE PRESIDENT, MISSISSIPPI RIVER COMMISSION
VICKSBURG, MISS.   1944

TO ACCOMPANY REPORT OF HAROLD N. FISK, PH. D., CONSULTANT
LOUISIANA STATE UNIVERSITY, BATON ROUGE, LA., DATED 1 DEC. 1944

R. H. S. - H. N. F.   FILE NO. MRC/2588 SH. 33-A

Faulkner, profeta do passado

Ricardo Piglia

O autor de *O som e a fúria* faz de sua obra um réquiem para as lendas do sul dos Estados Unidos; ele não inventa histórias, as reconstrói como um arqueólogo de sua herança mítica

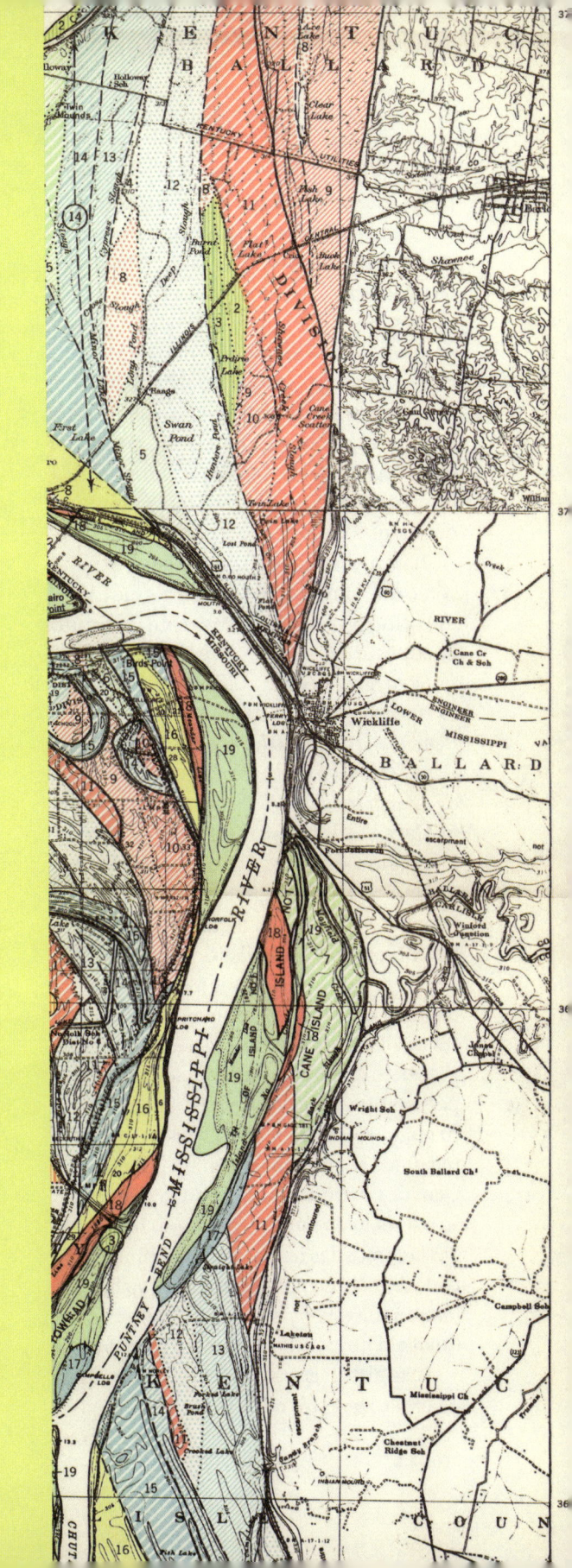

Uma Bíblia desbeiçada, numa capa de couro preto, está no centro da literatura norte-americana: talvez a mesma que o primeiro Hawthorne ou o primeiro Faulkner trouxe da Inglaterra, junto com uma espada.

Por anos a fio, enquanto o tabaco crescia, enquanto o índio e o bisão eram empurrados rumo ao oeste e ao norte, os filhos dos filhos dos pioneiros iam aprendendo a ler nesse Livro estropiado e eterno, enveredavam por ele às cegas, com fé, como quem penetra num cômodo escuro, mas familiar: um quarto que se pode decifrar às apalpadelas.

Toda a obra de William Faulkner está como que cravada nessa tradição: ele é mais um velho profeta que vem recordar os mitos de sua estirpe.

Se eu não tivesse existido, alguém teria escrito a minha obra: o mesmo vale para Hemingway, para Melville, para qualquer um de nós. O artista não importa. Só importa o que ele deixa para os outros homens, uma vez que não há nada de novo a se dizer.

Nascido em 1897, seus melhores livros (*O som e a fúria*, *Enquanto agonizo*, *Luz em agosto*) são um réquiem, lírico e feroz, dedicado às velhas lendas do Sul; todos respiram o mistério dessas histórias que pairam no tempo, impessoais e eternas, transmitidas de geração em geração.

"Quero que tudo seja contado para que as pessoas que nunca te verão e cujos nomes tu nunca escutarás e que nunca escutaram teu nome leiam e saibam enfim por que Deus nos permitiu perder a Guerra: que foi só por meio do sangue dos nossos homens e das lágrimas das nossas mulheres que Deus pôde dominar o nosso demônio e apagar seu nome e sua estirpe da Terra", diz a velha Rosa Coldfield no grandioso *Absalão, Absalão!*.

Suas histórias (como na Bíblia) são recordações; Faulkner não as "inventa",

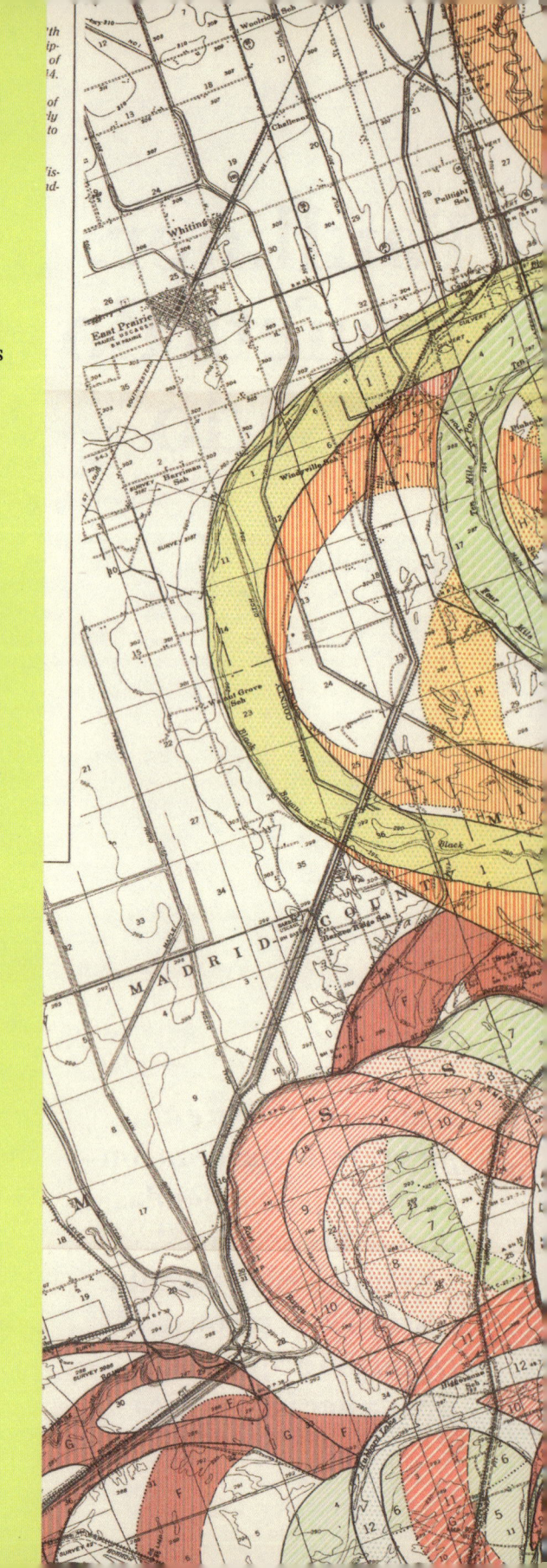

MISSISSIPPI RIVER
MISSISSIPPI COUNTY
MISSOURI
WOLF ISLAND
WOLF ISLAND BAR
CHALK BLUFF
HICKMAN
HICKMAN BEND
BECKWITH BEND
INDEFINITE
THREE STATE
FULTON
HICKMAN FULTON
KENTUCKY COUNTY
TENNESSEE
Brownsville

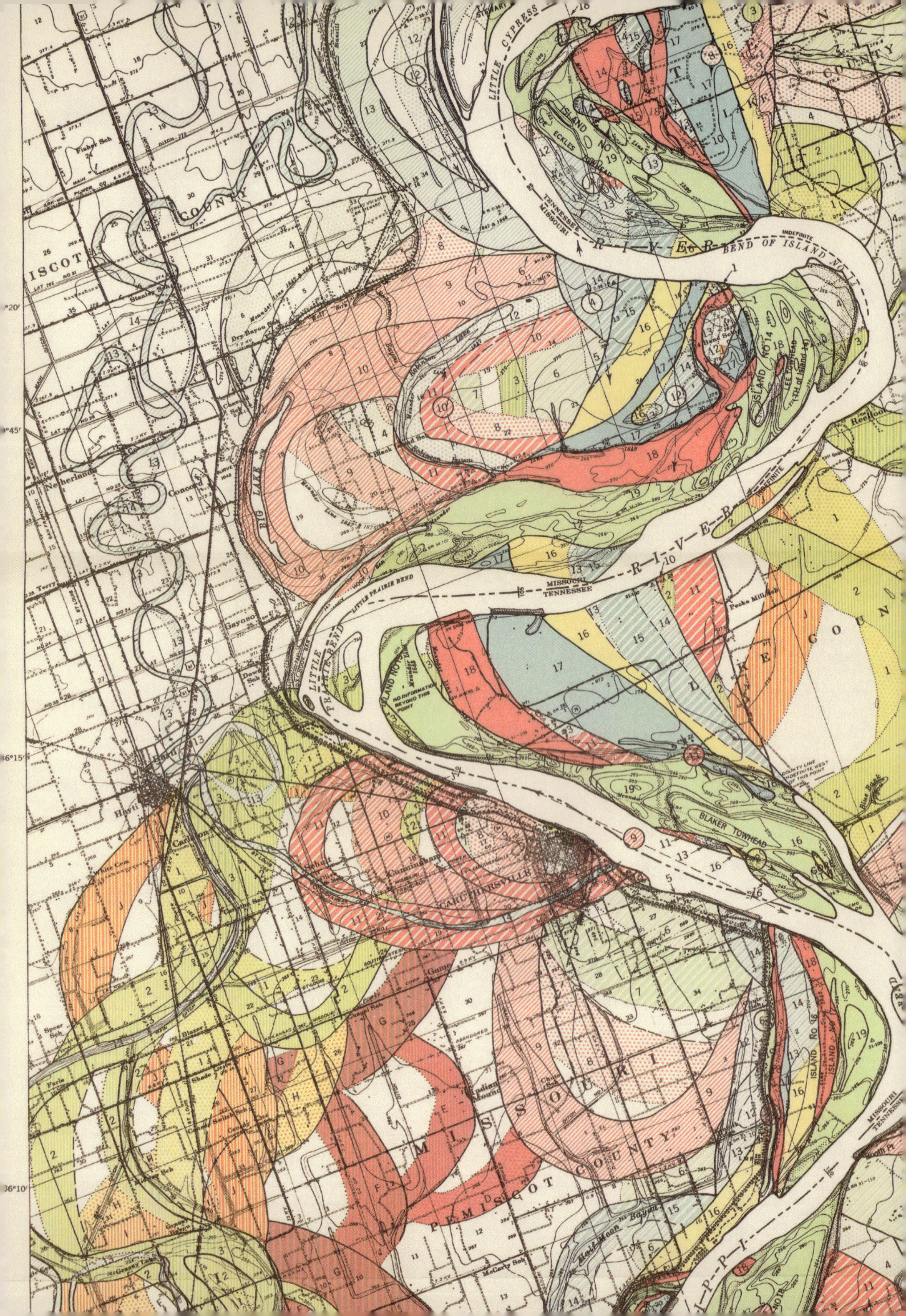

LITTLE CYPRESS
ISLAND NO 13
ISLAND NO 14
ISLAND NO 16
BEND OF ISLAND NO 11
R-I-V-E-R
TENNESSEE
MISSOURI
BIG LAKE
LITTLE PRAIRIE BEND
NO INFORMATION BEYOND THIS POINT
BLAKER TOWHEAD
CARUTHERSVILLE
Hayti
PEMISCOT COUNTY
MISSOURI
36°15'
36°10'

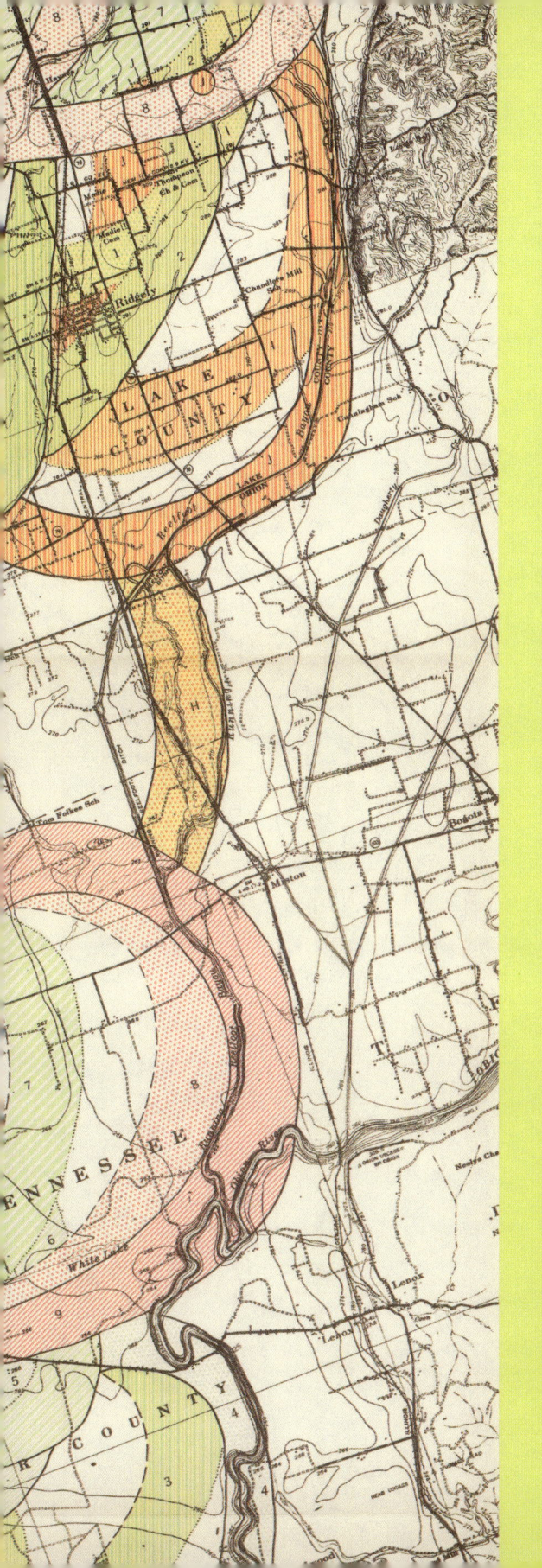

ele as reconstrói. Busca os fatos como um arqueólogo, em meio à espessura do passado: todo o seu estilo, toda a deslumbrante estrutura de seus romances, são construídos de modo a fazer dessa busca o tema do relato. Daí a obsessiva presença de seus narradores múltiplos que vão encurralando os fatos, os fragmentos da história que viveram ou escutaram, uma história reconstruída aos repelões, com negaças e rincões obscuros, desconhecidos.

Nesse intricado labirinto, tudo aconteceu, tudo está acontecendo: o futuro não existe; Faulkner recupera a espessura do tempo de uma vez, em bruscas iluminações. Por isso (ao contrário de Proust), o tempo nunca se perde: está sempre, obsessivamente presente. A história não progride nem retrocede, ela é, ela *está*: o passado e o futuro pairam, em suspensão, como num lago.

Dessa luta entre a memória e o presente, entre a fatalidade e o esquecimento, nasce a prosa de Faulkner. Um estilo aprendido em Conrad, em Laurence Sterne, em Joyce, mas sobretudo no Velho Testamento. Uma deslumbrante construção verbal que unifica todos os temas, todos os significados da arte de Faulkner; ali, nessa vertigem de palavras, nessa música, desenha-se o perfil de seus mitos e vislumbra-se (sobretudo) uma visão do mundo.

Faulkner escreve como se pregasse, ardoroso pastor puritano para quem o âmbito da literatura é o de um tribunal em que se apagaram as distâncias entre os criminosos e os juízes; sua lenda é atroz e brutal: todos os homens são culpados, não há diferença entre pureza e corrupção. Seu universo é um novo universo legislado pelo Deus implacável do Velho Testamento, não há redenção nem inocência: apenas a culpa e o pecado.

"A consciência moral", escreveu ele, "é a maldição que o homem teve de suportar da parte dos deuses para obter deles o direito de sonhar."

Quem sabe, daqui a alguns anos, quando o tempo tiver sepultado a memória de suas bebedeiras e a cor de seus olhos gastos, alguém (um velho puritano, um sobrevivente, algum Sartoris) lerá seus livros "como o pregador batista lia a Bíblia: com fé".

Nesse dia (quando seus livros fizerem parte do Livro, quando suas histórias forem um capítulo a mais, perdidas entre as histórias de Jó e de Jonas), sua obra por fim encontrará todo o seu sentido: nesse dia, William Faulkner poderá descansar.

O argentino **Ricardo Piglia** (1941-2017) foi o mais prolífico e influente escritor de sua geração. Fez do trânsito permanente entre a ficção e o ensaio uma marca autoral em livros como *Respiração artificial* (1980), *Formas breves* (1999) e *O caminho de Ida* (2013), lançados pela Companhia das Letras. Deixou ainda três monumentais volumes de escritos pessoais, os *Diários de Emílio Renzi*. Este breve perfil foi escrito por encomenda em 1967 e publicado 40 anos depois, postumamente, no volume *Escritores norteamericanos*, inédito no Brasil. Tradução de **Samuel Titan Jr.**

Na década de 1940, o geólogo e cartógrafo americano **Harold Fisk** (1908-1964) realizou uma série de expedições a serviço do exército americano para investigar como o leito do rio Mississippi havia se transformado ao longo dos séculos. O resultado foi publicado em 1944 no livro *Geological Investigation of the Alluvial Valley of the Lower Mississippi River*, do qual se reproduzem aqui alguns mapas. O trabalho de Fisk é celebrado até hoje por estudiosos e amantes do mítico rio, cenário e personagem essencial na obra de William Faulkner.

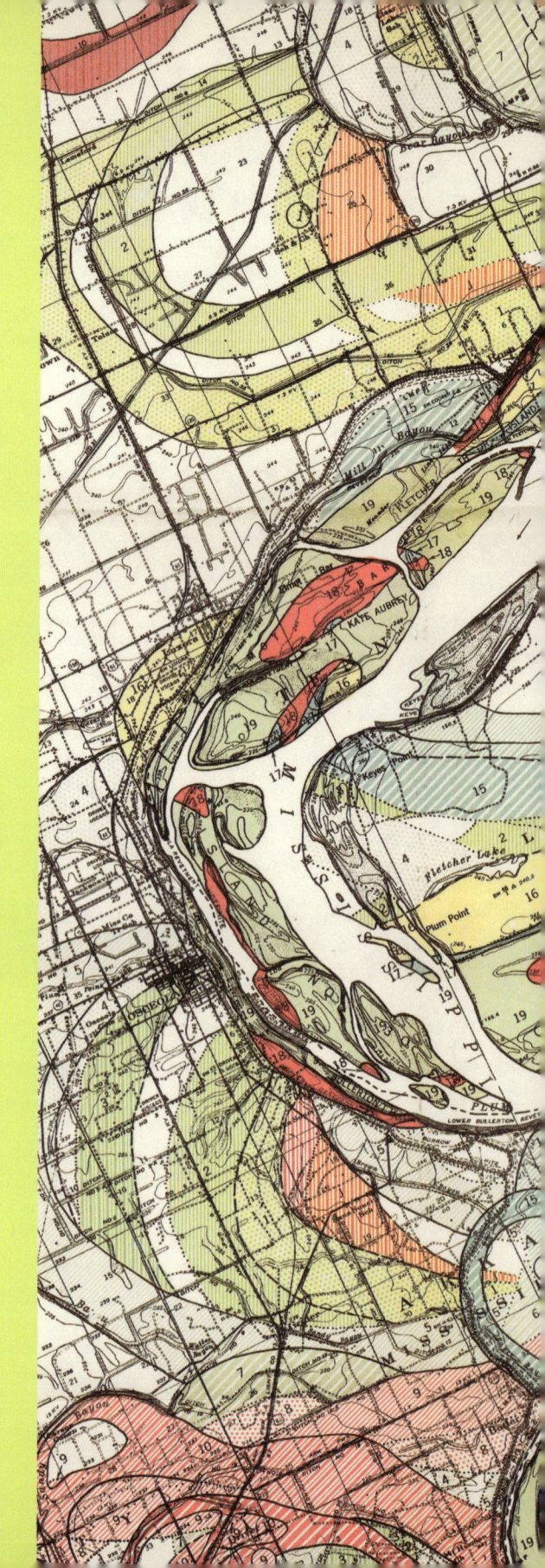

TENN
FORKED DEER ISLAND
MISSISSIPPI
LAUDERDALE
COUNTY
TENNESSEE
Lightfoot
Olive Branch
Luckett
Gilmore
Pleasant Hill
Pilgrims Rest Ch
New Hope Ch
Cherry
Sunk Lake
Cold Creek
Mack
Cane Creek
HATCHIE
LAUDERDALE CO
TIPTON CO
Bride
FLOUR ISLAND
YANKEE BAR
Fort Pillow
Oak Grove Ch
Chickasaw Bluff
Entire escarpment not contoured
Fulton
Mt Zion
King Pond
HATCHIE RIVER
Detroit
Walnut Grove
Garland
Billings Sch
TIPTON COUNTY
Elm Grove Chs & Cem
Burlison
Gilt Edge
Hazel Grove Sch
Bright Hills Ch
INDIAN CREEK
35°4
89°
35°

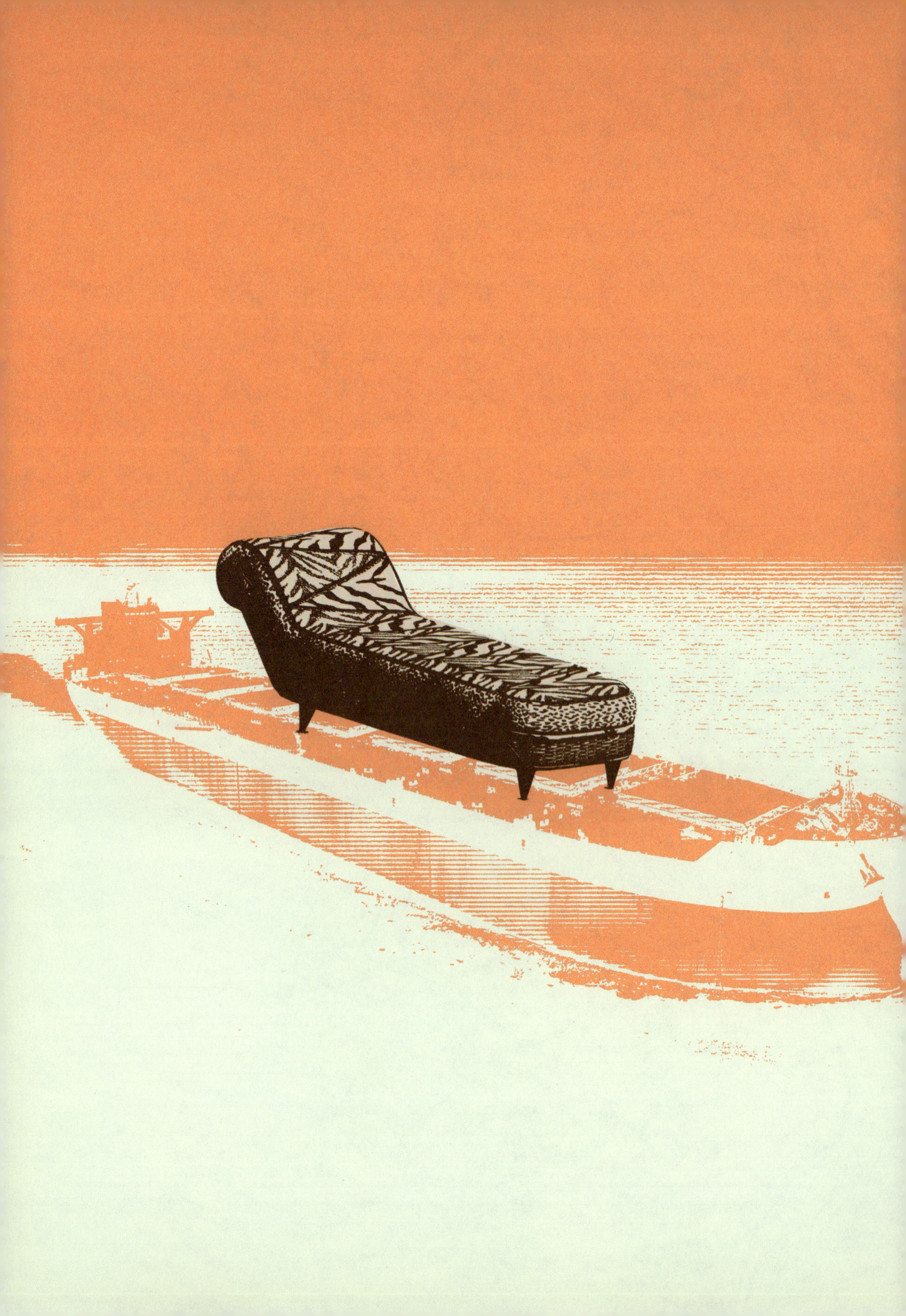

Cidades da psicanálise

Élisabeth Roudinesco

Entre a Europa e a América Latina, a paixão freudiana reinventou-se de diversas formas. Neste mapa afetivo da psicanálise, uma de suas mais importantes historiadoras lembra Lou Salomé e o brasileiro Durval Marcondes nos diálogos pioneiros estabelecidos com Freud e, também, as transformações peculiares que suas ideias e práticas sofreram entre Buenos Aires e as cidades brasileiras.

Buenos Aires

Sonhar o eu

Historiadores e sociólogos sempre se perguntaram por que a psicanálise causou tamanho impacto na Argentina, a ponto de tornar-se uma espécie de cultura de massa e um verdadeiro fenômeno social. Pelos números que pude apurar, consta que, no fim do século 20, o número de psicanalistas na Argentina, proporcionalmente à população, era um dos mais altos do mundo, ao lado da França e da Suíça. Quanto às sociedades psicanalíticas argentinas, seu número é igualmente significativo, e mais ainda sua diversidade, uma vez que elas agrupam todas as tendências do freudismo.

Mas a Argentina não só veio a ser a primeira potência psicanalítica do continente americano durante a segunda metade do século 20, como também instigou uma formidável expansão do movimento psicanalítico em todo o território latino-americano, a despeito das singularidades de cada país. No Brasil, primeiro país de implantação do freudismo durante o entreguerras – mas que nessa época não era terra de exílio para os psicanalistas europeus –, os argentinos deram novo fôlego à psicanálise por meio de migrações sucessivas ou intercâmbios clínicos depois de 1945. Assim, contribuíram para transformar o continente latino-americano num espelho europeu, capaz de rivalizar não só com a própria Europa mas também com o continente norte-americano, onde a psicanálise conheceu um declínio, aliás paradoxal, a partir de 1960.

Quando falamos na Argentina, falamos em primeiro lugar de Buenos Aires, e amamos Buenos Aires, pois foi lá que se operou o milagre argentino da psicanálise, dado que, como todos sabem, ela é, em todos os países, um fenômeno sobretudo urbano.

Durante o entreguerras, Buenos Aires de certa forma reinventou o amor pela psicanálise, essa paixão freudiana que tanto marcara a Europa. Reinventou-o até o fim do século 20, num momento em que os herdeiros da epopeia vienense pareciam acometidos de uma espécie de melancolia, ligada ao que chamei de sociedade liberal depressiva, uma sociedade em que os tratamentos da alma pertencem mais à esfera da farmacologia do que ao âmbito de uma difícil imersão no inconsciente.

Buenos Aires não é outra coisa senão a nova Viena, a nova Atenas, a nova Jerusalém sonhada pelo Ocidente freudiano, e isso só é verdade porque na Argentina, com Buenos Aires como cabeça de ponte, a psicanálise é primordialmente, e sempre, a Europa, uma Europa ilimitada, multiplicada e sem fronteiras.

Daí uma situação bastante singular, que infundiu grande entusiasmo a essa estranha academia de intelectuais *porteños*, tão diferentes entre si mas unidos por um exílio comum, por paixões violentas à maneira das antigas dinastias heroicas. Eles foram os fundadores da escola argentina de psicanálise e, posteriormente, seus herdeiros emigraram para a Europa e o mundo inteiro, formando uma diáspora, como tinham feito antes deles os pioneiros europeus forçados ao exílio pelo fascismo. Contudo, em vez de reproduzirem a hierarquia dos institutos europeus e norte-americanos, em que dominava a relação mestre-discípulo, formaram uma "República dos Iguais", sempre exilados ou herdeiros de exilados, e pensaram seriamente em acolher Freud em seu continente quando ele foi obrigado a deixar Viena. Chamavam-se Enrique Pichon Rivière, Marie Langer, Ángel Garma, Arminda Aberastury... Conheci seus herdeiros e dediquei-lhes extensos verbetes no *Dicionário de psicanálise*.

Na Argentina, portanto, a psicanálise é um fluxo migratório. E assim como um europeu urbano tem uma sensação de *déjà-vu* ou de inquietante estranheza ao chegar a Buenos Aires – julgando estar numa cidade que já conhece, Barcelona ou Madri –, da mesma forma, quando encontra um psicanalista argentino, tem diante de si não apenas seu semelhante, mas uma imagem curiosamente invertida dele mesmo. Nessa torção, nessa figura topológica, que teria fascinado Lacan se tivesse tido a oportunidade de ir a Buenos Aires com a mesma frequência com que ia a Roma, tudo acontece como num conto de Jorge Luis Borges, como num cosmos cosmopolita *à la* Borges. As palavras são as mesmas, as referências são as mesmas, os homens e as mulheres são os mesmos. Quanto à cidade, parece uma torre de Babel – pólis virtual por excelência – que contém todos os possíveis, e de tal forma que o eu não sabe mais se existe, se sonha ou é sonhado.

A partir de 1930, a Argentina sofreu o contragolpe dos acontecimentos europeus. A classe política dividiu-se entre adeptos e adversários do fascismo enquanto, nos debates intelectuais, freudismo e marxismo tornaram-se as duas doutrinas de um sonho de liberdade. Nessa sociedade espelhada na Europa, onde agora os filhos dos imigrantes chegavam ao poder, a psicanálise parece em condições de fornecer a cada sujeito um conhecimento de si, um acesso a raízes, ainda que imaginárias. Nesse sentido, foi menos uma medicina da normalização, reservada a verdadeiros doentes, do que uma experiência de si a serviço de uma utopia comunitária, extirpada, no entanto, de todo projeto comunitarista. E por não ter permanecido, como nos Estados Unidos, monopólio de uma medicina psiquiátrica ligada a um ideal higienista de natureza puritana, nunca foi reduzida a um simples tratamento psíquico para neuróticos. Em outras palavras, em vez de um individualismo do gozo ou da necessidade, ela colocou em jogo uma ética do desejo.

Daí seu sucesso, único no mundo, junto às classes médias urbanas. Daí também sua extraordinária liberdade, sua distância com relação aos dogmas, ou, ao contrário, seu fascínio exacerbado por um dogmatismo barroco eivado de desdém. Buenos Aires é a única cidade no mundo onde encontrei uma verdadeira seita psicanalítica, cuja sacerdotisa, iniciada no xamanismo na África, venerava os nós borromeanos (ou figuras topológicas feitas de três anéis) de Lacan como se fossem símbolos alquímicos.

Mas sobretudo, e de maneira mais séria, Buenos Aires foi, dentre todos os centros de implantação do freudismo, a única cidade do mundo onde se inventou uma expressão específica para designar o tratamento, uma definição que parecia excluir a transferência: lá, é *analisar-se* e não fazer análise ou empreender análise ou entrar em análise. Além disso – e isso nunca foi uma moda –, lá, o amor à psicanálise sempre foi intenso. A ponto de todo sujeito urbano desse mundo cosmopolita parecer ter sentido, durante décadas – apesar das crises econômicas e dos horrores de uma das ditaduras mais sangrentas do continente –, o desejo de jamais abandonar o divã e, logo, de analisar-se diversas vezes ao longo da vida, em "fatias" sucessivas, ora para ir ao encontro das múltiplas facetas de seu eu esfacelado, ora para experimentar diferentes técnicas, à procura de um inconsciente incessantemente intangível e sempre recalcado: uma análise kleiniana, outra freudiana, uma terceira lacaniana etc.

Se em Buenos Aires deparei com todas as modalidades da cultura freudiana, lá não encontrei psicanalistas que soubessem dançar de verdade o tango argentino. Pelo menos não até hoje. E poucos intelectuais. Como se, nesse pensamento, nesse canto, nessa dança, nascidos nos matadouros do sul, entre gente de facão e lupanares – nesse pensamento triste que se dança e nesse canto que se canta o que está perdido para sempre –, viesse se condensar a expressão mais viva de outra cultura, uma cultura popular oriunda, por sua vez, de uma mistura migratória, mas da qual está excluída toda forma de busca racional de si. Nesse mundo, reina o avesso da psicanálise: a bravata viril, a complacência com o desespero. Um mundo que sem dúvida os argentinos urbanos que conheci preferem relegar às margens de sua história, ou ainda a uma história que a própria Europa lhes relegara, por seu culto do tango mundano, imagem difícil de assimilar.

Göttingen

Deus, como são belas as rosas...[1]

A sonoridade mais sutil da língua alemã, a cidade mais erudita, a dos irmãos Grimm, fundadores da germanística, a cidade das rosas e das universidades, terra adotiva de Lou Andreas-Salomé, uma das raras cidades alemãs a não ter sido destruída pelos bombardeios da Segunda Guerra Mundial.

Nascida em São Petersburgo em 1861, Lou von Salomé, por quem Nietzsche se apaixonou perdidamente, era uma europeia convicta que transitou pelas cidades mais charmosas do velho continente, como moradora ou visitante. Nelas, encontrava amigos ou amantes: "Budapeste com Sándor Ferenczi em abril de 1913, Munique com Viktor von Gebsattel em agosto do mesmo ano, Viena com Viktor Tausk em setembro, depois Munique em outubro com Rainer Maria Rilke".[2]

Mas foi Göttingen que ela escolheu para morar em 1903, numa casa batizada *Loufried* (A paz de Lou), situada nas

---

[1]. Citação de um verso da música "Göttingen", composta pela cantora francesa Barbara. No original: "*Dieu que les roses sont belles*" [N. do T.]
[2]. Isabelle Mons, *Lou Andreas-Salomé*, Paris: Perrin, 2012

colinas de Hainberg. Seu marido, Friedrich Carl Andreas, brilhante orientalista a quem ela impôs total abstinência sexual, ensinava língua e literatura persa na universidade. O casal passou a vida inteira em Göttingen, cada qual num andar da casa. Lou continuava a colecionar amantes e Carl teve um relacionamento com a empregada, que concebeu uma menina imediatamente aceita pelo casal.

Em 1911, no congresso internacional de psicanálise de Weimar, ela encontra Freud pela primeira vez, quando ainda era amante de Poul Bjerre, jovem psicanalista sueco 15 anos mais moço do que ela. Pede-lhe imediatamente para ser iniciada na psicanálise. Freud põe-se a rir: "Acha que sou Papai Noel?". Instalada em Viena em 1912, assiste ao mesmo tempo às reuniões do círculo freudiano e às de Alfred Adler.

Com ciúmes, Freud lhe escreve: "Senti sua falta ontem à tarde [...]. Adquiri o mau hábito de dirigir minha conferência a determinada pessoa do meu círculo de ouvintes e ontem, como que fascinado, não despregava os olhos do lugar vazio que lhe haviam reservado." Em seguida, Lou é introduzida na intimidade da família Freud. Após cada reunião da quarta-feira, o mestre a acompanha de volta a seu hotel e, após cada jantar, cobre-a de flores. Nessa mulher, que encarnava todas as facetas da feminilidade e lhe era tão próxima e estranha ao mesmo tempo, ele apreciava a beleza da alma, a paixão da vida e o otimismo constante que mal dissimulava um estado de perpétua melancolia.

A iniciação à psicanálise passou igualmente por uma longa correspondência com Freud, que levou Lou a trocar a escrita ficcional pela clínica. Em 1914, tão perplexa quanto ele com a deflagração da guerra, não sabe que lado escolher. O dos russos ou o dos alemães? Fato é que não compartilha o antigermanismo de seus irmãos russos. Contudo, quando sobrevém a revolução de Outubro, vê-se compelida a ajudá-los financeiramente.

Em sua casa, em Göttingen, às vezes trabalha dez horas por dia recebendo pacientes. Empobrecida pela inflação e sentindo-se muito só após a morte do marido, não consegue prover suas necessidades. Embora ela não peça nada, Freud remete-lhe somas generosas, compartilhando sua fortuna recém-adquirida graças aos discípulos americanos. Chama-a de sua queridíssima Lou, confidencia-lhe seus pensamentos e pede-lhe para ajudar sua filha Anna, quando esta, analisada por ele, passa por um momento difícil. Lou torna-se sua

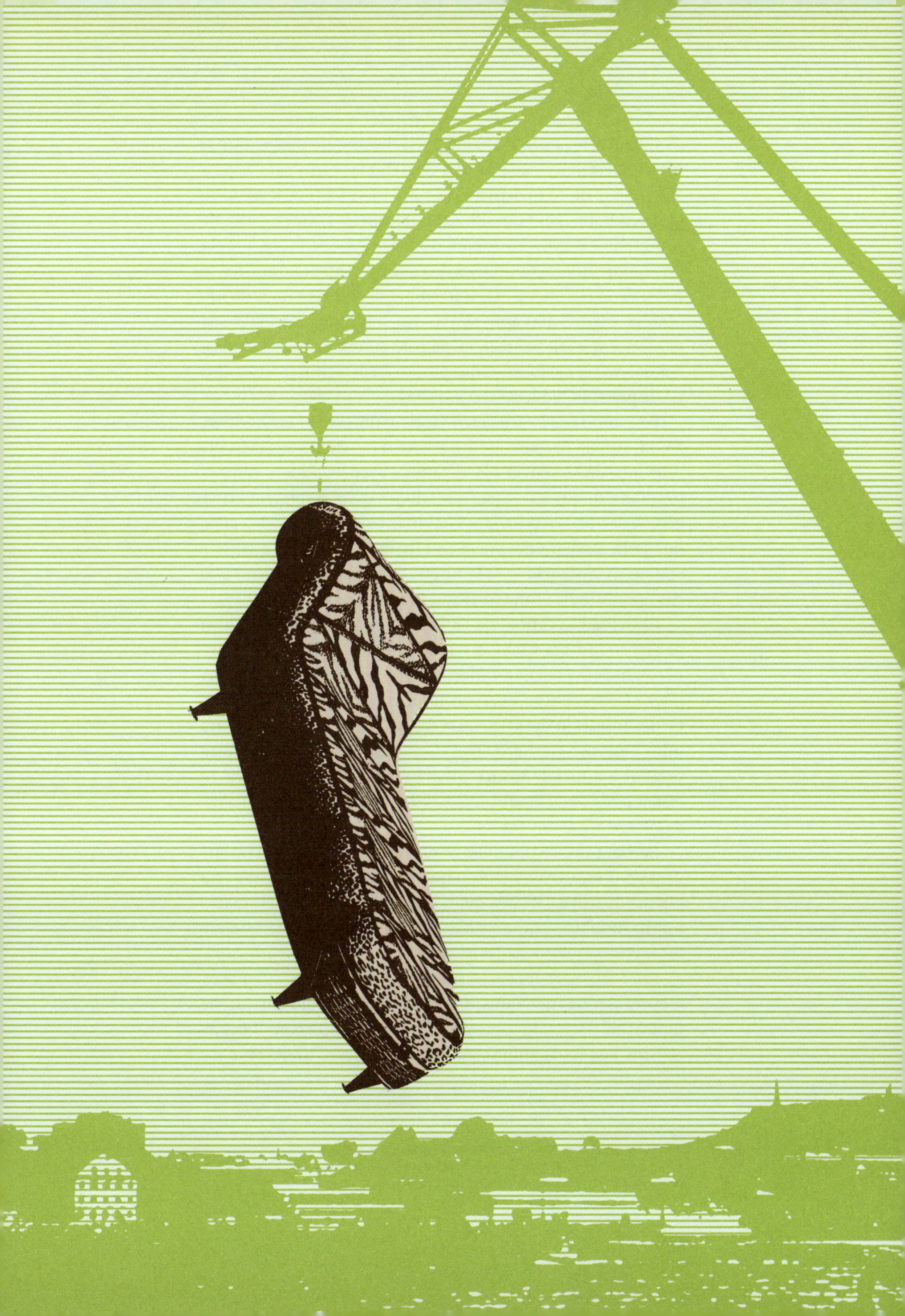

confidente, levando-a a aceitar seu destino de não se tornar nem esposa nem mãe e formar uma dupla com o pai.

A partir de 1933, assiste com horror à instauração do regime nazista. Sabe do ódio que Elisabeth Förster, irmã de Nietzsche e fervorosa adepta do hitlerismo, cultiva por ela. Não ignora que os burgueses de Göttingen apelidaram-na de "a bruxa do Hainberg". Mesmo assim, decide não fugir da Alemanha. Alguns dias após sua morte, um funcionário da Gestapo irrompe em sua residência para confiscar sua biblioteca, cujos livros serão jogados nos porões da prefeitura: acusavam-na de praticar "uma ciência judaica".

Pensando em Göttingen, associo o nome de Lou Andreas-Salomé ao de Barbara, nome artístico de Monique Serf, cuja avó vinha da Moldávia. Ela idolatrava Yvette Guilbert, cantora predileta de Freud: "Seu fraseado incisivo, a terrível inteligência da voz".[3] Abusada sexualmente pelo pai aos dez anos de idade, Barbara devorava *zan* (balas de alcaçuz) e conservou de sua infância uma lembrança aterradora, mesmo que sua família judia tenha conseguido escapar da Gestapo.

Convidada a cantar em Göttingen em 1964, por iniciativa de Hans-Gunther Klein, diretor do Junges Theater, ela aceita, não sem reticência, ir à Alemanha. Ao fim da viagem, compõe a célebre canção, cuja versão alemã gravará três anos mais tarde, entrando descalça num palco coberto de rosas: "Para mim", escreve Gerhard Schröder, "é a canção que simboliza melhor a amizade franco-alemã: '*Ô faites que jamais ne revienne le temps du sang et de la haine car il y a des gens que j'aime à Göttingen, à Göttingen*'".[4]

Barbara provavelmente nunca visitou a casa de Lou Andreas-Salomé, mas imagino que poderia ter musicado este poema de Rilke: "E virás quando eu precisar de ti/ E tomarás minha hesitação por um sinal/ E silenciosamente me estenderás as rosas desabrochadas do verão/ Dos derradeiros arbustos".

Em 1970, Barbara encontra numa gaveta um texto que escrevera alguns anos antes, na esteira de um sonho em que via uma águia descendo sobre ela. Põe-se ao piano e compõe uma música, inspirada numa sonata de Beethoven: "*De son bec, il a*

---

3. Barbara, *Il était um un piano noir... Mémoires interrompus*. Paris: Fayard, 1998.
4. Em tradução livre: "Oh, faça com que jamais volte o tempo do sangue e do ódio, pois há pessoas que amo em Göttingen, em Göttingen". [N. do T.]

touché ma joue/ Dans ma main, il a glissé son cou/ C'est alors que je l'ai reconnu/ surgissant du passé/ il m'était revenu."[5] Barbara conhecia as pinturas do Renascimento ou as histórias antigas de grandes aves de rapina que pousam delicadamente sobre os lábios de um bebê no berço? Lera *Uma recordação de infância de Leonardo da Vinci*? Fato é que, como o milhafre de Leonardo transformado em abutre, "L'Aigle noir" ("A águia negra") suscitou a curiosidade de inúmeros psicanalistas. Alguns tinham a convicção de que essa ave surgida do passado não era outra senão o pai incestuoso pelo qual Barbara, mesmo com o ódio que lhe devotava, teria sido apaixonada. Outros afirmaram tratar-se de um homem amado. Alguns, por fim, achavam que ela fizera um tratamento psicanalítico e que só o seu analista era capaz de decifrar o enigma da ave.

O mistério subsiste, e sabemos que tudo que vinha do céu era objeto de terror para Barbara, fosse o arco-íris ou os chapins-de-faces-pretas. E, não obstante, essa águia aflorada de um lago desconhecido, semelhante àquele lugar difuso tão bem descrito por Proust, transformou de ponta a ponta a vida dessa mulher da mesma maneira que o encontro com Freud transformara a de Lou Andreas-Salomé: "'L'Aigle noir' é uma canção que sonhei: um dia tive um sonho, muito mais bonito que a canção, no qual vi descer essa águia, a qual, em seguida, dei a uma garotinha de quatro anos, que era minha sobrinha. Depois desse sonho, aconteceram coisas realmente extraordinárias comigo!" Quem visita o túmulo de Lou Andreas-Salomé, no cemitério de Göttingen, depara com uma lápide em que está gravado, em caracteres maiúsculos, o nome de Friedrich Carl Andreas. Abaixo dessa inscrição, foram acrescentadas três letrinhas em itálico: *lou*. Os nazistas haviam recusado que as cinzas da célebre discípula de Freud fossem espalhadas em sua casa. E foi preciso esperar até 1992 para que a urna que as continha, e que desaparecera, pudesse finalmente ser enterrada no local, sem referência a seu patronímico.

Atualmente a cidade de Göttingen venera a memória de Lou Andreas-Salomé. Sua casa foi reformada, seus arquivos

---

5. Em tradução livre: "Com seu bico, ela tocou minha face/ Em minha mão, ela esgueirou seu pescoço/ Foi então que a reconheci/ surgindo do passado/ ela voltara para mim." [N. do T.]

estão conservados e um instituto de formação em psicanálise e psicoterapia leva seu nome. Nele, estudam-se basicamente autopsicologia, relações de objeto, neurociências. Quanto às crianças de Göttingen, aprendem a canção de Barbara, que faz parte do currículo oficial do curso primário, enquanto todos os anos vários parentes seus dirigem-se a Bagneux para depositar rosas no túmulo daquela que jamais virão a esquecer.

Rio de Janeiro, Salvador, São Paulo, Porto Alegre, Campinas, Belo Horizonte

136 tons de pele

Bem mais que nas outras regiões do mundo, as cidades brasileiras foram o receptáculo de todas as contradições possíveis da psicanálise. Nesse país que aglutina vários países, as cidades desempenharam um papel considerável na expansão de todas as correntes da psicanálise. Todas reivindicam identidade própria; não obstante, em cada uma delas, encontremos características comuns. Nessas cidades – Rio de Janeiro, Salvador, São Paulo, Porto Alegre, Campinas, Belo Horizonte –, tive uma acolhida calorosa, e sempre me surpreendeu a paixão com que, há diversas gerações, os brasileiros urbanos se interessam não só por todas as formas de psicoterapia e medicina da alma, como também por sua história e a história mundial da psicanálise. Tudo se passa como se sua curiosidade pela alteridade os impelisse cada vez mais a compreender e escutar as diferenças culturais. Uma pesquisa listou no Brasil 136 tons de pele: brancas, negras, pardas, oliva, morenas, amarelas, indefiníveis. Nada mais estimulante do que dar conferências nas cidades brasileiras perante um público entusiasta, atento e generoso. Em cada cidade, existem dezenas de associações psicanalíticas, inúmeros institutos de ensino e iniciação à clínica. Quanto aos terapeutas, interrogam-se tanto sobre os distúrbios psíquicos – coletivos ou individuais – como sobre a maneira de abordá-los nos meios sociais mais pobres: em especial, nas favelas.

Em todas essas cidades, sinto-me em casa, e a cada périplo encontro os mesmos amigos, minha editora Cristina Zahar e meus ex-doutorandos, agora professores, que também encontro no mês de janeiro, em Paris. Pois é durante o inverno europeu que os brasileiros vão ao estrangeiro. Os que conheço e amo viajam muito e falam várias línguas – Ana Maria Gageiro, Caterina Koltai, Marco Antonio Coutinho Jorge, Paulo Ceccarelli –, adoram frequentar os bistrôs parisienses, passar noites inteiras trocando ideias e participar de seminários na universidade. Como muitos latino-americanos, são elegantes e corteses, preocupados com sua aparência e seus corpos, atentos à beleza dos tons das peles, da mais clara à mais morena. Atravessam com facilidade as fronteiras, apreciam a estética das "passagens" tão bem descritas por Walter Benjamin. Gostam de flanar, de jantares festivos, passeios, presentes, de cultivar a autoestima. Gosto dos psicanalistas brasileiros, aprecio seu saber clínico, suas qualidades terapêuticas, seu pragmatismo, sua curiosidade insaciável, sua capacidade de fazer a cultura freudiana viver e de zombar sutilmente da arrogância com que seus pares franceses continuam a tentar colonizá-los, tomando-se por gurus.

Quando alguém vem de Buenos Aires ou Paris e aterrissa numa cidade brasileira, experimenta uma dupla sensação: *déjà-vu* e estranheza. Tudo bem, as estações são o avesso das nossas, mas é igualmente como se cada cidade reunisse um condensado de todas as estações possíveis: o inverno de manhã, a primavera ao meio-dia, o verão à tarde e o outono à noite. Consequentemente, a cidade brasileira participa não de um cosmos cosmopolita *à la* Borges, mas de uma mestiçagem hierarquizada com extrema violência. Nela, as relações entre o corpo e o intelecto são de natureza antropofágica, colonial, bissexual. Comer o outro, recalcar o outro, cuspir o outro, isto é, o inimigo, o estrangeiro, o índio da Amazônia, o próximo, o mestiço, o semelhante, o miserável, o homem e a mulher: tal seria a maneira como o Brasil incorpora a imagem que faz de si mesmo em sua relação com o mundo europeu, um mundo sempre vivido no modelo de uma projeção oscilante entre devoção e rejeição.

Embora, para os argentinos das cidades, especialmente os *porteños*, a psicanálise tenha sido o meio de elucidar uma história genealógica conduzida por ondas sucessivas de migração e tenha se implantado por meio de uma verdadeira nostalgia heroica de mestres fundadores reunindo exilados e filhos da terra, no caso das cidades brasileiras, como aponta a socióloga e psicanalista Lucia Valladares, ela permaneceu a

Ned

expressão consumada de um saber racional, capaz de responder a interrogações culturais e, simultaneamente, moderar os excessos de uma sociedade urbana feudalizada e impregnada de pensamento mágico, o dos curandeiros, feiticeiros ou ainda os líderes carismáticos de seitas. Tal saber, aliás, mistura a dupla herança do positivismo de Auguste Comte, que em 1891 presidira a redação da nova Constituição republicana, e do culto antropofágico, que parodia a concepção freudiana da lei cerceadora e do desejo culpado.

Em 1928, em seu *Manifesto antropófago*, em parte inspirado nos manifestos surrealistas, Oswald de Andrade, grande leitor de Freud, afirma que só a degustação simbólica do colonizador permite à modernidade brasileira consolidar-se segundo um processo de devoração estética que consiste não em imitar a civilização europeia, mas em comê-la a fim de melhor assimilá-la. Ele convida seus contemporâneos a uma revolução "caraíba", que resultaria na morte do patriarcado e no retorno a um matriarcado original por meio do qual se exprimiriam todos os desejos recalcados.

Oswald reivindica o nome de Pindorama, ou terra das palmeiras, utilizado pelas tribos indígenas que assim designavam seu país na língua tupi-guarani: "Contra a realidade social, vestida e opressora, cadastrada por Freud – a realidade sem complexos, sem loucura, sem prostituições e sem penitenciárias do matriarcado de Pindorama... Tupi or not Tupi, that is the question." Por que a língua tupi não subsistiu? Sem dúvida porque a língua portuguesa foi utilizada pelo colonizador com a finalidade não só de dominar, como de manter o status privilegiado da elite com relação às classes desfavorecidas. Mesmo assim, o português brasileiro se configurou de maneira bem diferente, pois sofreu as influências das línguas indígenas e africanas, o que lhe conferiu nuances distintas da língua falada em Portugal... No que se refere à identidade e à mistura brasileiras, "só a antropofagia nos une".

No Brasil, a psicanálise é ao mesmo tempo a doença e o remédio para a doença, a razão e a transgressão da razão, a norma e a rebelião contra a norma, a lei do pai e a irrupção de uma heterogeneidade maternal. Ora ela se pretende submetida a uma ordem universal que a vincula à Europa ou à outra América, ora ela se pensa em ruptura com esse ideal a ponto de soçobrar numa busca frenética por uma "brasilidade". Ousaria eu dizer que ela muda de estação a cada hora do dia e da noite, que por essa razão nos deslumbra, a nós, europeus, oferecendo-nos o espetáculo de uma notável vivacidade? Como diz Gilles Lapouge em seu magnífico *Dicionário dos apaixonados pelo Brasil* (2011): "Frequento esse país regularmente, eu o pintei de memória. Mostro suas imagens. Lembro-me de seus cheiros e temporais. Paralelamente, percorro sua história, brutal e faustosa, da qual só conhecemos fragmentos na Europa. Falo igualmente do Brasil de hoje dividido entre o horror das favelas e a impaciência de um povo que, pela primeira vez, talvez, sabe que está no controle do próprio destino. Ser apaixonado por um país é isso."

Não é por acaso que a universidade desempenha, no caso da psicanálise, um papel primordial nesse país em que as escolas psicanalíticas, independentemente das tendências, acomodaram-se não nos departamentos de medicina, e sim nos de psicologia, instaurando uma osmose completa entre as práticas clínicas e a transmissão da doutrina e do corpus. Ensinada como um saber racional, em lugar da psicologia, a psicanálise assumiu uma posição crucial na sociedade brasileira, em especial nas universidades, marcadas por uma expansão das ciências humanas iniciada no entreguerras por intelectuais franceses: Georges Dumas, Fernand Braudel, Claude Lévi-Strauss. Por conseguinte, foi muito poderosa numa época (1980-2016) em que, na Europa e nos Estados Unidos, sofreu em cheio o contragolpe de uma crise que a obrigou a se desenvolver cada vez mais fora de um sistema universitário dominado pela psicologia comportamental e a psiquiatria biológica.

As escolas psicanalíticas brasileiras foram fundadas por pioneiros locais, destacando-se Durval Marcondes (São Paulo) e Júlio Porto Carrero (Rio de Janeiro), além de muitos outros. Nenhum deles, contudo, comportou-se como um guru. De maneira que, a princípio, a psicanálise, nas cidades brasileiras, foi um assunto coletivo que não reivindicava nenhuma figura de autoridade. Longe da Europa, longe dos "mestres" – de Melanie Klein a Jacques Lacan –, os psicanalistas brasileiros sempre cultivaram um formidável ecletismo, fundado nas relações horizontais entre os membros do grupo em vez de na submissão a uma chefia. Daí sua força clínica, muito mais sólida, desde o início do século 21, do que a dos países europeus, a despeito da lembrança do sinistro período da ditadura (1964-1984), durante a qual os militantes freudianos rebeldes foram perseguidos, enquanto a maioria de seus colegas tentava permanecer "neutra". Numa carta de 1926 dirigida a Durval Marcondes, Freud escreveu estas palavras: "Infelizmente não domino seu idioma, mas, graças aos meus conhecimentos da língua espanhola, pude deduzir de sua carta e de seu livro que é sua intenção usufruir dos conhecimentos adquiridos com a psicanálise em obras literárias e, de uma maneira geral, despertar o interesse de seus compatriotas pela nossa ciência. Agradeço-lhe sinceramente seus esforços e desejo-lhe muito sucesso." Ele se surpreenderia ao ver a que ponto esse desejo tornou-se realidade nos dias de hoje.

E devo dizer que me inclino a compartilhar a opinião otimista de Stefan Zweig, que morava em Petrópolis, onde se suicidou em 1942: "A questão que se coloca é a seguinte: como os homens conseguirão viver em paz na terra, a despeito de todas as diferenças de raças, classes, tons de pele, religiões e convicções? Nenhum país do mundo resolveu isso de uma maneira mais auspiciosa do que o Brasil. E o resolveu de uma maneira que, na minha opinião, merece não só a atenção, como a admiração do mundo."[6]

---

6. Stefan Zweig, *Brasil, um país do futuro*, 1941

Élisabeth Roudinesco (1944) é autora de alguns dos principais estudos sobre a história da psicanálise, incluindo as monumentais biografias *Jacques Lacan – Esboço de uma vida, história de um sistema de pensamento* (1993) e *Sigmund Freud na sua época e em nosso tempo* (2014), bem como, em parceria com Michel Plon, do *Dicionário de psicanálise*. Unindo rigor de pesquisa com energia polêmica, discute reiteradamente o lugar da psicanálise na vida contemporânea em livros como *Por que a psicanálise?* (1999) e *Lacan a despeito de tudo e de todos* (2011). Estes verbetes fazem parte do *Dicionário amoroso da psicanálise* (2017), que ganhará tradução em 2018 pela Zahar, editora de seus livros no Brasil.
Tradução de **André Telles**

A verdade da arte

Boris Groys

É ao agir sobre o mundo que o artista imprime à obra sua expressão verdadeira, seja pela captura da imaginação, seja na produção de coisas

Eis a pergunta central a respeito da arte: ela é capaz de ser um veículo da verdade? Essa pergunta é vital para a existência e a sobrevivência da arte, pois, se ela não puder ser um veículo da verdade, será apenas uma questão de gosto. Temos de aceitar a verdade, mesmo que não gostemos dela. Mas se a arte não passasse de uma questão de gosto, o público seria mais importante que o artista. Nesse caso, a arte só poderia ser tratada em termos sociológicos ou de mercado – não teria qualquer independência ou poder. Seria comparável ao desenho industrial ou à programação visual.

Ora, há diferentes modos de falar da arte como veículo da verdade. Permitam-me partir de um desses modos. O mundo é dominado por grandes coletivos: Estados nacionais, partidos políticos, empresas, comunidades científicas etc. Neles, as pessoas, individualmente, não têm como experimentar as possibilidades e as limitações de suas próprias ações – tais ações são absorvidas pelas atividades do coletivo. Não obstante, nosso sistema de arte baseia-se no pressuposto de que a responsabilidade por produzir um ou outro objeto de arte, ou por

David Shrigley
Cortesia de David Shrigley e
Stephen Friedman Gallery, Londres

TEXT SHOULD NOT DESCRIBE THE IMAGE

IMAGE SHOULD NOT ILLUSTRATE THE TEXT

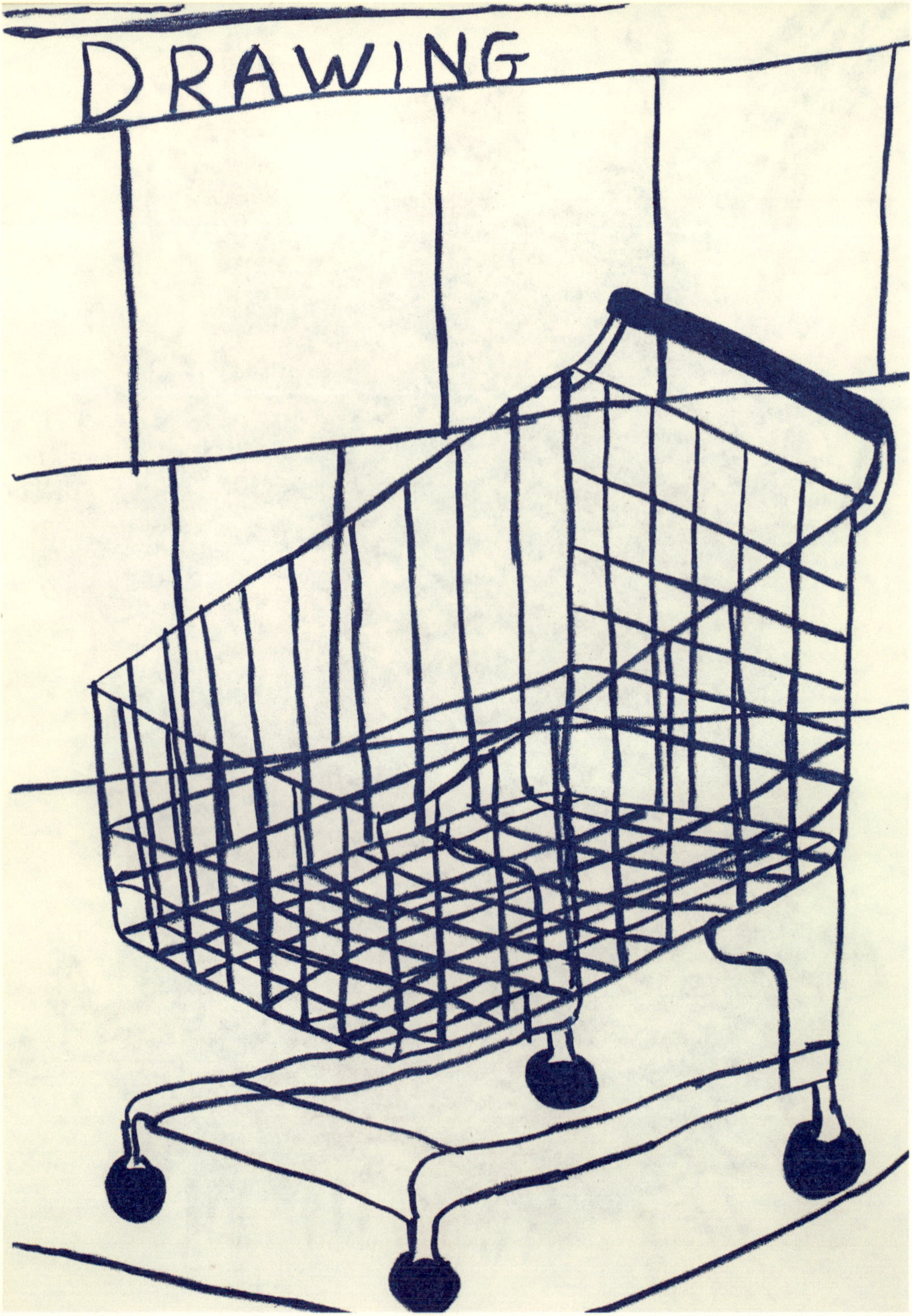
DRAWING

empreender esta ou aquela ação artística, cabe individualmente só ao artista. Por isso, no mundo contemporâneo, a arte é o único campo reconhecido de responsabilidade individual. Existe, é claro, um outro campo de responsabilidade pessoal, mas não reconhecido – o das ações criminais. A analogia entre arte e crime tem uma longa história. Não vou entrar nela. Aqui, prefiro formular a seguinte pergunta: em que grau e de que forma as pessoas podem esperar modificar o mundo em que vivem? Vamos examinar a arte como um domínio em que os artistas tentam modificar o mundo, para ver como essas tentativas se dão. Neste texto, estou menos interessado nos resultados dessas tentativas do que nas estratégias empregadas pelos artistas para realizá-las.

Com efeito, se os artistas pretendem mudar o mundo, cabe a seguinte pergunta: de que forma a arte é capaz de influenciar o mundo em que vivemos? São duas, basicamente, as respostas possíveis. A primeira: a arte pode capturar a imaginação e modificar a consciência das pessoas. Se a consciência das pessoas muda, as pessoas modificadas também mudarão o mundo em que vivem. Aqui, a arte é compreendida como uma espécie de linguagem que permite aos artistas enviar uma mensagem. E, supostamente, essa mensagem penetra na alma de seus destinatários, muda sua sensibilidade, suas atitudes, sua ética. Essa é, digamos, uma visão idealista da arte – semelhante à forma como entendemos a religião e seu impacto no mundo.

No entanto, para poder enviar uma mensagem, o artista tem de falar a língua do seu público. Nos templos da Antiguidade, as estátuas eram vistas como personificação dos deuses: eram reverenciadas, as pessoas se ajoelhavam diante delas, orando e suplicando, esperavam sua ajuda e temiam sua ira e suas ameaças de castigo. Da mesma forma, a veneração de imagens tem uma longa história no cristianismo – muito embora Deus seja tido como invisível. Aqui, a linguagem comum teve origem na tradição religiosa comum.

Contudo, nenhum artista moderno espera que alguém reze ajoelhado diante de sua obra, peça auxílio a ela ou use-a como amuleto. No começo do século 19, Hegel diagnosticou essa perda de uma fé comum em divindades encarnadas e visíveis como a razão pela qual a arte perdia sua verdade: para ele, a verdade da arte tornara-se um fato do passado. (Ele fala de imagens, pensando nas velhas religiões, contrapostas à lei invisível, à razão, à ciência que rege o mundo moderno.) É claro que, no decorrer da modernidade, muitos artistas modernos e contemporâneos tentaram reconquistar uma linguagem em comum com seu público, por meio de um engajamento político ou ideológico de uma espécie ou de outra. A comunidade religiosa foi, assim, substituída por um movimento político do qual participavam tanto os artistas quanto seu público.

Para ter eficácia política, para poder ser utilizada como propaganda política, a arte tem de ser apreciada por seu público. Mas a comunidade fundada na ideia de que certos projetos artísticos são bons e admiráveis não é necessariamente uma comunidade transformadora, que possa mudar o mundo.

Sabemos que para serem consideradas de fato boas (inovadoras, radicais, vanguardistas), as obras de arte modernas precisam ser rejeitadas por seus contemporâneos – quando isso não ocorre, essas obras tornam-se suspeitas de serem convencionais, banais, meros produtos. (Como se sabe, com frequência movimentos politicamente progressistas revelaram-se culturalmente conservadores – e por fim foi essa dimensão conservadora que prevaleceu.) É por isso que os artistas contemporâneos não confiam no gosto do público. E na verdade o público contemporâneo também não confia em seu próprio gosto. Tendemos a achar que, se gostamos de uma obra de arte, ela não deve ser tão boa assim – e que, se não gostamos de uma obra de arte, provavelmente ela é muito boa. Kazimir Malevich acreditava que o maior inimigo do artista é a sinceridade: os artistas nunca deveriam fazer aquilo de que gostam de verdade, porque é provável que gostem de coisas banais e artisticamente irrelevantes. De fato, as vanguardas artísticas não queriam ser apreciadas. E, mais importante ainda, não queriam ser "compreendidas", não queriam usar a língua falada por seu público. Por isso, as vanguardas eram céticas ao extremo sobre a possibilidade de influenciar a alma de seu público e construir uma comunidade da qual fizessem parte.

Nesse ponto, entra em ação a segunda possibilidade de mudar o mundo pela arte. Aqui, a arte é entendida não como produção de mensagens, e sim como produção de coisas. Mesmo que os artistas e seu público não usem a mesma linguagem, eles têm em comum o mundo material que habitam. Como um tipo específico de tecnologia, a arte não tem como meta modificar a alma de seus espectadores. Em vez disso, ela modifica o mundo em que esses espectadores vivem – e, por tentarem se acomodar às novas condições do ambiente, esses espectadores mudam sua sensibilidade e suas atitudes. Falando em termos marxistas, a arte pode ser vista como parte da superestrutura ou como parte da base material. Ou, em outras palavras, a arte pode ser compreendida tanto como ideologia quanto como tecnologia. As vanguardas artísticas radicais buscavam essa segunda forma, tecnológica, de transformar o mundo. Tentavam criar novos ambientes que mudassem as pessoas ao serem inseridas neles. Em sua forma mais radical, foi nesse conceito que se basearam os movimentos vanguardistas da década de 1920: o construtivismo russo, a Bauhaus, o De Stijl. A arte de vanguarda não desejava ser apreciada pelo público tal como era. A vanguarda desejava criar um novo público para sua arte. Com efeito, se uma pessoa é compelida a viver num novo ambiente visual, começa a acomodar sua sensibilidade a esse ambiente e aprende a gostar dele. (A Torre Eiffel é um bom exemplo.) Assim, os artistas de vanguarda queriam criar também uma comunidade – mas não se viam como parte dela. Dividiam com seu público um mundo – mas não uma linguagem.

É claro que a vanguarda histórica era, ela própria, uma reação à tecnologia moderna, que mudou para sempre nosso ambiente e continua a mudá-lo.

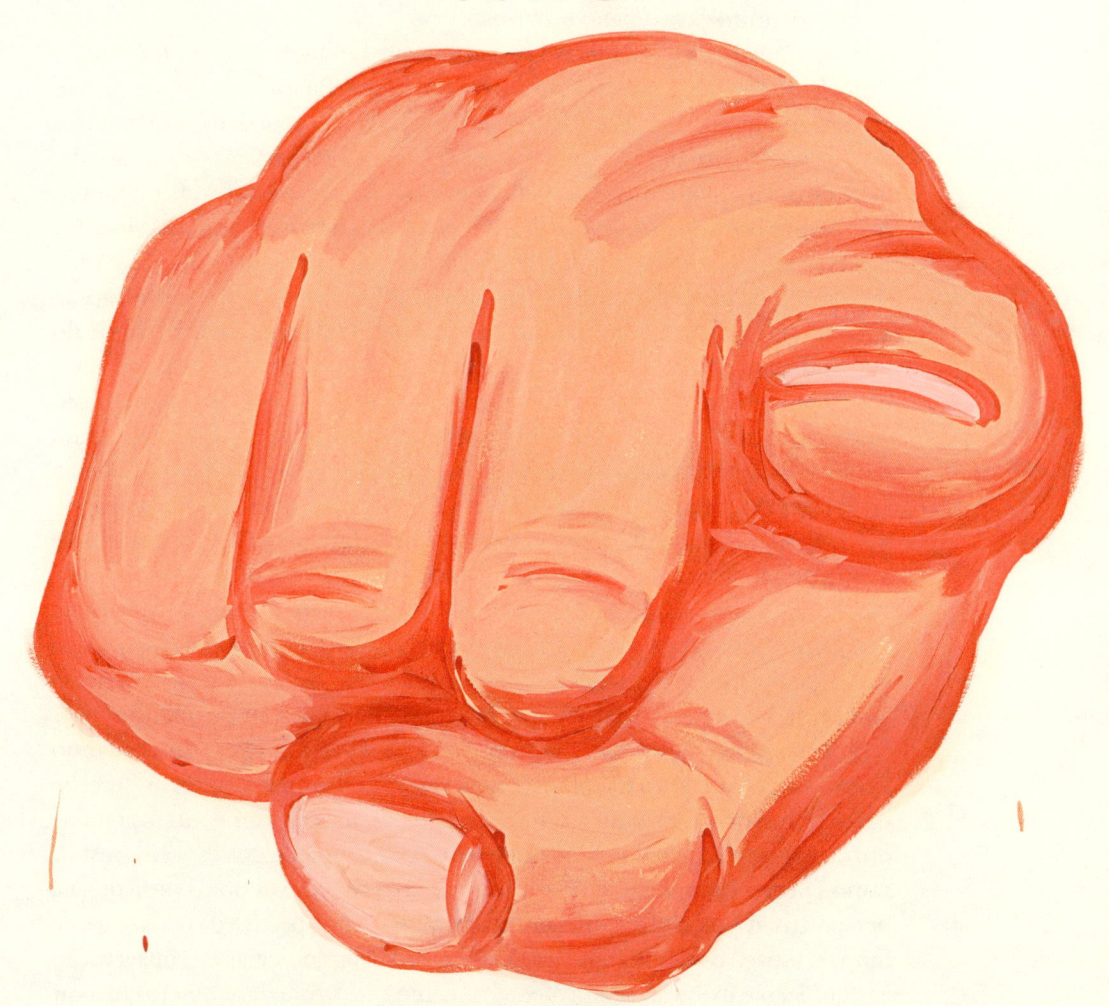

YOU
ARE
IRRELEVANT

Essa reação era ambígua. Os artistas sentiam certa afinidade com o artificialismo do mundo novo, o mundo tecnológico. Ao mesmo tempo, irritavam-se com a falta de direção e de um objetivo supremo, uma característica do progresso tecnológico. (Marshall McLuhan: os artistas se transferiram da torre de marfim para a torre de controle.) Esse objetivo era entendido pela vanguarda como a sociedade política e esteticamente perfeita – como a utopia, se ainda estivermos dispostos a usar essa palavra. Aqui, a utopia não é nada mais senão o estágio final do desenvolvimento histórico – uma sociedade que não necessite mais de nenhuma mudança, que tenha deixado de pressupor qualquer novo progresso. Em outras palavras, a colaboração da arte com o progresso tecnológico almejava deter o progresso.

Esse conservadorismo inerente à arte – que também pode ser um conservadorismo revolucionário – não é de modo algum acidental. O que é a arte, então? Se a arte é uma espécie de tecnologia, o uso artístico da tecnologia difere de seu uso não artístico. O progresso tecnológico baseia-se numa substituição permanente de coisas velhas, obsoletas, por coisas novas – e melhores. (Não se trata de inovação, e sim de melhoria – a inovação só pode ocorrer na arte: o quadrado negro.) A tecnologia da arte, pelo contrário, não é uma tecnologia de melhoria e substituição, e sim de conservação e restauração – a tecnologia que traz os restos do passado para o presente e leva coisas do presente para o futuro. Como se sabe, Martin Heidegger acreditava que essa era a forma de recuperar a verdade da arte: ao deter o progresso tecnológico pelo menos por um momento, a arte pode revelar a verdade do mundo definido pela tecnologia e o destino das pessoas nesse mundo. Entretanto, Heidegger também acreditava que a revelação era apenas momentânea: no instante seguinte, o mundo revelado pela obra de arte se fecha outra vez – e a obra de arte torna-se uma coisa comum, tratada como tal por nossas instituições artísticas. Heidegger rejeita que esse aspecto profano da obra de arte seja irrelevante para a compreensão essencial, verdadeiramente filosófica da arte – porque para Heidegger é o espectador que constitui o sujeito dessa compreensão tão essencial, e não o *marchand* ou o curador de um museu.

E, com efeito, ainda que o visitante do museu veja as obras de arte como isoladas da vida prática e profana, quem trabalha no museu nunca as percebe dessa maneira sacralizada. Os funcionários do museu não contemplam as obras, mas regulam a temperatura e o nível de umidade dos espaços, restauram as peças, tiram delas o pó e a sujeira. No trato com as obras de arte há a perspectiva do visitante do museu, mas também a perspectiva da faxineira que limpa o espaço como limparia qualquer outro. As tecnologias de conservação, restauração e exibição são profanas, mesmo que produzam objetos de contemplação estética. Existem uma vida e uma prática profanas no interior do museu — e são elas que permitem que as peças do acervo atuem como objetos estéticos. O museu não precisa de qualquer esforço adicional para insuflar arte

LOOK AT THIS

na vida ou vida na arte – o museu já é absolutamente profano. Assim como o mercado de arte, o museu trata as obras de arte não como mensagens, mas como coisas profanas.

Em geral, as paredes do museu escondem do público essa vida profana da arte. É claro que, pelo menos desde o começo do século 20, a arte da vanguarda histórica tentou tematizar e revelar essa dimensão factual, material, profana. No entanto, nunca teve pleno sucesso nessa busca do real, porque a realidade da arte, seu lado material que a vanguarda procurou tematizar, era constantemente reestetizada – essas tematizações tinham sido postas sob as condições convencionais da representação artística. O mesmo pode ser dito da crítica institucional, que também tentou tematizar o lado profano, factual, das instituições artísticas. A crítica institucional também permaneceu dentro dessas instituições. Ora, eu diria que essa situação se modificou nos últimos anos – por causa da internet e do fato de ela ter substituído as instituições artísticas tradicionais como a principal plataforma para produção e distribuição de arte. A internet tematiza exatamente a dimensão profana da arte. Por quê? A resposta é muito simples: no mundo contemporâneo, a internet é, ao mesmo tempo, o lugar de produção e de exibição da arte.

Isso representa um afastamento importante dos modos de produção artística no passado. Como já observei em outro momento:

> Tradicionalmente, o artista produzia uma obra de arte em seu estúdio, longe das vistas do público, e depois exibia um resultado, um produto – uma obra de arte que acumulava e recuperava o tempo de ausência. Esse intervalo de ausência temporária é essencial para o que chamamos de processo criativo – ele é, na verdade, exatamente o que chamamos de processo criativo.
>
> André Breton conta que um poeta francês, quando ia dormir, afixava na porta de seu quarto um aviso que dizia: "Silêncio, por favor. Poeta trabalhando." Essa história sintetiza o entendimento tradicional do trabalho criativo: ele é criativo porque ocorre fora do controle público – e até mesmo fora do controle consciente de seu autor. Esse tempo de ausência podia durar dias, meses, anos ou até uma vida inteira. Era só ao fim desse período de ausência que se esperava que o autor apresentasse um trabalho (às vezes encontrado entre seus papéis depois da morte), que seria então aceito como criativo, precisamente porque parecia emergir do nada.[1]

---

1. Boris Groys, "Entering the Flow: Museum between Archive and *Gesamtkunstwerk*", *e-flux journal* 50, dez. 2013 (/journal/entering-the-flow-museum-between-archive-and-gesamtkunstwerk/).

Em outras palavras, o trabalho criativo pressupõe a dessincronização do tempo de trabalho e de exibição dos resultados desse trabalho. O motivo disso não é que o artista tenha cometido um crime, esconda um segredo vergonhoso ou queira se manter longe do olhar alheio. Consideramos o olhar alheio como maléfico não quando ele pretende penetrar em nossos segredos e torná-los transparentes (esse olhar penetrante é, antes, lisonjeiro e estimulante), e sim quando ele nega que tenhamos segredos, quando ele nos reduz ao que vê e registra – quando o olhar alheio nos banaliza, nos trivializa. (Sartre: o inferno são os outros, o olhar dos outros nos nega nosso projeto. Lacan: o olhar alheio é sempre um mau-olhado.)

Hoje em dia a situação mudou. Os artistas contemporâneos trabalham usando a internet – e também nela postam seu trabalho. As obras de determinado artista podem ser encontradas quando procuro no Google por seu nome e elas são exibidas no contexto de outras informações que encontro na internet sobre esse artista: sua biografia, outras obras, atividades políticas, comentários críticos, detalhes de sua vida privada etc. Não estou me referindo aqui a um sujeito ficcional, autoral, que supostamente investiria a obra de arte de suas intenções e significados a serem decifrados e revelados de forma hermenêutica. Esse sujeito autoral já foi desconstruído e teve sua morte proclamada muitas vezes. Refiro-me à pessoa que existe na realidade *off-line* a que os dados da internet se referem. Esse autor utiliza a internet não só para produzir arte, como também para comprar bilhetes de teatro, fazer reservas em restaurantes, fechar negócios etc. Todas essas atividades têm lugar no mesmo espaço integrado – e todas elas podem ser acessadas por outros usuários da rede. Aqui, a obra de arte se torna "real" e profana porque se integra na informação sobre seu autor como uma pessoa real, profana. A arte é apresentada na internet como uma espécie de atividade específica: como documentação de um processo de trabalho real que tem lugar no mundo real, desconectado. Com efeito, na rede, a arte opera no mesmo espaço que o planejamento militar, a indústria do turismo, os fluxos de capital e assim por diante: o Google mostra, entre outras coisas, que ali não existem paredes. Um usuário da internet não salta da utilização cotidiana para a contemplação desinteressada; ele usa a informação sobre arte da mesma forma como usa informações sobre todas as demais coisas no mundo. É como se todos nós tivéssemos nos tornado funcionários do museu ou da galeria – sendo a arte documentada explicitamente como algo que ocorre no espaço unificado das atividades profanas.

A palavra "documentação" é crucial aqui. Nas últimas décadas, a documentação da arte passou, cada vez mais, a ser incluída em exposições e em museus, junto com obras de arte tradicionais. No entanto, essa arena sempre foi problemática ao extremo. As obras de arte são arte, elas de imediato se mostram como arte. Dessa forma podem ser admiradas, emocionalmente experimentadas e assim por diante. Mas a documentação da arte não é arte:

LOOK AT THIS

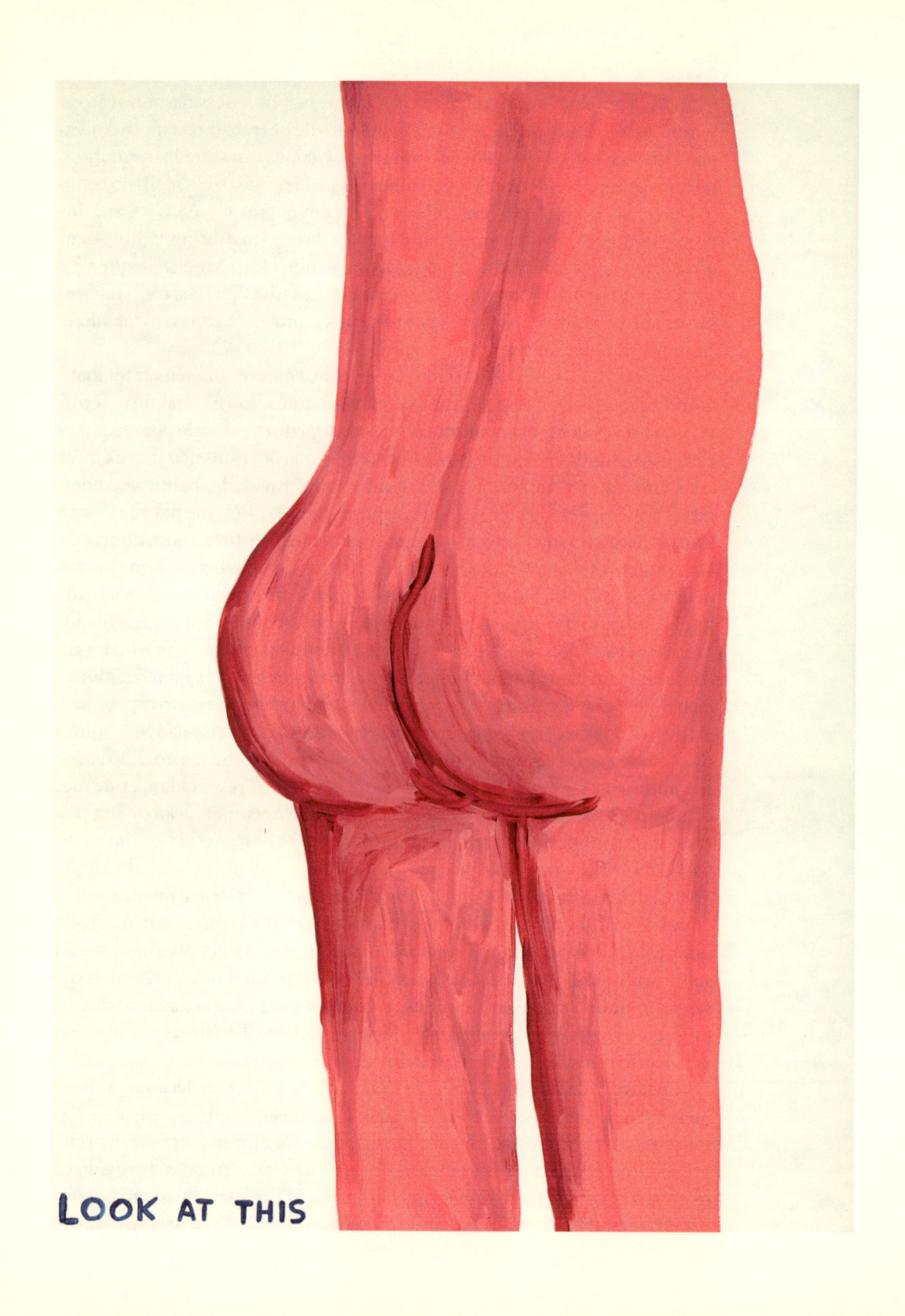

ela faz referência a um evento artístico, a uma exposição, uma instalação ou um projeto que presumimos ter de fato acontecido. É por isso que a documentação sobre arte pode ser reformatada, reescrita, ampliada, reduzida. Pode-se submeter a documentação da arte a todas essas operações, proibidas no caso de uma obra de arte, porque elas alteram sua forma. E a forma da obra de arte está garantida institucionalmente, pois só a forma garante a reprodutibilidade e a identidade dessa obra. Por outro lado, a documentação pode ser mudada à vontade, uma vez que sua reprodutibilidade e identidade estão garantidas por seu referente externo, "real", e não por sua forma. Mas embora o surgimento da documentação de arte preceda o surgimento da internet como veículo de arte, só a criação da rede conferiu a ela um lugar legítimo. (Aqui podemos falar como Benjamin: montagem na arte e no cinema.)

As próprias instituições de arte começaram a usar a internet como um espaço primário para sua autorrepresentação. Os museus expõem suas coleções na internet. E, é claro, as coletâneas digitais de imagens de obras de arte são bem mais compactas e de manutenção muito mais barata do que os museus tradicionais. Assim, os museus podem exibir as peças de seu acervo que em geral não saem do depósito. O mesmo se pode dizer dos sites de artistas – eles mostram o conjunto completo do que se está produzindo. E é por isso que, hoje, se uma pessoa vai a um estúdio ver o trabalho de um artista, é provável que ele abra um laptop e mostre a documentação de suas atividades – não só a produção de obras de arte, como também sua participação em projetos a longo prazo, instalações temporárias, intervenções urbanas, ações políticas etc. O trabalho real do artista contemporâneo é seu *curriculum vitae*.

Hoje em dia, os artistas, tal como outras pessoas e organizações, tentam evitar a visibilidade total mediante a criação de sistemas complexos de senhas e de proteção de dados. Como já argumentei anteriormente, com relação à vigilância pela internet:

> Hoje, a subjetividade tornou-se uma construção técnica: o sujeito contemporâneo é definido como um proprietário de senhas conhecidas por ele – e que outras pessoas não conhecem. O sujeito contemporâneo é, basicamente, o guardião de um segredo. Num certo sentido, essa é uma definição muito tradicional do sujeito: durante muito tempo, definiu-se o sujeito como quem sabia uma coisa sobre si que só Deus sabia, uma coisa que as outras pessoas não podiam saber porque estavam ontologicamente impedidas de "ler os pensamentos alheios". Hoje, porém, ser sujeito tem menos a ver com proteção ontológica e mais a ver com segredos protegidos por meio de técnicas. A internet é o lugar onde o sujeito se constitui originalmente como sujeito transparente, observável – e só depois começa a ser protegido por meio de técnicas a fim de esconder o segredo revelado primeiro. Contudo, toda proteção técnica pode ser violada. Hoje, o *hermeneutiker* tornou-se um *hacker*. A internet contemporânea é um lugar de guerras cibernéticas nas quais o prêmio é o segredo. E conhecer o segredo é

controlar o sujeito constituído por esse segredo – e as guerras cibernéticas são as guerras dessa subjetivização e dessubjetivização. No entanto, essas guerras só podem ocorrer porque a internet é, em sua origem, o lugar da transparência...

Os resultados da vigilância são vendidos pelas empresas que controlam a internet, porque a elas pertencem os meios de produção, a base técnico-material. Não se deve esquecer que a internet é de propriedade privada. E seu lucro provém sobretudo da publicidade direcionada. Isso leva a um fenômeno interessante: a monetização da hermenêutica. A hermenêutica clássica, que procurava o autor por trás da obra, foi criticada pelos teóricos do estruturalismo, do *close reading* e de outros movimentos, para os quais não fazia sentido perseguir segredos ontológicos, inacessíveis por definição. Hoje, essa hermenêutica antiga e tradicional renasceu como meio de explorar economicamente sujeitos que operam na internet, onde se supõe que todos os segredos são revelados. Aqui, o sujeito não está mais escondido atrás de sua obra. A mais-valia que esse sujeito produz, apropriada pelas empresas de internet, é o valor hermenêutico: o sujeito não só faz alguma coisa na rede, como também se revela como ser humano com certos interesses, desejos e necessidades. A monetização da hermenêutica clássica é um dos processos mais interessantes surgidos nas últimas décadas. O artista interessa não como produtor, mas como consumidor. A produção artística por parte de um provedor de conteúdo é apenas um meio de antecipar o futuro comportamento de consumo desse provedor de conteúdo – e só essa antecipação é relevante aqui, pois ela gera lucro.[2]

Nesse ponto, porém, surge a seguinte pergunta: quem é o espectador na internet? O ser humano, individualmente, não pode ser esse espectador. Mas a internet não precisa de Deus como seu espectador – ela é grande, porém finita. Na verdade, nós sabemos quem é o espectador na internet: é o algoritmo – como os algoritmos usados pelo Google e pela Agência Nacional de Segurança (NSA).

Permitam-me agora retornar à pergunta inicial relativa à verdade da arte – compreendida como uma demonstração das possibilidades e limitações das ações do indivíduo no mundo. Já discuti as estratégias artísticas destinadas a influenciar o mundo: por persuasão ou por acomodação. Essas duas estratégias pressupõem aquilo que pode ser chamado de excesso de visão por parte do artista – em comparação com

[2] Boris Groys, "Art Workers: Between Utopia and the Archive", *e-flux journal* 45, maio de 2013 (www.e-flux.com/journal/45/60134/art-workers-between-utopia-and-the-archive).

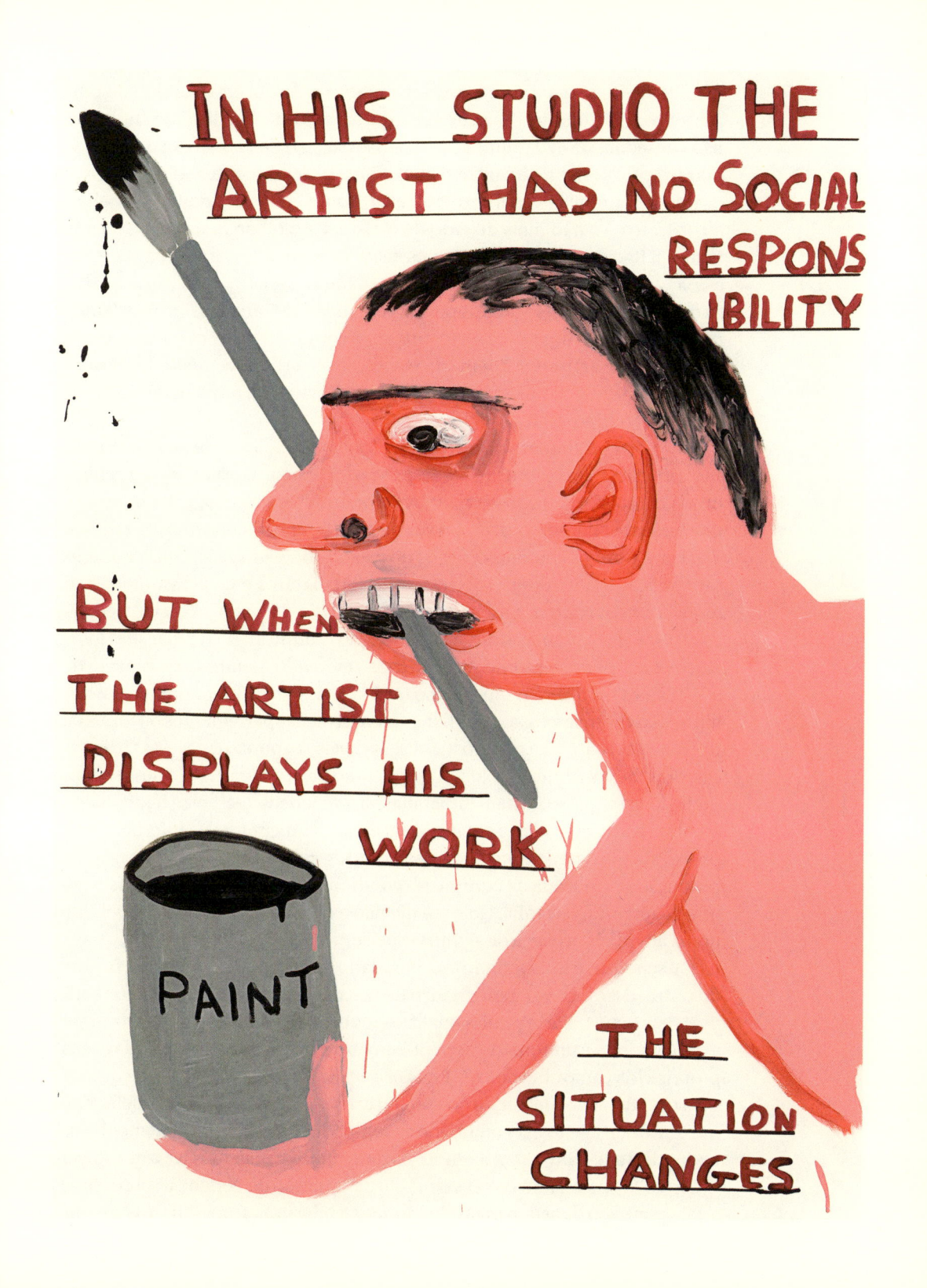

IN HIS STUDIO THE ARTIST HAS NO SOCIAL RESPONSIBILITY BUT WHEN THE ARTIST DISPLAYS HIS WORK THE SITUATION CHANGES

o horizonte de seu público. Tradicionalmente, o artista era considerado uma pessoa extraordinária, capaz de ver o que as pessoas "médias" ou "normais" não conseguiam ver. Supunha-se que esse excesso de visão fosse passado ao público pelo poder da imagem ou pela força da mudança tecnológica. Entretanto, nas condições da internet, o excesso de visão está do lado do olhar algorítmico – e não mais do lado do artista. Esse olhar vê o artista, mas se mantém invisível para ele (ao menos na medida em que o artista não comece a criar algoritmos – o que mudará a atividade artística, uma vez que os algoritmos são invisíveis –, mas apenas visibilidade). Talvez os artistas ainda possam ver mais do que os seres humanos comuns, mas veem menos que o algoritmo. Os artistas perdem sua posição extraordinária, mas essa perda é compensada: em vez de ser extraordinário, o artista se torna paradigmático, exemplar, representativo.

De fato, o surgimento da internet levou a uma explosão de produção artística em massa. Nas últimas décadas, a prática artística tornou-se tão generalizada como só a religião e a política já foram. Vivemos hoje num tempo de produção massificada de arte, em vez de num tempo de consumo massificado de arte. Os meios contemporâneos de produção de imagens, como câmeras fotográficas e filmadoras, são relativamente baratos e de acesso universal. As plataformas contemporâneas na internet e as redes sociais, como Facebook, YouTube e Instagram, permitem a pessoas do mundo inteiro tornar suas fotos, vídeos e textos universalmente acessíveis – evitando o controle e a censura de instituições tradicionais. Ao mesmo tempo, o design contemporâneo possibilita a essas mesmas pessoas moldar e vivenciar seus apartamentos ou locais de trabalho como instalações artísticas. E as dietas, a aptidão física e as cirurgias estéticas lhes permitem moldar o corpo como objetos de arte. Em nossa época, quase todas as pessoas tiram fotografias, fazem vídeos, escrevem textos, documentam suas atividades, e depois põem essa documentação na internet. Se no passado falávamos de consumo massificado de cultura, hoje temos de falar de produção massificada de cultura. Na condição da modernidade, o artista era uma figura rara, estranha. Hoje em dia não existe quem não esteja envolvido numa atividade artística de alguma espécie.

Ou seja, quase todo mundo está enredado num complexo jogo com o olhar do outro. Esse jogo é paradigmático de nossa época, mas ainda não conhecemos suas regras. A arte profissional, no entanto, tem uma longa história nesse jogo. Os poetas e pintores do período romântico já tinham começado a ver sua própria vida como obra de arte. Em *A origem da tragédia*, Nietzsche diz que ser uma obra de arte é melhor do que ser um artista. (Tornar-se objeto é melhor do que se tornar sujeito – ser admirado é melhor do que admirar.) Podemos ler os textos de Baudelaire sobre a estratégia da sedução e podemos ler o que Roger Caillois e Jacques Lacan escreveram sobre a imitação do perigo ou sobre como atrair, por meio da arte, o mau-olhado alheio para uma armadilha. É claro que alguém poderá dizer que o algoritmo não pode ser seduzido ou aterrorizado. Entretanto, não é isso que está de fato em jogo aqui.

A atividade artística é normalmente entendida como individual e pessoal. Mas o que significam, de verdade, os termos individual e pessoal? Em termos corriqueiros, individual é compreendido como aquilo que é diferente dos outros. (Numa sociedade totalitária, todos são iguais. Numa sociedade democrática, pluralista, cada pessoa é diferente – e respeitada como tal.) Contudo, a questão aqui é menos a diferença de uma pessoa em relação às outras, e sim a diferença dessa pessoa em relação a si mesma – a recusa de ser identificada de acordo com os critérios gerais de identificação. Com efeito, os parâmetros que definem nossa identidade nominal, socialmente codificada, nada têm a ver conosco. Não escolhemos nosso nome, não estivemos presentes de forma consciente na data e no local de nosso nascimento, não escolhemos nossos pais, nossa nacionalidade e assim por diante. Nenhum desses parâmetros externos de nossa personalidade se correlaciona com qualquer evidência subjetiva que possamos ter. Eles apenas indicam como as outras pessoas nos veem.

Já há muito tempo os artistas modernos revoltaram-se contra uma identidade imposta por outros – pela sociedade, pelo Estado, pelas escolas, pelos pais. Afirmaram o direito a uma autoidentificação soberana. Desafiaram as expectativas relacionadas ao papel social da arte, à atividade artística profissional e à qualidade estética. Mas também contestaram a identidade nacional e cultural que lhes era atribuída. A arte moderna se via como uma busca do "eu verdadeiro". O que se questiona aqui não é se o eu verdadeiro é real ou mera ficção metafísica. A questão da identidade não é uma questão de verdade, e sim uma questão de poder: quem tem poder sobre minha própria identidade: eu ou a sociedade? E, de modo mais geral: quem exerce o controle e a soberania sobre a taxonomia social, os mecanismos sociais de identificação – as instituições do Estado – ou eu? A luta contra minha persona pública e minha identidade nominal em nome de minha persona soberana ou identidade soberana tem também uma dimensão política, pública, porque é dirigida contra os mecanismos dominantes de identificação – a taxonomia social dominante, com todas as suas divisões e hierarquias. Mais tarde, a maior parte desses artistas pôs de lado a busca do eu verdadeiro, oculto. Em vez disso, começaram a usar a identidade nominal como um *ready-made* – e a organizar um jogo complicado com ela. Entretanto, essa estratégia ainda pressupõe uma desidentificação em relação a identidades nominais, codificadas socialmente – com a meta de reapropriá-las, transformá-las e manipulá-las. A política da arte moderna e contemporânea é a política da não identidade. A arte diz a seu espectador: eu não sou o que você pensa que eu sou (em nítido contraste com "eu sou o que sou"). O desejo de não identidade é, na realidade, um desejo genuinamente humano – os animais aceitam sua identidade, mas os animais humanos, não. É nesse sentido que podemos falar da função paradigmática, representativa, da arte e do artista.

IS THIS OK ?

O sistema do museu tradicional é ambivalente em relação ao desejo de não identidade. Por um lado, o museu oferece ao artista uma chance de transcender seu próprio tempo, com todas as suas taxonomias e identidades nominais. O museu promete levar ao futuro o trabalho do artista. No entanto, o museu trai sua promessa ao mesmo tempo em que a cumpre. O trabalho do artista é levado ao futuro – mas a identidade nominal do artista é reimposta à sua obra. Ainda lemos no catálogo do museu o nome do artista, sua nacionalidade, a data e o local de seu nascimento etc. (Foi por isso que a arte moderna quis destruir o museu.)

Permitam-me concluir dizendo uma coisa boa a respeito da internet. Ela é organizada de uma forma menos historicista que as bibliotecas e os museus tradicionais. O aspecto mais interessante da internet como arquivo é precisamente a possibilidade de descontextualização e recontextualização por meio das operações de cortar e colar. Hoje, estamos mais interessados no desejo de não identidade que afasta os artistas de seus contextos históricos do que nesses próprios contextos. E parece-me que a internet nos oferece mais possibilidades de acompanhar e compreender as estratégias artísticas da não identidade que os arquivos e as instituições tradicionais.

Boris Groys (1947) é crítico de arte, teórico dos meios de comunicação e filósofo. Dá aulas de estudos russos e eslavos na Universidade de Nova York e na Universidade de Artes e Design em Karlsruhe, na Alemanha. É autor de *Arte poder* (Editora UFMG, 2015) e *Introdução à antifilosofia* (Edipro, 2013). Em português, Groys pode ser lido ainda nas edições #9 ("O universalismo fraco") e #20 ("P de privatização") da **serrote**. Este ensaio foi publicado originalmente em março de 2016 na *e-flux*, revista da qual é colaborador regular.
Tradução de **Donaldson M. Garschagen**

David Shrigley (1968) vive e trabalha em Glasgow. Sua obra inclui pintura, escultura, animações, vídeos e os célebres desenhos, ostensivamente simplificados e irônicos, como os aqui reunidos.

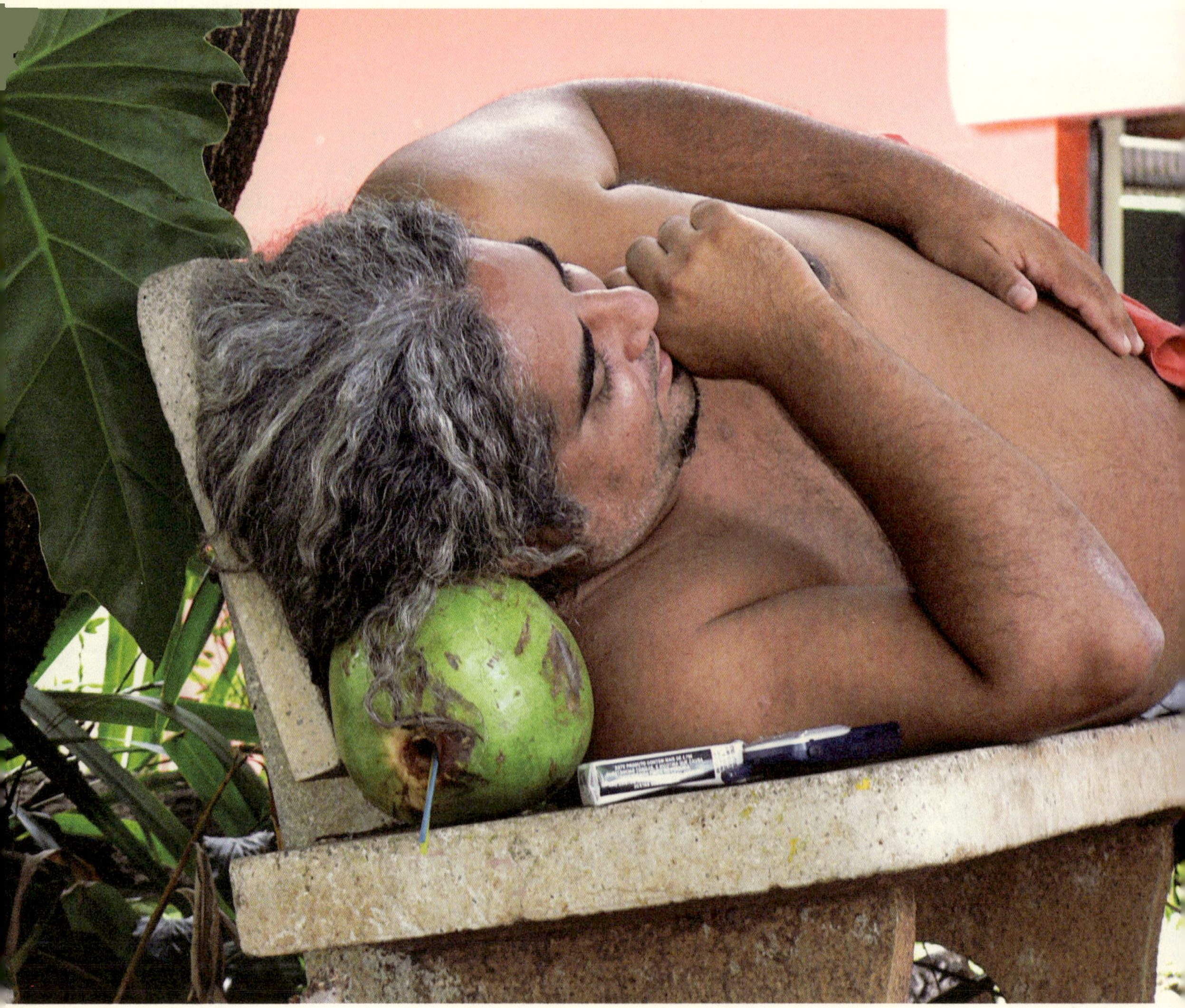

A gambiarra como destino

Pedro Meira Monteiro

A precariedade estrutural do Brasil é freio e motor para artistas que, de Hélio Oiticica a Daniela Thomas, partem menos da idealização do que de uma matéria caótica atravessada por acertos de conta e convulsionada pelos mais diversos agentes políticos

I. O ARRASTÃO DO CONCRETO

Em 2016, em meio à crise geral e ao processo de impeachment de Dilma Rousseff, a codiretora artística do espetáculo de abertura da Olimpíada do Rio de Janeiro, Daniela Thomas, surpreendeu a imprensa ao dizer que, diante dos cortes orçamentários, a equipe de produção se sentia talvez até mais forte, porque se entregaria à improvisação com o pouco que tinha. Ela então lançou mão de uma palavra curiosa, de "origem obscura", segundo os dicionários: *gambiarra*. Sucintamente, a gambiarra é um recurso criativo para um problema, mas pode ser também uma extensão elétrica puxada fraudulentamente de um poste público – o célebre "gato". É, em suma, o espaço que se estabelece entre a ordem e a desordem, entre a contenção e a soltura diante do peso da norma. Como disse então Daniela Thomas: "Gambiarra *rocks*".

A frase ecoa as mais luxuriantes fantasias tropicalistas. Mas antes de esboçar um sorriso cúmplice ou de franzir o sobrecenho – gestos comuns diante das investidas tropicalistas –, convém qualificar o termo: o que quer dizer "tropicalista"?

Cao Guimarães
Imagens da série *Gambiarras*
Cortesia do artista

Há uma espécie de pecado original na interpretação que às vezes se faz do tropicalismo, e que está na visão unidimensional que detecta, na grande vertente da contracultura brasileira, apenas o elogio ao aspecto festivo da sociedade e da cultura forjadas no Brasil. É plausível supor que a máquina tropicalista de símbolos esteve ligada durante a cerimônia de abertura da Olimpíada de 2016, que bem se poderia considerar um produto tardio do tempo de Juca Ferreira à frente do Ministério da Cultura de Dilma Rousseff. Mas seria incorreto dizer que a abertura olímpica se reduziu à comemoração da aventura civilizatória marcada pelo encontro entre europeus, indígenas e, logo depois, africanos, em solo que seria chamado de brasileiro. Ao contrário da visão apologética, o horror e a beleza caminharam juntos, diante de bilhões de espectadores, na noite de abertura da Olimpíada do Rio.

Para os que assistiram à cerimônia na televisão brasileira, terá sido engraçado ouvir Galvão Bueno, o locutor oficial da TV Globo, em franca contradição com o que se via na tela. No momento em que uma tocante representação da escravidão ocupava o gramado do Maracanã, com os escravos caminhando com pesos de ferro atados aos pés sob a batida insistente dos tambores, o locutor global fazia o elogio do encontro incruento nos trópicos ("a diversidade, a característica de nosso povo"). Mas havia também funk, rap, bossa nova, pagode, Gisele Bündchen, Niemeyer, Elza Soares, Karol Conka, Caetano, Gil e Anitta cantando Ary Barroso, bailarinos, acrobatas e atletas desfilando por pistas iluminadas, cidades e morros virtuais. Em suma, todos os elementos da grande narrativa civilizacional nos trópicos estavam lá, para quem os quisesse ver: a fusão dos elementos ao lado da manutenção das diferenças, a violência incontornável casada à criatividade e o paradoxo de uma civilização construída sobre a herança escravista, tudo envolto por uma música capaz de sussurrar que a terra recém-vista era, como pensaram talvez os primeiros europeus, uma mistura de paraíso e de inferno.

O elogio da gambiarra pode ser tão maravilhoso quanto perverso, a depender do contexto e da gambiarra em questão. Evidentemente, Daniela Thomas não estava elogiando aquilo que viria a ser a lambança financeira e administrativa, nem as propinas que levaram mais tarde à prisão de Carlos Arthur Nuzman, então presidente do Comitê Olímpico Brasileiro (COB). Na noite de abertura dos Jogos Olímpicos, tudo era festa no interior do estádio, enquanto a sociedade fervia, do lado de fora. Não deixa de ser irônico que Nuzman tenha aberto a cerimônia com um verso de Gilberto Gil: *"The best place in the world is here and now"* (O melhor lugar do mundo é aqui e agora). Mas sabemos que após o paraíso viria o inferno. Ou melhor, que o paraíso esconde o inferno, desde sempre.

Para além da discussão de padrões civilizatórios, ou da contenção moral e ética que um mundo resistente à corrupção exigiria de todos nós, desponta a questão da composição dos materiais. Que o melhor lugar do mundo possa ser experimentado aqui e agora não é a realização de uma profecia ingênua, e sim o reconhecimento da potencial alegria da recomposição cotidiana do mundo,

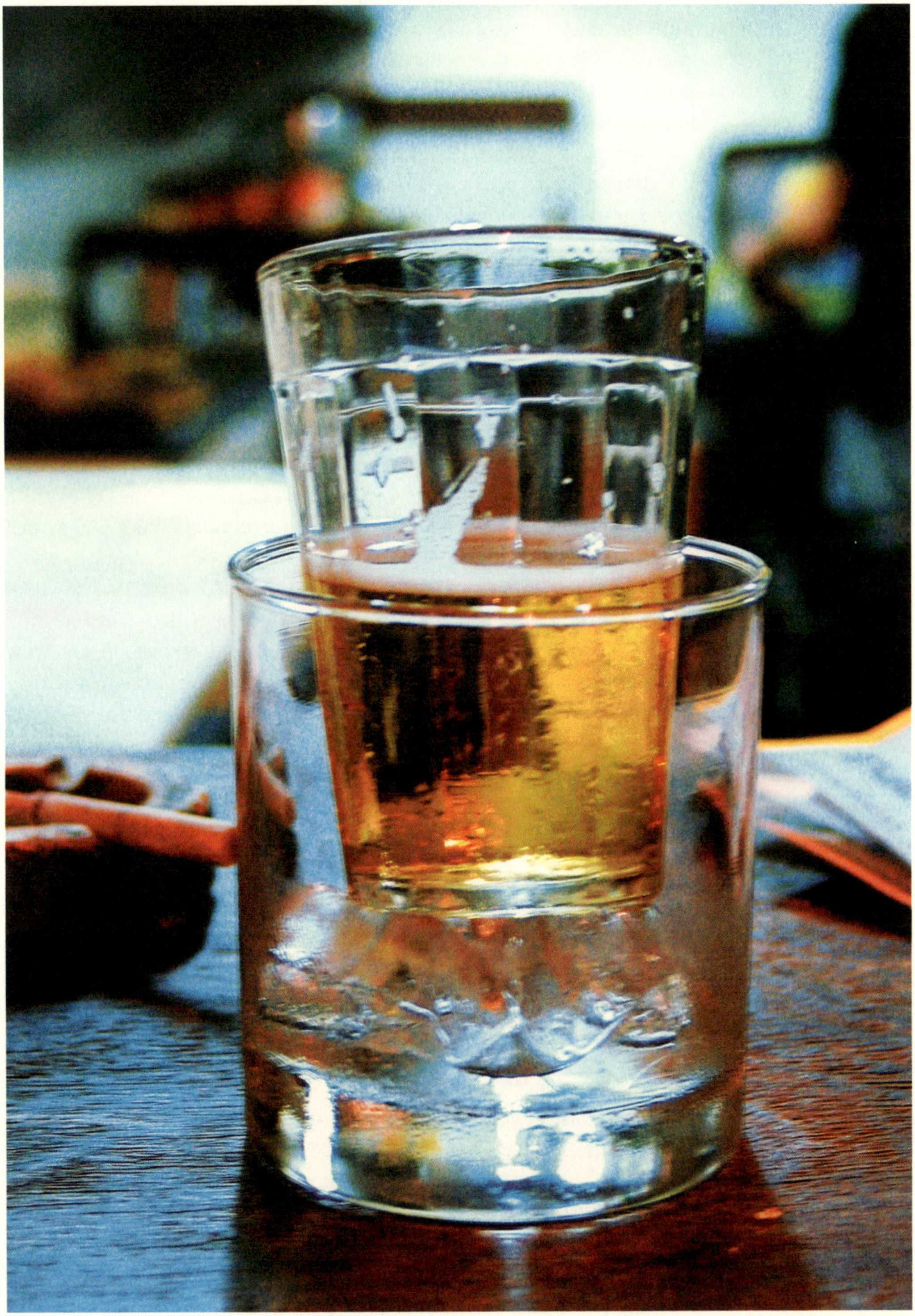

sempre que nos entregamos à criação e à invenção com o que se tem à mão, e não com aquilo que falta. Sempre que nos inserimos no mundo com o que temos.

O comentário de Daniela Thomas foi recebido com surpresa e alguma crítica, mas ficou um pouco apagado, talvez especialmente nos últimos tempos, quando a corrupção mostrou de vez a sua carantonha, e a performance empolgante nos deixou com a sensação de que, no fim das contas, o horror sempre grassa sob a graça do espetáculo. Mas, a despeito da decepção profunda com o quadro político, o que pouca gente percebeu, à época, é que a diretora revisitava os princípios composicionais que têm a *objetividade* como norte e o *concreto* como uma espécie de destino, assim como postulou Hélio Oiticica.

O arco que liga as discussões e a obra de Hélio Oiticica aos impasses enfrentados hoje por Daniela Thomas é largo. Sob esse arco estão problemas imensos, todos prementes: como, a partir da precariedade, repensar a inclusão social, como enfrentar a tensão entre as diferenças, como sustentar o desejo de indiferenciação, como disciplinar a vontade de meter a mão na massa do mundo, como entender a precariedade da forma e, é claro, a forma da precariedade. A pergunta, ao fim do dia, é cristalina: o que fazer com aquilo que temos à mão? Mas a questão se desdobra em outras, bem mais complicadas: o que pode a cultura, com isso que temos? Mas quem tem o quê? Quem mexe com o quê, quem fala e de onde?

As reações a outra obra recente de Daniela Thomas, o filme *Vazante*, que tem a escravidão, o desejo feminino e o poder masculino em seu centro, mostram que as obras de arte carregam consigo o tempo em que vivem, numa espécie de grande arrastão dos temas que pulsam por aí e que são trazidos para o debate com toda a força, muitas vezes a despeito do que planejou o artista. Queiram ou não, elas mostram o que está acontecendo, como se levassem de roldão toda a matéria à sua volta, no mais confuso dos turbilhões. Já uma noção limpinha da arte nos faria imaginar que, uma vez composta, a obra se isola do restante do mundo, pronta para a parede do museu.

Vazante tem recebido críticas de todos os lados. Para uns, a luxuosa montagem e a cenografia deslumbrante, que tanto deve à iconografia do século 19, terminariam por estetizar a escravidão. Para outros, faltaria protagonismo negro na história. Para outros ainda, o filme seria uma corajosa posta em cena do passado escravista que assola o país, mas teria o grande defeito de ter sido produzido por uma equipe majoritariamente branca. Talvez algumas dessas críticas se guiem, conscientemente ou não, pela expectativa de que uma obra de arte como *Vazante* deveria ou poderia servir como peça numa grande reparação histórica. Seja qual for a função do filme no debate contemporâneo, ele indica a precariedade num outro nível, desta vez muito mais profundo. Trata-se da precariedade que existe no plano social e político, sempre que a violência impera, arriscando bloquear toda e qualquer inventividade.

Em sinuosa digressão na edição dos 20 anos de *Verdade tropical*, Caetano Veloso, logo antes de explicitar sua inclinação mais recente à esquerda, fala com suspeita da tendência de se desvalorizar o Brasil por ser fruto da colonização lusitana. Segundo ele, ao recuar diante da suposta complicação da língua portuguesa, correríamos o risco de nos furtar à tarefa de preservar nossas invenções mais valiosas, conquistadas na tortuosa negociação com as leis da gramática e a mecânica dos sons. Ao declarar que tudo é difícil neste país (afinal, para que gastar energia com uma amaldiçoada origem colonial portuguesa?), o risco seria de simplesmente desistirmos de "experimentar e inventar", como se uma preguiça inaugural nos perseguisse.[1] Em suma, alguma voz profunda insiste em nos convencer de que não vale a pena mexer com a porcaria que somos.

[1] Caetano Veloso, *Verdade tropical*. São Paulo: Companhia das Letras, 2017, p. 15.

O atual sentimento de dissolução e de crise nos obriga a revisitar os marcos com que se tem pensado a inclusão e a exclusão, o passado e o futuro, quem faz e quem não faz parte das narrativas que contam a história, ou as histórias, do Brasil. O tropicalismo continua sendo uma peça importante no jogo das matrizes que tentam explicar o país. Sua força vem de um impulso original que enseja formas artísticas e narrativas profundamente inclusivas. Através dessas formas, as diferenças não se diluem jamais numa síntese, nem se apagam. O artista, em suma, não cede ao canto das sereias da resolução histórica e do bom rumo que deveríamos inelutavelmente tomar. Ao contrário, o conflito segue como que intocado, trágico e desassistido de qualquer solução ou remédio. Quanto mais alto o grito e maior o descontentamento, mais potente pode ser a produção cultural.

A ideia de que a experimentação e a invenção dependem do tamanho do enrosco que encaramos é atualíssima, e não apenas porque o Brasil está diante de um dos maiores enroscos de sua história. A questão é que a impossibilidade de planejar, sempre que se tem diante de si uma matéria imprestável ou incontrolável, pode estar na origem, uma vez ainda, da mais insuspeitada das potências: aquela que se encontra na precariedade do que se apresenta à imaginação e à ação da arte, seja ela produzida por quem for.

II. CULTURA E CONTAMINAÇÃO

Sem que fosse sua intenção original, Hélio Oiticica foi responsável por dar um nome à contracultura no Brasil. Como se sabe, a palavra "tropicalismo" ganharia as ruas a partir de 1968,

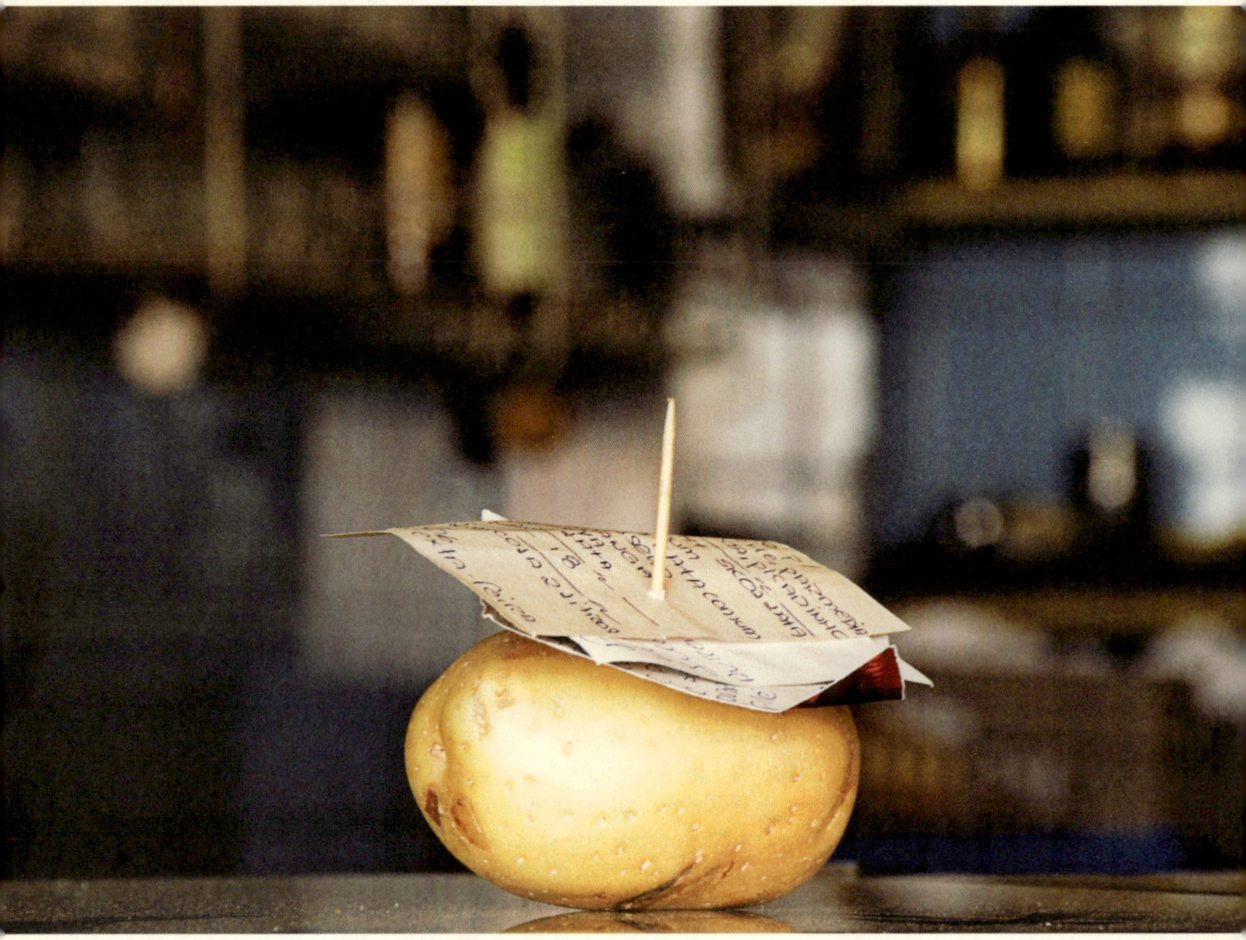

num feliz encontro entre a estética aberta ao pop de Caetano e Gil (entre vários outros) e uma instalação intitulada *Tropicália*, datada do ano anterior. Não me detenho sobre a instalação de Oiticica, que pode ser visitada nos museus. Gostaria apenas de relatar algo que me aconteceu há 12 anos, quando vi e experimentei *Tropicália* pela primeira vez, na exibição *Tropicália: A Revolution in Brazilian Culture*, no Bronx Museum of the Arts.

Em 2006, tratava-se de um Bronx já muito diferente daquele do início dos anos 1970 em que Oiticica gostava de passear com sua amiga, a fotógrafa francesa Martine Barrat, e que ganhou então o apelido de Korea, como zona conflagrada que era. Deixo, entretanto, que a memória me leve de volta ao Bronx dos anos 2000, asseado e palatável para o gosto dos que, como eu, vinham de Manhattan prestigiar o museu.

Mal contendo a emoção, sentei-me para tirar os sapatos e entrar reverentemente em *Tropicália*, pisando a areia fofa que me levaria por espaços estranhos e familiares, naquela que é uma figuração entre alegórica e onírica dos trópicos. Ao meu lado, sentada no mesmo banco, uma família formada por um homem, uma mulher e duas crianças seguia as instruções, tirando os sapatos antes de entrar na instalação. Ela era brasileira, e ele, aparentemente, norte-americano. Nela, sentia-se uma curiosidade entre entusiasmada e embaraçada. Já ele olhava intrigado para o chão de areia da instalação, parecendo indeciso ao descalçar as crianças. A pergunta que então fez cortou, brutal, o silêncio e a luz pálida da sala, de que éramos os únicos ocupantes: "*What about the germs?*"

Além da crença profunda no poder dos germes, que talvez diga muito de um modelo civilizacional, havia ali, tingida pelo humor involuntário, a explicitação de um dilema: como adentrar o experimento e, ao mesmo tempo, deixar para trás o temor do contato e da contaminação? De onde provinha o medo dos poderes invisíveis, talvez letais, daquele lugar? Mas o que podia haver de letal naqueles trópicos artificiais (ou *paraísos artificiais*) não seria imediatamente atenuado pela conformação convencional do espaço museológico? Pensando na reação "civilizada" diante da sujeira invisível, lembro-me das reflexões de Barbara Browning sobre as metáforas do contágio e o "espalhamento" da cultura africana nos discursos originais sobre a Aids,[2] que Oiticica teria enfrentado como grande fantasma de sua geração, não tivesse morrido prematuramente, em 1980.

---

2. Refiro-me aqui ao livro de Barbara Browning, *Infectious Rhythm: Metaphors of Contagion and the Spread of African Culture*. Nova York: Routledge, 1998. A metáfora do contágio permite à autora refletir sobre a associação, comum nos anos 1990, entre Aids e práticas culturais da diáspora africana, analisadas por ela a partir da resistência e do temor diante daquilo que "contagia".

Considerando o temor disparado por germes tão poderosos, haveria então, no círculo mágico da instalação de Oiticica, uma "verdade" a ser revelada exatamente àqueles que mais temem a sujeira? No plano do desejo, isto é, das oscilações do sujeito diante da perdição e da contenção, *Tropicália* não oferece, justamente, uma visão súbita do paraíso colado ao inferno?

Não ouso ensaiar respostas a essas perguntas. Mesmo assim, a indagação do norte-americano ressoou umas tantas vezes na minha memória, enquanto eu visitava *Tropicália* pela segunda vez, em 2017, agora no Whitney Museum, durante a exposição *Hélio Oiticica: To Organize Delirium*, em Nova York.

Mas tudo parecia diferente dessa vez. Eu era um convidado do museu e participava da instalação de Arto Lindsay que dialogava com a exibição de Oiticica. Ao passear com Arto pelas redondezas, era engraçado escutá-lo, envolto em suas memórias sobre aquele espaço e sua configuração nos anos 1970. A verdade é que ele mal podia conter o mau humor diante do entorno higienizado do museu, erguido imponentemente entre o rio e o High Line, a ocupar o que um dia fora um fervilhante Meatpacking District, com seu barulhento mercado de carnes à beira do Hudson. O novo prédio do Whitney, desenhado por Renzo Piano, é admirável, assim como suas atividades voltadas para a "comunidade". Mas algo parece ter espantado os germes para longe dali.

Tudo isso andava pela minha cabeça enquanto passeávamos, pensativos, tentando entender o insistente impacto da Tropicália nos dias de hoje.

III. WHITES ONLY

O encontro com aquilo que viria a ser designado Novo Mundo é o início de uma história de cruzamentos quase sempre violentos entre culturas nativas e adventícias, aí incluídos os milhões de africanos levados como escravos nos séculos seguintes, quando o Brasil passaria de sua fase colonial à condição um pouco anômala de Império nas Américas, até que a República chegasse com a promessa da mais moderna das civilizações. No plano vistoso das ideias, bem ao gosto daquilo que já se chamou de "Belle Époque tropical", a civilização que se almejava numa cidade como o Rio de Janeiro era branca e europeia: receita difícil num lugar em que a presença de ex-escravos e seus descendentes era massiva.

Convém entender o dilema dessa civilização que queria ser diferente do que era, para então compreender o que foi, já na década de 1920, a experimentação modernista no Brasil. Nascido em 1937, Hélio Oiticica foi, como tantos de sua geração, uma espécie de neto espiritual dos primeiros modernistas. É preciso entendê-los, e aos seus dilemas, para entender Oiticica.

Na senda do primitivismo internacional das vanguardas, a arte evoluía em linhas cruzadas e às vezes paralelas: enquanto na ponte Paris-Nova York circulava o jazz e despontava Josephine Baker, mais ao sul o dilema imaginário

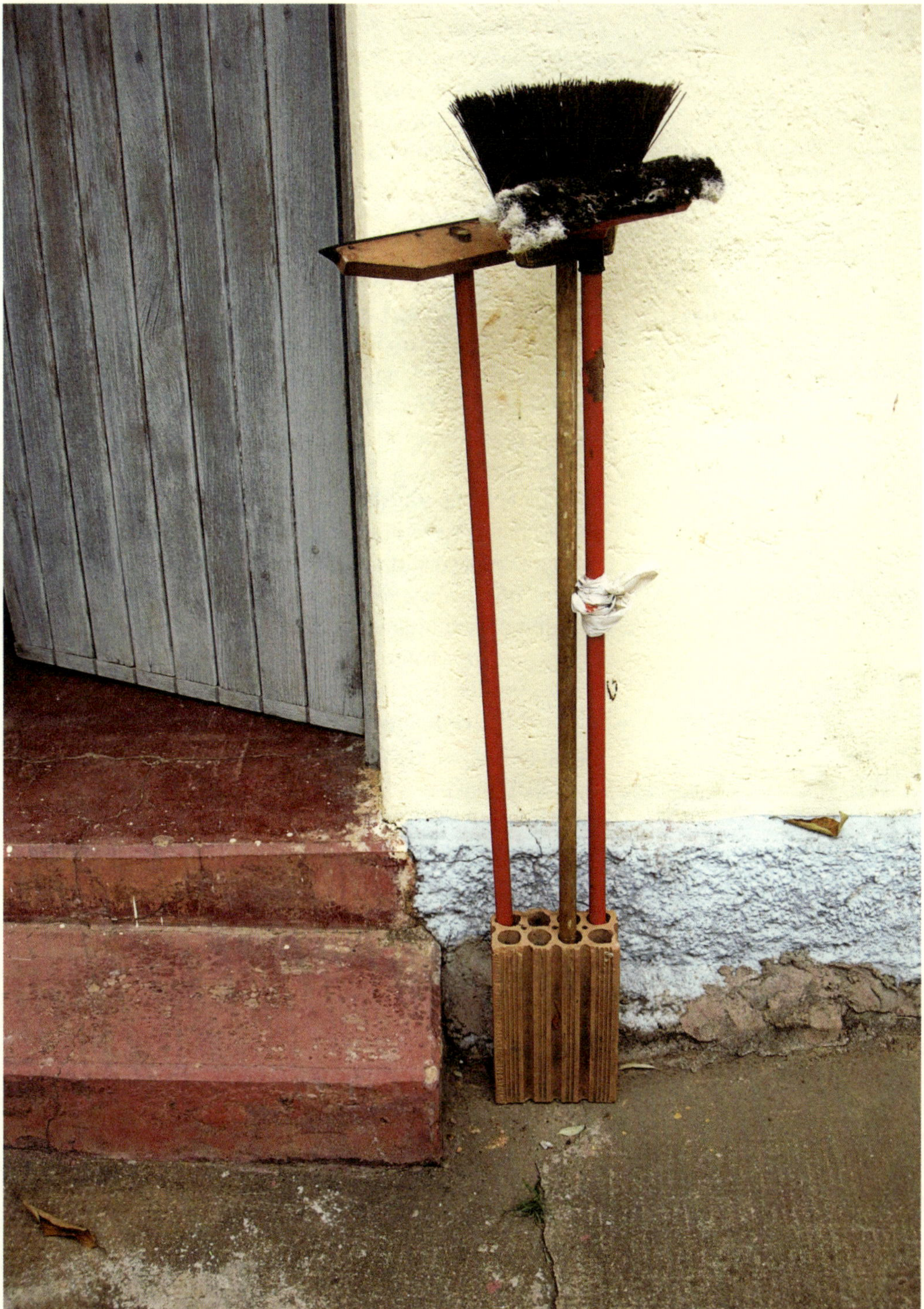

entre civilização e barbárie ganhava tons especiais. Aquilo que a consciência imperialista europeia refugara por tanto tempo – o corpo "selvagem", o grito, a síncopa, os rituais de possessão – se tornava objeto de curiosidade e logo em seguida de frisson entre artistas e intelectuais, em sua maioria brancos.

Se Oiticica foi um desses mediadores culturais capazes de circular por meios que não o seu, foi também descendente daqueles primeiros "modernistas" brasileiros que subiram os morros do Rio de Janeiro atrás da riqueza rítmica, das tonalidades e da experiência das favelas.[3] Interessa notar que as *favelas* viriam a compor o grande clichê com que até hoje se enquadra o Rio de Janeiro: uma cidade espremida entre a beleza da baía de Guanabara e as casinhas pobres encarapitadas nos morros. Se em Nova York era preciso ir ao extremo norte de Manhattan para, no Harlem, sentir o pulso daquilo que o gosto da Belle Époque havia jogado para baixo do tapete, no Rio de Janeiro bastaria subir o morro e descobrir, ou inventar, esse novo espaço figurativo que viria a expressar o Brasil na pintura, no cinema e sobretudo na música.

A diferença fundamental é que, no hemisfério norte, esse encontro se dava como que colado à lógica da segregação. Nos Estados Unidos, o sul do entreguerras era tanto o espaço da invenção do blues quanto o da discriminação institucionalizada que, como temos visto abundantemente, até hoje viceja. Na Europa, nem é preciso lembrar que a alegria fátua do entreguerras foi um suspiro a anteceder a experiência totalitária. Já no Brasil, a obsessão pelo "outro lado" da civilização se dava de maneira talvez ainda mais complexa, porque no país a segregação nunca ganhou as formas claras que teria em outras partes do mundo. Só a um estrangeiro parece inusual que no Brasil o racismo seja vizinho das mais luxuosas fantasias da convivência racial. Em poucas palavras, a proximidade entre brancos e negros existe, sem que a linha que os separa seja sempre claramente visível.

Mas como pode o dilema racial brasileiro ajudar a entender Hélio Oiticica? Digamos que, no Brasil, a placa *Whites Only*, regrando o acesso a um lugar ou instituição, nunca foi exposta como nos Estados Unidos. Ela existe, mas é parcialmente invisível e está operando em outros níveis da consciência, sem necessidade de mostrar-se completamente. Aqui podemos começar a compreender a aposta de Oiticica no *sensório* quando, já nos anos 1960, ele cria seus parangolés, penetráveis e instalações

[3]. Nunca é demais lembrar que, antes que Mário de Andrade ou Oswald de Andrade se encantassem pelo mundo popular, Lima Barreto já circulava por ele, e os cronistas cariocas se debatiam com aquilo que viria a ser uma "descoberta" dos paulistas.

que têm o espectador como participante ativo. Era também o tempo de suas conhecidas incursões pelo morro da Mangueira.

Pode-se supor, em suma, que os parangolés e penetráveis são espaços que embaralham aquilo que não está explícito, criando uma produtiva confusão entre as linhas que demarcam os espaços sociais. Dito de outra forma, são obras não figurativas que, ao exigir a presença dos corpos mais diversos e ao embaralhar os seus lugares de origem, explicitam sub-repticiamente a separação que não está nem dita nem escrita na sociedade. Isso a despeito de qualquer questionamento sobre a equanimidade da relação do artista com seus parceiros na Mangueira.

O fato é que em Oiticica a mistura não é o resultado de uma simples idealização. Ao contrário, ela é a necessidade imperiosa da própria forma artística, que inexiste sem a presença ondulante do corpo. Há aí uma erótica da política, revelada na potência da fusão e da confusão dos corpos. Como se, por meio dos parangolés, se pudesse descobrir o gozo momentâneo da ausência de limites: *folding the frame*, para lembrar o título do livro recente de Irene Small sobre Hélio Oiticica.[4]

[4.] Irene Small, *Hélio Oiticica: Folding the Frame*. Chicago: The University of Chicago Press, 2016.

IV. FORA DA MOLDURA, O MUNDO

Se, por um lado, a história de um país de passado colonial e escravista explica, em boa parte, o desejo de Oiticica por realizar artisticamente a "mistura" e o embaralhamento dos corpos, por outro, seria empobrecedor reduzir sua busca formal à pretensa solução de um problema social. No plano de sua experimentação com o corpóreo, há uma ampla resposta aos desafios artísticos de seu tempo no plano regional ou global.

Antes ainda que o vento da contracultura soprasse nos anos 1960, e antes que a experimentação radical na Nova York dos anos 1970 marcasse a fase final de sua carreira, sabe-se que o jovem Oiticica experimentou com o desenho, inspirando-se largamente em Klee, Malevich e Mondrian. É verdade que, mais maduro, ele frequentemente refutaria sua produção juvenil. Mas sabemos que a negação de seus anos de formação tem a ver com o discurso que os chamados neoconcretistas brasileiros assumiram a partir do final dos anos 1950, imaginando-se fundadores de uma nova sensibilidade artística. Tratava-se do grupo de Ferreira Gullar, Lygia Pape e Lygia Clark, que se entregaram ao exercício geométrico, ao mesmo tempo que procuravam possibilitar ao espectador uma experiência expressiva que jamais prescindiria do corpo. Como sugere Adele Nelson no catálogo da recente exposição de Oiticica no Whitney Museum, para ele, assim como para muitos de sua geração, a liberdade das formas era também a liberdade da imaginação, expressa no traço infantil, que era então revalorizado nos planos artístico e psicológico. Era também o momento em que o ateliê de Nise da Silveira, no Engenho de Dentro, permitia repensar a cura das patologias da mente ao explorar a expressividade dos pacientes, num diálogo amplo que incluía Ivan Serpa e Mário Pedrosa.[5]

Os anos 1950 foram ainda o tempo, para o jovem Oiticica, de um recuo ao sonho das vanguardas clássicas, com a manipulação radical das formas, de maneira a distanciá-las da convenção e dos limites da representação. Tempo em que a pintura engajada de Candido Portinari (cujos belos murais ainda hoje adornam o prédio das Nações Unidas em Manhattan) era colocada em xeque, por conter uma mensagem demasiadamente clara. No lugar da sentimentalidade do discurso propositivo, haveria que buscar os ritmos interiores, como se a arte pudesse fundar um novo espaço, ao invés de retratá-lo. Antes ainda dos experimentos da contracultura e da *body art*, o sensório se tornava cada vez mais relevante, manifestando-se nos materiais empregados, na sua textura, em sua presença real, a ser sentida e não apenas vista ou entendida. A arte nunca dependera tanto da matéria, e ela agora sinalizava, programaticamente, a objetividade e a concretude do mundo.

Mas deixemos a fase de formação de Hélio Oiticica para trás. Em sua reflexão sobre a Tropicália e o próprio Oiticica, Guilherme Wisnik discutiu as famosas incursões do artista pela Mangueira, onde, entre outras buscas, ele foi aprender a dançar samba.[6] Afora o clichê que permitiria identificar aí o sabor tropical da dança exótica, há algo profundo em seu compromisso com a dança. Eram os anos 1960, quando a leitura sedenta de Nietzsche ajudava a explodir a metafísica, evocando as potências demoníacas do corpo, num exorcismo que fazia da experimentação de todas as sensações possíveis o foco existencial de uma geração inteira. Seria também, em 1964, o momento em que o Brasil passaria dos anos de democracia e experimentação social à condição de ditadura, apoiada pelo governo dos Estados Unidos, no contexto da Guerra Fria. Num momento de repressão em tantos níveis, a arte já não

[5]. Adele Nelson, "There Is No Repetition: Hélio Oiticica's Early Practice", *in Hélio Oiticica: To Organize Delirium*. Munique/Londres/Nova York: Prestel, 2016, pp. 43-56.

[6]. Guilherme Wisnik, "*Tropicália/Tropicalismo*: The Power of Multiplicity", *in Hélio Oiticica: To Organize Delirium, op. cit.*, pp. 57-68.

podia se sustentar fora de seu âmbito propriamente experimental. O inacabado recuperava sua potência, o espectador era questionado em sua posição passiva, e o museu se tornava um espaço considerado chato e obsoleto. É bem conhecido o episódio em que Oiticica leva os amigos da Mangueira, vestidos com seus parangolés, a uma exposição no Museu de Arte Moderna do Rio e eles são barrados pelos seguranças.

Expulsa do museu, a arte se libera, entregue ao mundo, livre da moldura que quer prendê-la.

V. AS LINDEZAS DA MATÉRIA: O BASEADO E A LUNETA

Façamos agora um pequeno giro, que nos levará dessa aposta no concreto, que começa a se articular no pós-guerra, até uma questão muito relevante para Oiticica e sua geração, e que diz bastante sobre as condições da produção cultural no Brasil, até hoje.

Ainda segundo Guilherme Wisnik, as experiências de Oiticica na Mangueira, começando em 1964, alteraram sua visão de mundo, aprofundando "o sentido corporal dos seus trabalhos", levando-o "a questionar a idealidade geométrica formal em favor de uma materialidade precária e indeterminada, que se espelha na arquitetura orgânica das favelas e na trama improvisadamente labiríntica de suas vielas e 'quebradas'".[7]

A arquitetura urbana da favela obedeceria a uma organicidade que não é simples resistência ao traçado retilíneo do plano modernista. Ninguém planejou as favelas com suas vielas, curvas improváveis, cantos e esconderijos. Digamos que, com as favelas do Rio de Janeiro, Jane Jacobs enfrenta Robert Moses num ringue tropical, e Jacobs, é claro, sai vitoriosa, com seu elogio do espaço público em seu desenrolar mais ou menos espontâneo. Mais do que a idealização do espaço cheio de problemas reais que é uma favela, haveria nela uma lógica espacial e sensória a ser observada, sentida e replicada. Lógica elaborada, insista-se, a partir de uma materialidade *improvisada, labiríntica, indeterminada* e *precária*.[8]

Aqui, acredito termos chegado a um ponto em que o princípio composicional da arte de Oiticica tem algo a revelar sobre a história mais recente do Brasil, e talvez possa dizer algo profundo sobre a história daquelas populações que, por todo o globo, enfrentam a precariedade e fazem dela um modo de

7. Ibidem.

8. Foi o que permitiu a Bruno Carvalho imaginar, quando o Rio de Janeiro ainda vivia a euforia de uma economia que se expandira consideravelmente na década anterior, que as favelas seriam, afinal, uma alternativa aos subúrbios de estilo norte-americano como a Barra da Tijuca. Bruno Carvalho, "A favela e sua hora", *piauí*. Rio de Janeiro, n. 67, abr. 2012, pp. 38-42.

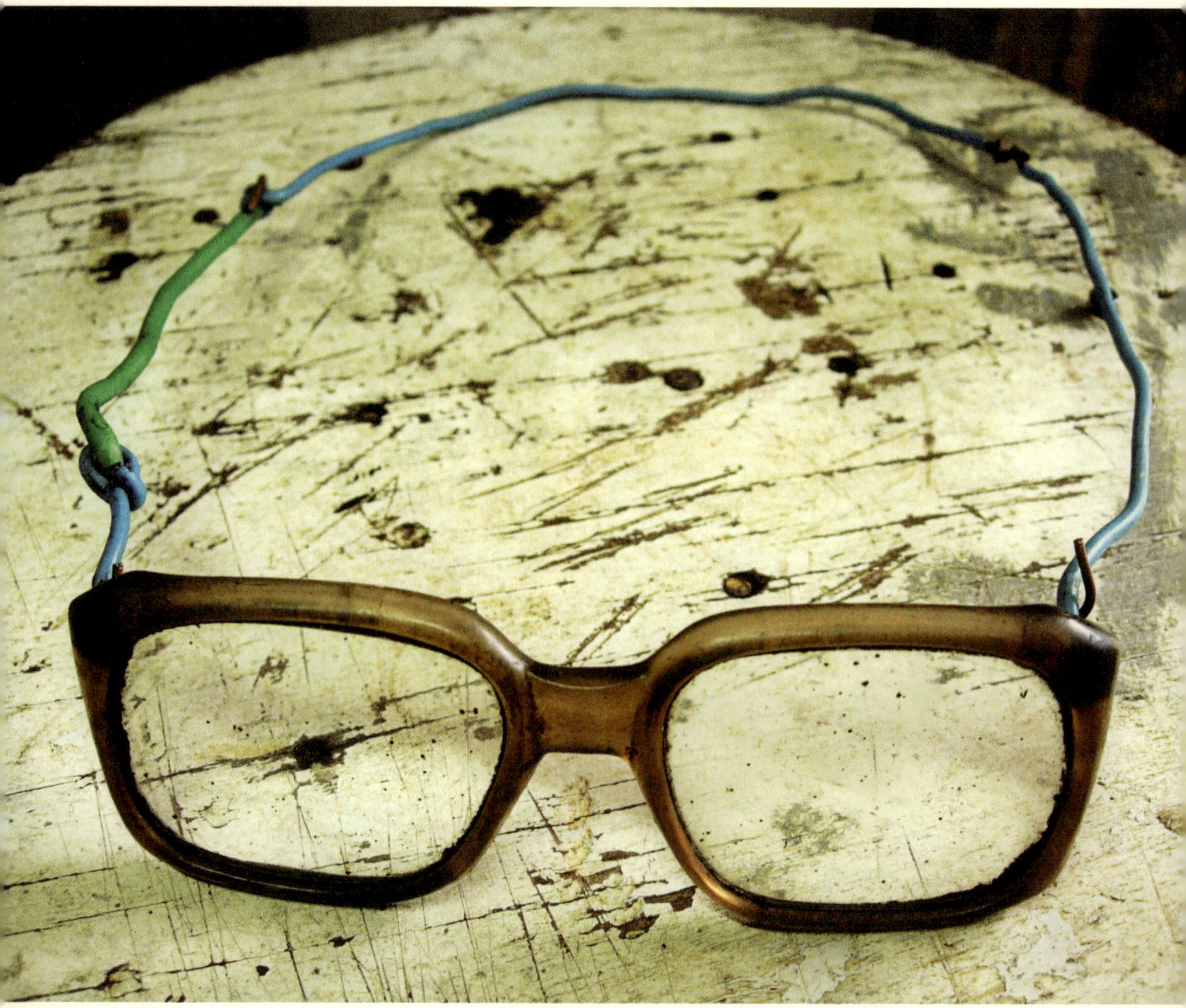

vida, que pode ser também uma estética. A questão é que a ausência do planejamento férreo, bem como a inexistência de um controle rígido (sobre o espaço e o corpo, sobre a cidade e os cidadãos), não leva necessariamente à falência civilizacional. A precariedade pode não ser um déficit; ela talvez seja uma vantagem. Mas como crescer e governar sem planejar?

Sem fugir totalmente à pergunta, ressalte-se que o segredo da precariedade está na capacidade que ela tem de revelar a potência da invenção, indicando a riqueza inesgotável da matéria. No filme *H.O.* (1979), de Ivan Cardoso, Oiticica declara, já de volta ao Brasil: "Eu passo a me conhecer através do que eu faço, porque na realidade eu não sei o que eu sou. Se é invenção eu não posso saber. Se eu já soubesse o que seriam essas coisas elas não seriam mais invenção. Se elas são invenção, a existência delas é que possibilita a concreção da invenção."

O aparente caráter pleonástico dessas observações merece ser desdobrado. O conhecimento somente se dá no ato de ser, de existir. Não há conhecimento anterior ao experimento formal. Todo um universo de sabor cartesiano cai por terra, porque não há uma mente, ou uma estrutura cognitiva, que anteceda a sensação. O mundo existe porque é *tocado*, não porque é *pensado*.

Ainda na onda da contracultura, recordo Paulo Leminski, cuja obra pode ser pensada em paralelo ao projeto de Hélio Oiticica. Em *Catatau*, mistura de ensaio e novela publicado em 1975, Leminski imagina um Descartes que teria vindo para as Américas com a armada holandesa que ocupou o Nordeste brasileiro em meados do século 17. No livro, o filósofo francês aparece com uma luneta numa mão e um baseado na outra, sentado sob uma palmeira pernambucana, a observar o mundo tropical que se desenrola, vigorosa e inutilmente, diante de si.

A experiência sensória inaugurada pela maconha libera a mente de Descartes do mandato autoimposto de compreender o mundo. Na suspensão momentânea do contrato racional, quando a Razão é distraída e sua vigilância é vencida ("distraídos venceremos") pelo convite relaxante da droga, o mundo deixa de ser um problema filosófico intrincado, para apenas fluir como um rio lento e contínuo. A opção, obviamente, será mergulhar nesse rio, oferecendo ao corpo a possibilidade de sua própria redescoberta, que é também a reinvenção de seu contorno. Mais uma vez, trata-se de um exercício formal. As *formas*, no caso, são descobertas e inventadas por meio do movimento orgânico, nas ondas sinestésicas que levam o sujeito, desinvestido do peso da abstração, a boiar pelo mundo, como que numa cabotagem infinita e sem rumo predefinido: uma deriva ontológica, para falar com os filósofos. Na deriva, novas percepções, novas epistemologias e mundos alternativos de repente se revelam e se legitimam.

Mas a abstração das palavras é insuficiente diante da redescoberta sensória do mundo. As artes plásticas são mais incisivas: olhemos um corpo vestindo um parangolé para perceber que a brusquidão e a leveza nunca estiveram tão próximas. Leveza do contorno que se forma, e que de repente se desfaz, para que seja então novo contorno. O tecido, o plástico, as cores, o corpo mesmo (mas que corpo, de quem?), se dobram e desdobram ao sabor de um traçado que só existe no instante de sua execução.

Subitamente, a luneta de Descartes é obrigada a voltar-se para seu próprio corpo, redescoberto na onda extática de movimentos inesperados e imprevisíveis. "Vejo coisas: coisa vejo? Plantas comem carne. Besteiras dessas bestas cheias de bosta, vítimas das formas em que se manifestam, tal qual lobriguei tal dentro das entranhas de bichos de meios com mais recursos. E os aparelhos ópticos, aparatos para meus disparates? Este mundo é feito da substância que brilha nas extremas lindezas da matéria."[9] É o que ouvimos de Renatus Cartesius, que em seguida, diante do poder fecundante (da lama ao caos) pernambucano, esgrima com sua herança racionalista, lembrando que "o primeiro florete que te cai na mão exibe o peso de todas as confusões". O que fazer quando repentinamente nos descobrimos com a matéria e toda a sua potencialidade nas mãos? "Tire a mão da consciência e meta a mão na consistência", é o que propõe Arnaldo Antunes, mais recentemente, em claro alinhamento com Leminski.

Mas o paralelo com o curitibano para por aí. Ironicamente, a droga de eleição de Oiticica não seria a maconha, e sim a cocaína, na ebuliente Nova York dos anos 1970. Trata-se de uma droga menos ligada ao relaxamento, mas também geradora de espaços sensoriais novos, que dão origem às notáveis "cosmococas", que ele compôs com Neville d'Almeida. Lembro-me, aliás, de ter levado meus alunos de graduação de Princeton à exposição do Whitney Museum, em 2017. Todos se deitaram nos colchões espalhados pelo chão de uma cosmococa, felizes; mas um deles, temeroso, sentiu-se paralisado, incapaz de entregar o corpo à espuma. Que pensamentos nos separam de um mergulho como esse? – era o que eu me perguntava, enquanto observava a cena.

Pode ser útil retornar, aqui, aos anos de formação de Oiticica. Diante dos debates sobre a desmaterialização da arte, o jovem artista pretendia, como outros do chamado grupo neoconcreto brasileiro, buscar uma espécie de espaço energizado. Entretanto, a energia a ser trazida para dentro da obra de arte não seria jamais abstrata, esvaziada de conteúdo social. Eram os tempos que anunciavam o "poema-processo", quando se tentava também selar o compromisso com a matéria precária produzida nas periferias do mundo, naqueles espaços em que os artistas se embrenhariam, numa atitude que pouco tinha de missionária.

[9] Paulo Leminski, *Catatau*. São Paulo: Iluminuras, 2010, p. 18.

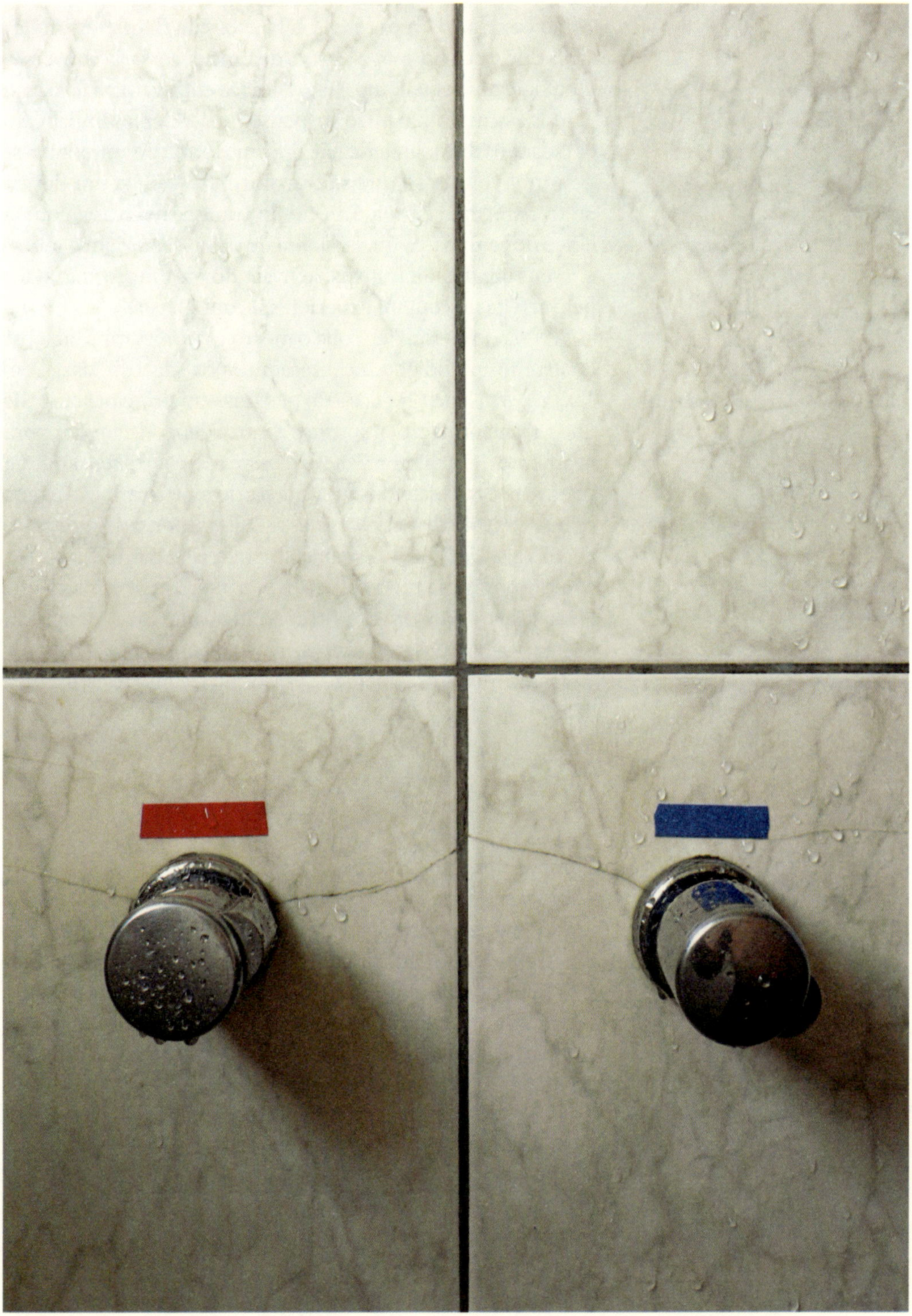

Ao contrário da potência salvacionista daqueles intelectuais que viam no "povo" o alvo de uma necessária conversão ideológica, artistas como Hélio Oiticica entravam na favela, digamos assim, com o juízo suspenso. Aprender a sambar com os cidadãos da Mangueira não era uma forma de aproximar-se de um alvo que se queria transformar. A ideia era deixar-se transformar, numa espécie de transe, de entrega ao balanço dos corpos, os quais, ao fim de tudo, desceriam o morro em seus parangolés festivos, reinvestidos de uma forma criada pelo artista no contato experiencial com a favela.

A cena do artista que sobe o morro e o transforma em obra de arte foi parodiada recentemente por Ricardo Lísias, em *A vista particular*.[10] Na ficção, o personagem principal entende que a transformação proposta pela arte depende contemporaneamente de uma mobilização massiva de *smartphones* que flagram o artista descendo, nu, a ladeira do morro carioca. É como se o parangolé de Oiticica tivesse sido dispensado e restasse apenas a sociedade do espetáculo. No tecido das redes sociais contemporâneas teria se perdido aquela organicidade que, idealizada ou não, Oiticica viu e sentiu no morro da Mangueira, nas suas vielas, nos seus cantos, nas suas cores e nos seus sons.

Diante dessa organicidade presumida, como resistir à idealização?

[10] Ricardo Lísias, *A vista particular*. São Paulo: Alfaguara, 2016.

VI. O MITO DO OUTRO

Comecemos a juntar os fios soltos.

No magnífico ensaio intitulado "Esquema geral da Nova Objetividade", escrito para a exposição de 1967 em que se exibiu *Tropicália*, Hélio Oiticica traça a genealogia dos esforços artísticos de sua geração. Em meio à justificativa da potência construtivista de uma arte que jogava o cavalete de lado, algo chama a atenção. Ao anunciar a publicação futura de uma Teoria do Parangolé, Hélio ressalta o aspecto coletivo, social e lúdico do projeto, para então soletrar o que seria o seu principal motor: a "volta ao mito".

O tema é complexo. Em poucas e rápidas pinceladas, lembro que o mito era central para a discussão da política. A América Latina, em geral, enfrentava a resistência e a sedução diante de seus populismos. *Terra em transe*, o grande filme de Glauber Rocha lançado naquele mesmo ano de 1967 e tido como detonador do movimento tropicalista, é uma evocação das relações conflituosas entre o intelectual e o povo, mas é também uma reflexão sobre o carisma e sobre o poder periclitante do mito na sociedade contemporânea. Mito que se discutia, é importante lembrar, à sombra da Revolução Cubana.

De qualquer forma, aproximar-se do povo era o desejo de uma contaminação reversa, ou seja, a vontade de deixar-se penetrar pelo Outro. Não são poucas as idealizações que resultam desse desejo, como aliás de qualquer desejo. O papel do mito, como ficcionalização das potências da coletividade, é central para compreender a sempre protelada fusão com o Outro. Afinal, ao reter o feixe de todas as pulsões num lampejo poético, o mito faz supor que a história de todos possa ser uma só, mesmo que num instante fugaz, e sem que as tensões se aliviem, necessariamente. Ou talvez aí se explicite o problema do herói trágico, que tanto atraiu Oiticica em suas considerações sobre a lírica de Bob Dylan reinterpretada por Jimi Hendrix, e o papel de Hendrix como aquele que, ateando fogo à própria guitarra, perfez o rito da extinção do artista diante da plateia, como observou agudamente Sérgio Martins.[11] Trata-se de uma noção de síntese que vinha sendo trabalhada por Oiticica, e que o levou a imaginar sua própria obra como música ("o que faço é música"). Longe de apontar para um outro mundo, essa arte-música seria a redescoberta, a partir do corpo, das potencialidades concretas do universo, ou a "síntese dos sentidos aliada à libertação do comportamento", para falar com Paula Braga.[12]

Não se trata apenas de um impulso totalizante, e sim de um trabalho lento de recomposição daquilo que se rompe no dia a dia, isto é, a sempre adiada unidade do coletivo, como se o artista se guiasse, errante, pela ponte que separa as pessoas e as distancia em espaços diversos. Como se à arte coubesse, ainda e sempre, tentar juntar ou simplesmente imaginar aquilo que se apresenta tragicamente rompido diante de nós. Em termos que explicitam o dilema social contemporâneo em nível global, são as eternas caravanas que vêm sabe-se lá de onde para apavorar a nossa tribo. Jogo aqui, já se terá notado, com as imagens com as quais um artista tido como distante da Tropicália, Chico Buarque, tratou o mesmíssimo problema em seu álbum recente, *Caravanas*, em que a lírica e a política caminham em paralelo, buscando aliviar o eterno peso da separação. Na canção-título, as "caravanas" trazem

11. Sérgio B. Martins, *O pensamento-rock de Hélio Oiticica*. Rádio Batuta. www.radiobatuta.com.br/programa/o-pensamento-rock-de-helio-oiticica-por-sergio-martins/. Consultado em 22 fev. 2018.

12. Paula Braga, "A cor da MÚSICA: há uma metafísica em Hélio Oiticica", *Ars*. São Paulo, v. 15, n. 30, out. 2017, pp. 49-62.

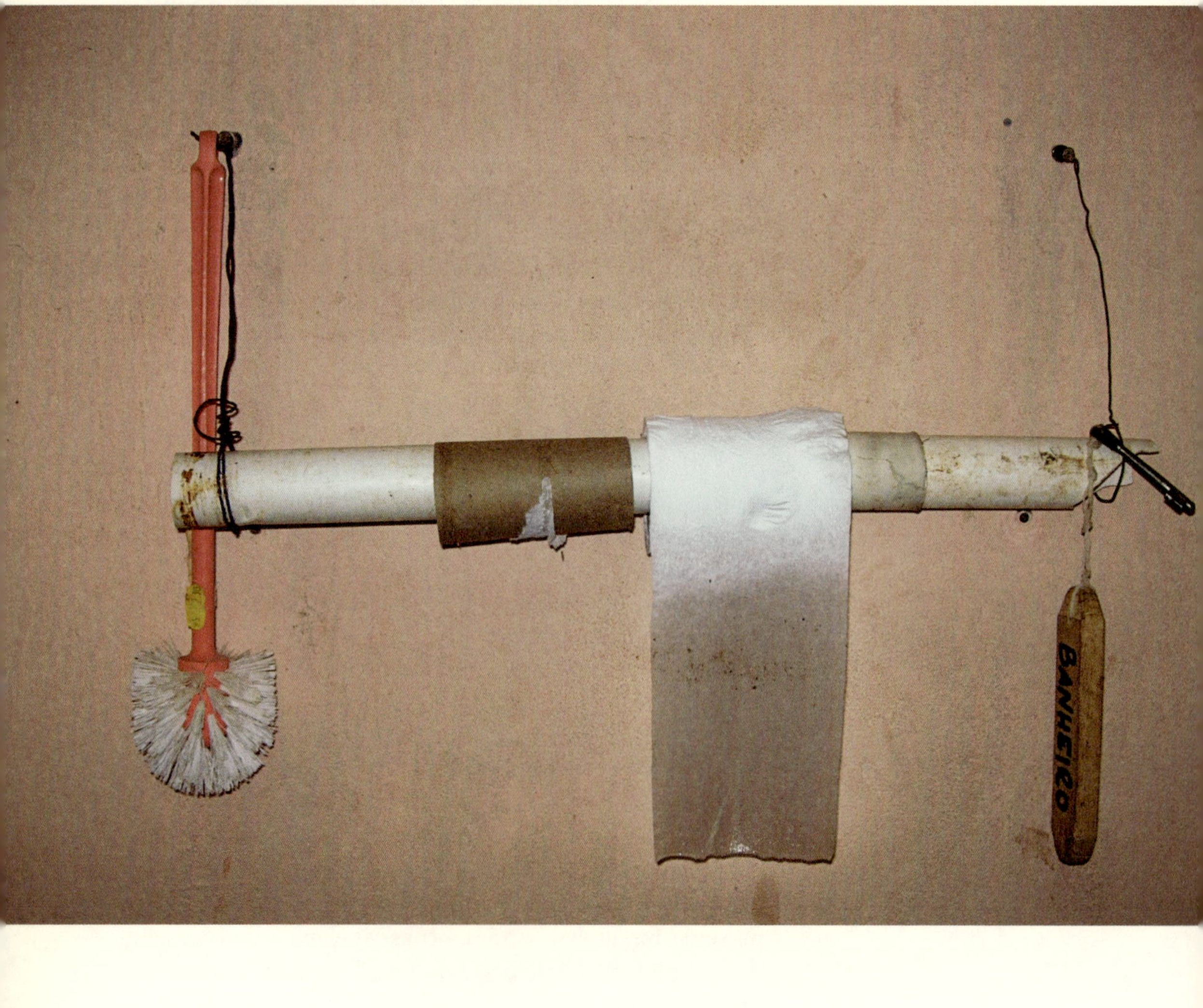
BANHEIRO

gente das quebradas, com seus "negros torsos nus" apavorando a "gente ordeira e virtuosa" que, cheia de temor, pede à polícia que despache os intrusos de volta para a favela, para Benguela ou para a Guiné. Torrando a moleira sob o sol, os suburbanos se encontram a caminho do Jardim de Alá, prontos para um arrastão épico, enquanto as prisões produzem uma estranha "zoeira", um barulho surdo e infernal. Mas quem sabe – canta a voz lírica – estejamos apenas doidos, a escutar vozes.

Como sugere Silviano Santiago, que conviveu com Oiticica na Nova York dos anos 1970, o princípio anárquico de Hélio, que nele se aliava à mais rigorosa ordem, talvez proviesse do avô, o líder anarquista José Oiticica. Em respeito à ordem, o problema é que o golpe militar de 1964 traçara uma linha que separava e opunha o desejo individual e a busca coletiva. A arte de Oiticica, ainda segundo Silviano, procurava *suturar* essa divisão. Para Hélio, "a unidade do desejo de ordem para o sujeito" era também a "afirmação de liberdade para todos".[13] A realização de um era condição para a realização de todos.

13. Silviano Santiago, "Hélio Oiticica em Manhattan", *Peixe-elétrico*. São Paulo, n. 5, 2016.

Se fosse possível reduzi-la a uma única explicação, a solução tropicalista para o acercamento do povo tem a ver com aquilo que Oiticica chamara, no ensaio de 1967, de "aproximação participante", o que pode ser lido de muitas formas. A participação não era de mão única; tratava-se, ainda segundo Oiticica, de uma "volta ao mundo", com o regresso àquela realidade social de que a arte teria fugido. Mas como regressar àquilo de que se separou? Do ponto de vista artístico, como fazer com que a plateia deixe de ser simples plateia? Como regressar a ela?

A senha era a criação de uma "arte coletiva", segundo a expressão da época. O lugar do povo não seria mais o de figurante numa grande narrativa salvacionista. Aqui, Oiticica anuncia uma inflexão em relação à senda que seria tomada por Caetano e Gil, cuja produção respondia criativamente ao aspecto regenerador do mercado. Em confluência com a arte pop, Caetano e outros driblariam a autocensura que proibia o intelectual de se aproximar do que era consumido e *desejado* pelas massas. A televisão, o show business e a imprensa popular passavam a ser reagentes no laboratório tropicalista.

O problema é dos anos 1960, mas é igualmente nosso, mais do que nunca. As duas últimas décadas – ao menos até que a alucinante debacle da era petista nos conduzisse à atual encrenca – chegaram a fazer crer que alguns dos tradicionais fossos da sociedade brasileira seriam abolidos, ou pelo menos franqueados por novos sujeitos políticos. A mobilidade social não era apenas o resultado de políticas públicas. Não foram poucos os que imaginaram que desse quadro emergiria um novo cidadão. Mas a aliança entre consumo e desejo nunca foi engolida pela esquerda mais tradicional – aquela, justamente, que ainda hoje vê com suspeita o impulso tropicalista e seu flerte com o universo do consumo de massa. É como se, no fundo do olhar cético diante do rumo das coisas, se ouvisse a sentença insidiosa do intelectual: entregue a si mesmo, o povo não sabe o que quer, porque não tem força para resistir ao mercado.

Mas o que quer esse povo? E por que ele deveria resistir ao mercado? Que monstro foi criado com a ampliação inédita do consumo? E agora que o poder de consumir se retrai vigorosamente? O que fazer do desejo diante do mercado? De suas promessas nunca cumpridas? Que novas formas de culto e que experiências comunitárias se organizam em torno dos valores do mercado? Por que rejeitá-las? Devemos (ou podemos) reagir ao contemporâneo? Mas é disso que se fala quando se manuseia a matéria do mundo para emprestar-lhe novas formas?

O mergulho do artista no mundo é quase sempre uma tentativa de encurtar distâncias angustiantes. Muito antes que o "lugar de fala" tomasse conta da agenda política e cultural, a *distância* já marcava a possibilidade mesma do discurso. Falar é sempre diferenciar-se, e a arte vive desse dilema, ao tentar organizar o movimento delirante do universo, caindo nele para em seguida erguer-se cheia de novas ideias e de novas dúvidas. A renovação que daí advém não é mística, mas talvez ela ensine que o exercício com as formas, proposto por Oiticica e sua geração, nunca deixou de ser uma pergunta sobre os lugares sociais, sobre as hierarquias e sobre aquilo que os sujeitos políticos manipulam no seu dia a dia, bem longe da épica das revoluções.

VII. O MUNDO QUE VAZA

O salto entre Hélio Oiticica e Daniela Thomas pode parecer abrupto. Mas não é, se pensarmos que certa poética da precariedade e do cotidiano preside as reflexões sobre a forma em ambos os casos. É verdade que a metáfora da gambiarra sugere a leveza irresponsável das soluções temporárias, o que está muito distante da concentração e da ética do trabalho que, afinal, levam à experimentação formal presente em Oiticica e também na montagem de um espetáculo como a abertura da Olimpíada. É claro também que o luxuoso painel olímpico montado em 2016, em meio à crise aguda do país, não deixa de ser uma grande alegoria, enquanto o trabalho de Hélio

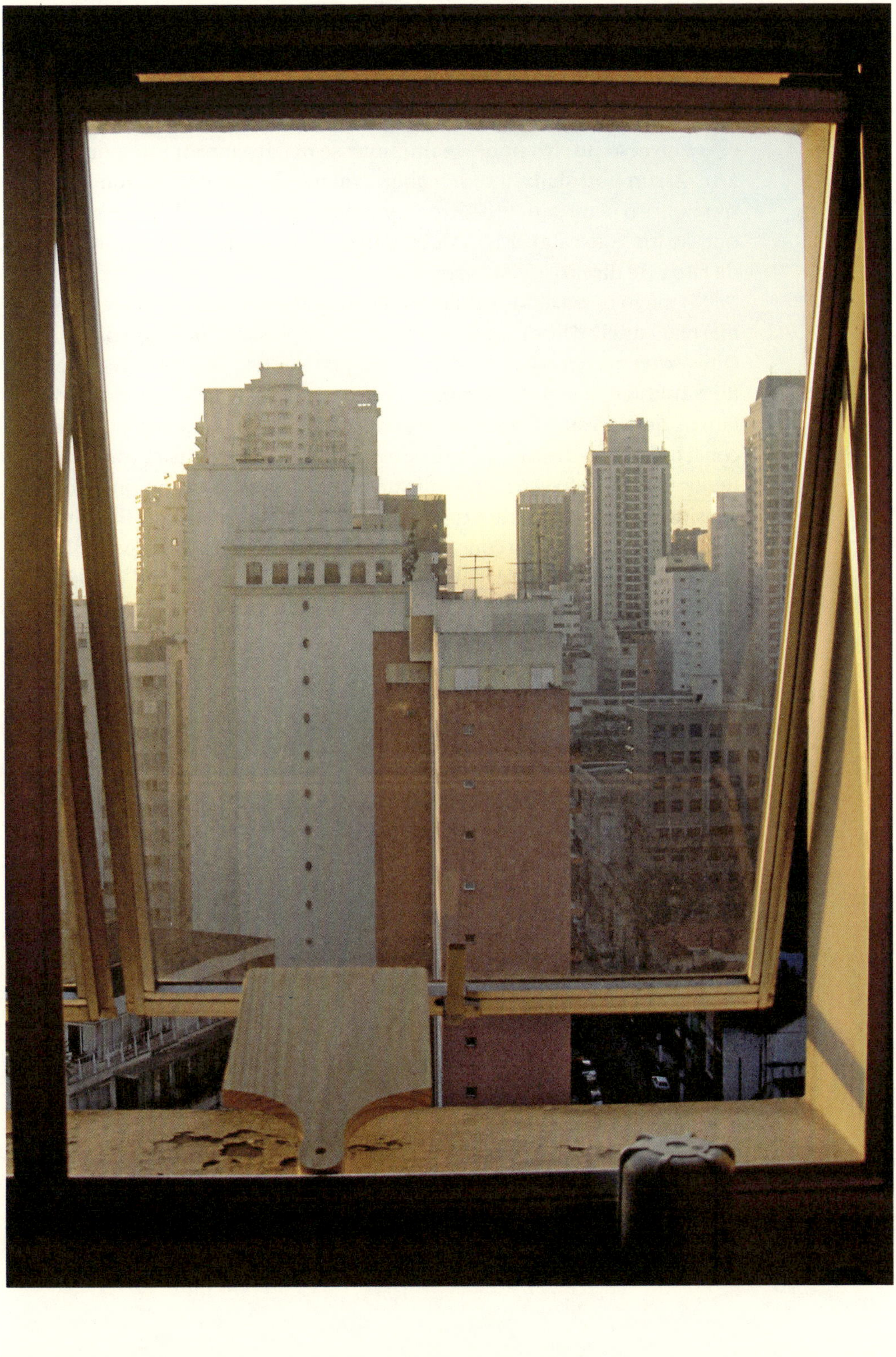

Oiticica parece se afastar de qualquer explicitação do sentido. Mas em ambos os casos é razoável supor que se está enfrentando a precariedade num nível igualmente profundo: é com os materiais do dia a dia que se criam novas sensações que levam à releitura do mundo numa chave lúdica, como se o universo inteiro pudesse iluminar-se instantaneamente por meio da arte. Assim postulada, a redescoberta do mundo refuta o racionalismo extremado e o planejamento férreo, aproximando o artista dos dilemas sociais que, ao fim e ao cabo, nunca deixaram de tentá-lo, fornecendo-lhe o que é, de fato e de direito, o seu barro.

No início deste ensaio, quando sugeri que, ao evocar a potência da gambiarra, Daniela Thomas revisitava os princípios composicionais de Hélio Oiticica, eu me referia ao passo fundamental que faz o artista buscar em volta de si os materiais que o levarão a compor a obra. O nó da questão está no fato de que o gesto artístico não obedece então a um plano rígido, ou a uma concepção apriorística que será perseguida a qualquer custo, como quando temos uma ideia fixa. As ideias, digamos assim, caem por terra (metáfora que, considerando os experimentos de Oiticica, poderia ser tomada literalmente). Lida-se, em suma, com a concretude que nos cerca, e o artista se vale da lógica composicional da própria matéria e de seus convites imperiosos, como aquele florete que permitiu ao Descartes de Leminski sopesar a mais complexa e estranha das mecânicas: o peso de todas as confusões.

Trata-se de um dilema ético diante do peso do mundo? Talvez. Mas, se assim for, será preciso dizer que o peso do mundo não é, neste caso, uma simples metáfora existencial. O mundo *pesa* porque se impõe com sua matéria, e a saída artística não está em escapar rumo à forma anelada, e sim em manipular o concreto, em meio ao qual se gestam o sonho e o pesadelo. Ou seja, é preciso entregar-se àquilo que se projeta vertiginosamente diante de nós. Muitas vezes, a matéria aparentemente incontrolável que encaramos vai contra os nossos melhores desejos, especialmente num país cuja sina tropical parece fonte inesgotável para a fantasia de intelectuais e artistas.

É aqui que eu gostaria de regressar à menção inicial a *Vazante* e às críticas que o filme tem recebido. O retrato de uma fazenda na decadente zona diamantina do começo do século 19 é também uma reflexão sobre os lugares sociais e sobre a possibilidade, afinal precária, de encontrar sentido no mais violento dos cotidianos. No caso da maioria dos personagens, trata-se apenas de traçar a linha de sobrevivência diante da violência que emana do patriarca e desce em cascata sobre todos, atingindo uns mais que outros. Mas há o caso extraordinário de Feliciana, a escrava que vive entre a casa e a senzala. Seu corpo vilmente negociado não é um objeto inerte jogado entre paixões discordantes. Nela está o xis do problema: a proximidade violenta dos polos, assim como a densidade afetiva e a complexidade da vida de quem sofre. Não termino nunca de pensar nela e em seu nome.

Quando Daniela Thomas mostrou seu filme em Princeton, em novembro de 2017, a discussão que se seguiu à projeção foi certamente mais amena (embora não totalmente) que a maioria dos debates no Brasil. Ainda assim, me surpreendeu que ela encarasse com serenidade o fato de que o filme venha arrastando consigo questões e paixões cujo alcance ela não previra. Mas não deixa de ser curioso que se discuta a falta de protagonismo negro num filme em que Feliciana é o elo central da equação que mantém a história em tenso equilíbrio. A atuação soberba de Jai Baptista tem me levado a refletir sobre o que se vê e o que não se vê, sempre que uma personagem dessa magnitude opera com poucas palavras.

Espero não estar utilizando levianamente a noção de precariedade. São vidas que estão em jogo numa sociedade em que a garantia da soberania sobre o corpo está em crise, especialmente quando a inclusão social falha no plano das políticas públicas e da política econômica. É inevitável que tal falha ponha a funcionar velhos mecanismos de exclusão simbólica e real, fortalecendo o racismo que a grande fábula da convivência tropical tentou um dia esconder.

A questão é que a precariedade em que fomos lançados – institucional, econômica, psicológica – não parece mais permitir que a fabulação artística, venha ela de onde for, produzida por quem quer que seja, rebaixe as diferenças. É tempo de falar das fissuras e das feridas, agora que os artistas mais diversos têm diante de si um material tão rico e tão imprestável quanto os escombros malditos do escravismo e do colonialismo que ainda hoje assombram. O poder do sujeito, em todo caso, é condicionado por sua condição precária, que pode funcionar como freio mas também como motor. O fato é que ninguém mais consegue guiar-se por qualquer idealização, e talvez isso seja bom. Toda a potência se guarda, por assim dizer, na matéria confusa em que estão metidos os mais diversos agentes políticos, cujo acesso aos meios de produção da arte é diferente de acordo com a posição de cada um. É importante lembrar que as formas com que lida o artista não são jamais trabalhadas no vazio, como bem alertava Oiticica e como sugere a obra de Daniela Thomas. É na tensão do espaço social, travejado por diferenças e por acertos de contas imemoriais – a um só tempo reais e fantasiosos, como sempre são os acertos de contas ancestrais –, que vai se resolver a parada.

Enfim, terá chegado o momento de encarar que a produção das diferenças pelo discurso é mesmo incontornável, especialmente agora que elas são enunciadas dos dois lados da equação, ou melhor, de todos os lados da mais complexa das equações. Trata-se de uma complicada matemática de acertos, cobranças e ajustes, como se o saldo histórico das desigualdades sociais devesse ser resolvido de uma vez por todas. Em meio a essa produtiva confusão, ocupar um espaço ativo (talvez mesmo altivo) depende da aceitação do risco da precariedade. A política, num momento assim, resume-se talvez à capacidade de continuar produzindo em meio à adversidade, fazendo algo com aquilo que se tem de mais precário e, portanto, de mais precioso. Cabe à mão agarrar o que estiver ao seu alcance. Se por um lado não convém reduzir o futuro a uma simples gambiarra, por outro lado o poder da precariedade é o motor de qualquer gesto que aponte para o novo. O impasse é gigantesco e repõe a pergunta inicial: o que fazer com o que se tem à mão, ou como lidar com a porcaria que somos?

O que vem pela frente a gente nunca sabe. Mas, considerando tudo o que vem acontecendo até agora no Brasil, talvez possamos deixar o pessimismo de lado, por um instantezinho que seja. Não surpreende que, como na canção, estejamos a ouvir vozes. Já era hora.

—

Este ensaio tem como origem minha participação na instalação *Myth Astray: A Project by Arto Lindsay*, entre 7 e 10 de setembro de 2017, no Susan and John Hess Family Theater do Whitney Museum de Nova York, em associação com a exposição *Hélio Oiticica: To Organize Delirium*. Agradeço a Arto pelo convite e pelas provocações sonoras e sensórias. A Paulo Roberto Pires, pelas sugestões e por lembrar que a gambiarra é um instrumento de dois gumes. A Guilherme Freitas, pela última demão.

Pedro Meira Monteiro (1970) é professor de literatura brasileira na Universidade Princeton. É autor, entre outros, de *Mário de Andrade e Sérgio Buarque de Holanda: correspondência* (Companhia das Letras/Edusp, 2012) e *Conta-gotas: máximas & reflexões* (e-galáxia, 2016). Atualmente, prepara um livro em parceria com Rogério Barbosa e Arto Lindsay, *O que é isso, Caetano?* (e-galáxia/Relicário). www.meiramonteiro.com

Nascido em Belo Horizonte, **Cao Guimarães** (1965) é cineasta e artista plástico. Dirigiu filmes como *O homem das multidões* (2014) e *Andarilho* (2007) e tem obras nas coleções da Tate Modern, do MOMA e do Guggenheim, entre outras. A série *Gambiarras* é composta de 127 fotografias, feitas entre 2000 e 2014.

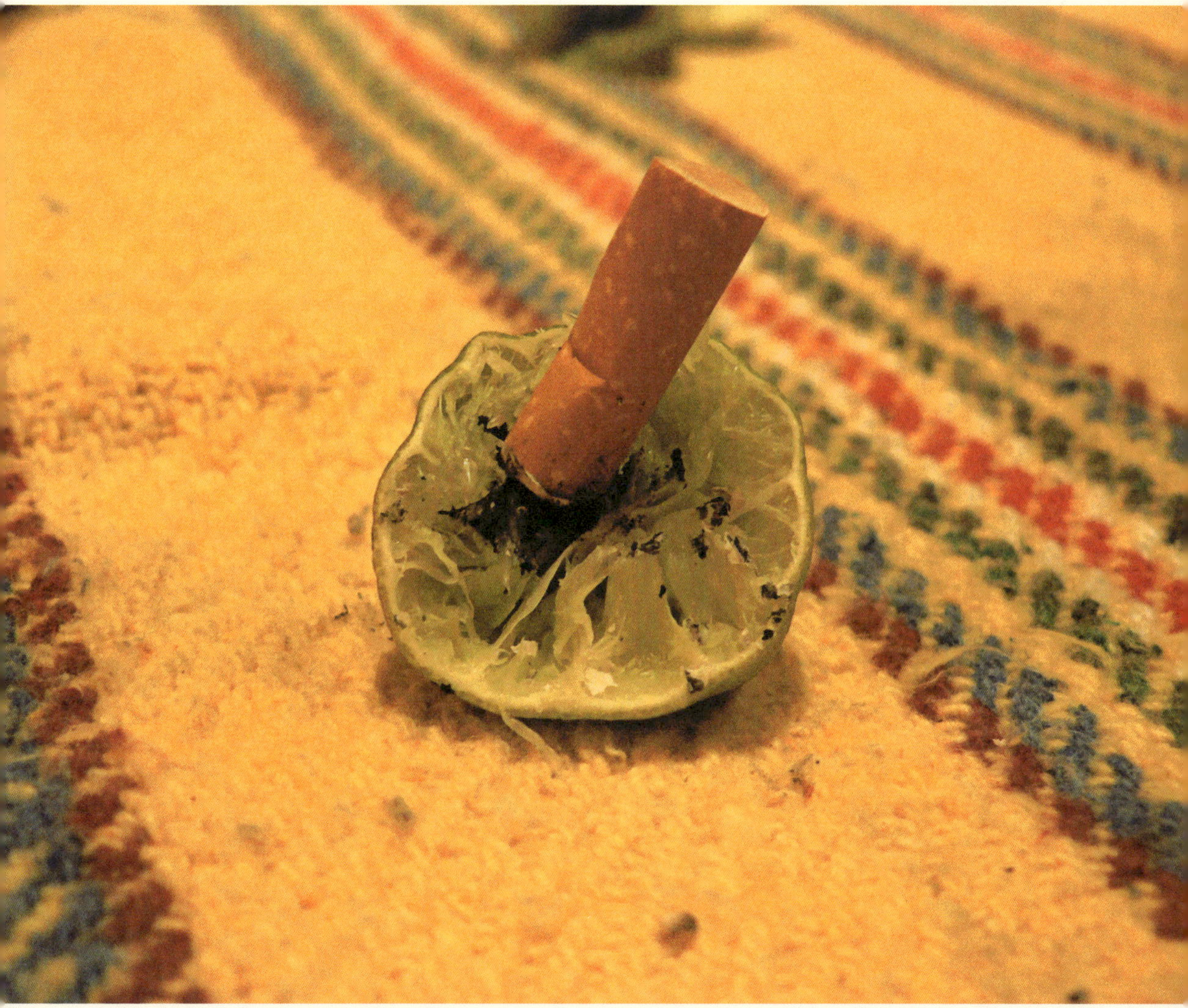

#28
março 2018

IMS InstitutoMoreiraSalles

Walther Moreira Salles (1912-2001)
FUNDADOR

DIRETORIA EXECUTIVA
João Moreira Salles
PRESIDENTE
Gabriel Jorge Ferreira
VICE-PRESIDENTE
Mauro Agonilha
Raul Manuel Alves
DIRETORES EXECUTIVOS

Capa: Ivan Chermayeff, *Red Bed*, 1998
Contracapa: *Guy with Sam's Hands*, 1999

Folha de rosto: Liubov Popova, *Composição (vermelho-preto-dourado)*, 1920

© Francesco Perrotta-Bosch; © Joan Didion 1968, renovado em 1996. Publicado no livro *Slouching towards Bethlehem*. Republicado com permissão da autora; © Stephen Spender 1968; Jacques Rancière, *Les Bords de la fiction* © Éditions du Seuil, 2017/Coleção La Librairie du XXIᵉ Siècle; © Maureen Bisilliat/Acervo Instituto Moreira Salles; Trechos de *Citizen* © 2014 Claudia Rankine, publicados com permissão da Graywolf Press, Minneapolis, MN, www.graywolfpress.org; © Ivan Chermayeff; © Jonathan Franzen, 2017; © Gary Hume/DACS, Londres, 2018; © Herdeiros de Ricardo Piglia/Schavelzon Graham Agencia Literaria; *Dictionnaire amoureux de la psychanalyse*, Elisabeth Roudinesco © Plon, 2017; © Boris Groys; © David Shrigley; © Pedro Meira Monteiro; © Cao Guimarães.

Agradecimentos: Boris Groys, Cao Guimarães, Chermayeff & Geismar & Haviv, David Shrigley, Elisabeth Roudinesco, Frances Coady, Gary Hume, Maureen Bisilliat, Plon, Rachel Rezende, Sprüth Magers, Stephen Friedman Gallery, Studio Kobra.

serrote é uma publicação do Instituto Moreira Salles que sai três vezes por ano: março, julho e novembro.

COMISSÃO EDITORIAL **Daniel Trench, Eucanaã Ferraz, Flávio Pinheiro, Guilherme Freitas, Gustavo Marchetti, Heloisa Espada, Paulo Roberto Pires e Samuel Titan Jr.**

EDITOR **Paulo Roberto Pires**
DIRETOR DE ARTE **Daniel Trench**
EDITOR-ASSISTENTE **Guilherme Freitas**
COORDENAÇÃO EDITORIAL **Flávio Cintra do Amaral**
ASSISTENTE DE ARTE **Gustavo Marchetti**
PRODUÇÃO GRÁFICA **Acássia Correia**
PREPARAÇÃO E REVISÃO DE TEXTOS **Flávio Cintra do Amaral, Juliana Miasso, Mariana Delfini, Nina Schipper, Rafaela Biff Cera, Rita Palmeira e Sandra Brazil**
CHECAGEM **José Genulino Moura Ribeiro e Regina Pereira**
IMPRESSÃO E TRATAMENTO DE IMAGENS **Ipsis**

© Instituto Moreira Salles
Av. Paulista, 2439/6º andar
São Paulo SP Brasil 01311-936
tel. 11.3371.4455 fax 11.3371.4497
www.ims.com.br

As opiniões expressas nos artigos desta revista são de responsabilidade exclusiva dos autores. Os originais enviados sem solicitação da *serrote* não serão devolvidos.

ASSINATURAS 11.3971.4372 ou serrote@ims.com.br
www.revistaserrote.com.br